MANESSE BIBLIOTHEK DER WELTLITERATUR

KATHERINE MANSFIELD

Rosabels Tagtraum

Erzählungen

Aus dem Englischen übersetzt
und mit einem Nachwort
von Ruth Schirmer

MANESSE VERLAG
ZÜRICH

ROSABELS TAGTRAUM

An der Ecke Oxford Circus kaufte Rosabel einen Veilchenstrauß, und das war der eigentliche Grund, weswegen sie so wenig zu sich nahm – ein Brötchen, ein gekochtes Ei und eine Tasse Kakao bei «Lyons»[1] waren nicht wirklich ausreichend nach einem langen Arbeitstag in einem Hutgeschäft. Während sie sich auf das Trittbrett des Busses schwang, ihren Rock mit der einen Hand raffte und mit der andern das Geländer umklammerte, dachte Rosabel, sie hätte ihre Seele für ein gutes Essen opfern mögen – gebratene Ente und grüne Erbsen, Kastanienfüllung, Pudding mit Brandysoße –, etwas Heißes, Schweres und Sättigendes. Sie setzte sich neben ein vermutlich gleichaltriges Mädchen, das «Anna Lombard»[2] in einer billigen Taschenbuchausgabe las; und der Regen hatte die Seiten mit Tränen bespritzt. Rosabel sah zum Fenster hinaus. Die Straße war verschwommen und neblig, aber das die Scheiben treffende Licht machte ihre Trübheit opalfarben und silbern und die Juweliergeschäfte draußen zu Märchenpalästen. Ihre

Füße waren scheußlich naß, und sie wußte, an ihrem Rocksaum und Petticoat würde schwarzer, fettiger Schmutz haften. Ringsum der Übelkeit verursachende Geruch warmer Menschheit – er schien von jedermann im Bus ausgedünstet –, und jeder hatte denselben Gesichtsausdruck, wie er so still dasaß und vor sich hin starrte. Wie oft sie diese Reklamen gelesen hatte – «Sapolio[3] spart Zeit, spart Arbeit», «Heinz' Tomatensauce» – und den allzu ärgerlich dummen Dialog zwischen Arzt und Richter über den größten Nutzen von «Lamploughs Fiebersalz»[4]. Sie blickte flüchtig auf das Buch, das das Mädchen so ernsthaft las, die Worte halblaut mitsprechend; und auf eine Art, die Rosabel mißfiel, leckte sie jedesmal, wenn sie die Seite umschlug, Daumen und Zeigefinger an. Sie konnte es nicht ganz erkennen; es handelte von irgend etwas wie einer heißen, wollüstigen Nacht, einer spielenden Musikkapelle und einem Mädchen mit hübschen weißen Schultern. Ach Gott! Rosabel rührte sich plötzlich und knöpfte die beiden obersten Mantelknöpfe auf... Ihr war, als müßte sie ersticken. Vor ihren halb geschlossenen Augen schien die Reihe der Leute auf der Bank gegenüber zu einem einzigen dummen stierenden Gesicht zu verschwimmen.

Doch hier war ihr Viertel. Sie stolperte ein wenig auf ihrem Weg hinaus und taumelte gegen das Mädchen neben ihr. «Bitte entschuldigen Sie», sagte Rosabel, aber das Mädchen blickte nicht einmal auf. Rosabel sah sie lächeln, während sie las.

Westbourne Grove sah aus, wie sie sich Venedig bei Nacht vorstellte, geheimnisvoll, dunkel; sogar die Kutschen waren wie Gondeln, die sich auf und ab bewegten, und die Lichter krochen gespenstig dahin – Flammenzungen, die die nasse Straße leckten, Zauberfische, im Canale Grande schwimmend. Sie war überglücklich, als sie die Richmond Road erreichte, aber von der Straßenecke, bis sie an die Nr. 26 kam, dachte sie an die vier Treppen. Oh, warum diese vier Treppen! Es gehörte wirklich verboten, von Menschen zu erwarten, so hoch oben zu wohnen. Jedes Haus sollte einen Lift haben, etwas Einfaches und Preiswertes, oder etwa eine Rolltreppe wie die in Earl's Court[5] – aber vier Treppen! Als sie im Hausflur stand und die erste Treppe vor sich sah und den ausgestopften Albatroskopf auf dem ersten Absatz, der gespenstisch im Licht der kleinen Gasflamme schimmerte, weinte sie beinahe. Doch – sie mußten bewältigt werden; es war ganz wie beim Hinauffahren eines steilen Hangs mit dem Fahrrad, aber ohne die Befriedigung, auf der andern Seite wieder hinunter zu sausen ...

Endlich ihre eigenen vier Wände! Sie schloß die Tür, zündete das Gaslicht an, legte Hut und Mantel ab, zog Rock und Bluse aus, nahm den alten Flanellmorgenrock vom Haken hinter der Tür, streifte ihn über, löste dann die Schnürsenkel von den Schuhen – und stellte fest, daß ihre Strümpfe nicht naß genug zum Wechseln waren. Sie ging zum Waschtisch. Der Krug war heute wieder nicht aufgefüllt worden. Es gab gerade genug Wasser, damit sich der Schwamm vollsaugen konnte; und das Email platzte vom Waschbecken ab – zum zweiten Mal hatte sie ihr Kinn zerkratzt.

Es war genau sieben Uhr. Wenn sie das Rollo hochzog und das Gaslicht ausmachte, war es viel gemütlicher – Rosabel wollte nicht lesen. So kniete sie sich auf den Boden und stützte ihre Arme auf das Fensterbrett ... nur eine kleine Glasscheibe zwischen ihr und der großen, nassen Welt da draußen!

Sie fing an über all das nachzudenken, was der Tag heute mit sich gebracht hatte. Würde sie je diese gräßliche Frau im grauen Regenmantel vergessen können, die eine enganliegende Kappe zum Autofahren verlangt hatte – «etwas

Knallrotes mit etwas Rosa auf beiden Seiten» –, oder das Mädchen, das jeden Hut im Geschäft aufprobiert hatte und dann sagte, sie würde «morgen vorbeikommen und sich endgültig entscheiden ...» Rosabel mußte lächeln; die Ausflucht war so fadenscheinig gewesen ...

Aber dann war jemand zu ihr gekommen – ein Mädchen mit schönem rotem Haar und weißer Haut und Augen in der Farbe jenes grüngoldenen Hutbandes, das sie in der letzten Woche aus Paris bekommen hatten. Rosabel hatte ihren elektrischen Brougham[6] vor der Tür gesehen; ein Mann war mit ihr hereingekommen, recht jung noch, und besonders gut angezogen.

«Was wollte ich eigentlich genau, Harry?» hatte sie gesagt, während Rosabel ihr die Nadeln aus dem Hut nahm, den Schleier löste und ihr einen Handspiegel gab.

«Du brauchst einen schwarzen Hut», hatte er erwidert, «einen schwarzen Hut mit einer Feder, die einmal ganz herumreicht und dann um deinen Hals und in einem Bogen unter dem Kinn festgehalten wird und deren Enden in deinen Gürtel eingesteckt werden – eine ordentlich lange Feder.»

Das Fräulein sah Rosabel lachend an. «Führen Sie wohl solche Hüte?»

Es war sehr schwer, sie zufriedenzustellen; Harry verlangte Unmögliches, und Rosabel war der Verzweiflung nah. Dann erinnerte sie sich an die noch ungeöffnete Schachtel im ersten Stock.

«Oh, einen Augenblick, Madam», hatte sie gesagt. «Ich glaube, ich kann Ihnen etwas zeigen, das Ihnen mehr zusagt.»

Sie war hinaufgerannt, atemlos hatte sie die Kordel zerschnitten, das Seidenpapier zerrissen, und ja, da war der Hut – ziemlich groß, weich, mit einer langen, gebogenen Feder und einer schwarzen Samtrose, nichts weiter. Sie waren entzückt gewesen. Das Fräulein hatte ihn aufgesetzt und ihn dann Rosabel gereicht. «Lassen Sie mich sehen, wie er an Ihnen aussieht», sagte sie tiefernst, die Stirn ein wenig runzelnd.

Rosabel wandte sich zum Spiegel, drückte den Hut auf ihr braunes Haar und drehte sich dann zu ihnen um.

«Oh, Harry, ist er nicht bezaubernd?» rief das Fräulein. «Ich muß ihn haben!» Wieder lächelte sie Rosabel zu. «Er steht Ihnen prächtig.»

Plötzlich hatte Rosabel ein lächerlicher Anflug von Ärger gepackt. Am liebsten hätte sie das hübsche, unbedeutende Ding dem Mädchen ins Gesicht geschleudert; sie beugte sich über den Hut und wurde rot.

«Er ist innen aufs feinste gearbeitet, Madam», sagte sie.

Das Fräulein rauschte hinaus zu ihrem Brougham und ließ Harry zurück, damit er zahlte und ihr die Schachtel nachtrug.

«Ich fahre direkt nach Hause und setze ihn auf, bevor ich mit dir zum Lunch gehe», hörte Rosabel sie sagen.

Der Mann beugte sich über Rosabel, als sie die Rechnung schrieb; dann, während er ihr das Geld in die Hand zählte, fragte er: «Schon mal gemalt worden?»

«Nein», sagte Rosabel kurz, die leichte Veränderung in seiner Stimme wahrnehmend, den leisen Anflug von Dreistigkeit, Vertraulichkeit.

«Schade, Sie würden es verdienen», sagte Harry. «Sie haben nämlich eine verdammt hübsche Figur.»

Rosabel ging darüber hinweg. Wie attraktiv er gewesen war! Sie hatte den ganzen Tag lang an nichts anderes gedacht; sein Gesicht hatte sie fasziniert; sie sah seine feinen, geraden Augenbrauen deutlich vor sich, sein aus der Stirn gestrichenes Haar, mit dem leichten Anflug von Welligkeit, seinen lachenden, hochmütigen Mund. Sie sah wieder seine schmalen Hände das Geld in ihre Hände zählen ... Plötzlich schüttelte Rosabel ihr Haar aus dem Gesicht, ihre Stirn war heiß... Wenn diese schmalen Hände einen Augenblick lang ruhen könnten und... Was für ein Glück hatte das Mädchen bloß!

Angenommen, sie tauschten die Rollen. Rosabel würde mit ihm nach Hause fahren, natürlich wären sie ineinander verliebt, aber nicht verlobt, doch nahe daran – und sie würde sagen: «Ich bin gleich wieder da.» Er würde im Brougham warten, während das Zimmermädchen, Rosabel folgend, ihr die Hutschachtel hinauftrug. Dann das große weißrosa Schlafzimmer mit Rosen überall, in mattsilbernen Vasen. Sie würde sich vor den Spiegel setzen, und die kleine französische Zofe würde ihr den Hut feststecken und einen zarten, dünnen Schleier bringen und ein neues Paar weiße Glacéhandschuhe – ein Knopf war von den Handschuhen, die sie heute morgen getragen hatte, abgesprungen. Sie hatte ihren Pelz, ihre Handschuhe, ein parfümiertes Taschentuch, einen großen Muff genommen und war hinuntergelaufen. Der Butler öffnete die Tür, Harry erwartete sie, zusammen fuhren sie fort... «*Das* war das Leben», dachte Rosabel! Auf dem Weg zum «Carlton»[7] hielten sie bei «Gerard's», Harry kaufte ihr ganze Sträuße von Parmaveilchen, füllte ihre Hände damit.

«Oh, sie sind entzückend», sagte sie und hielt sie an ihr Gesicht.

«So solltest du immer sein», sagte Harry, «die Hände voller Veilchen.»

(Rosabel fühlte ihre Knie steif werden; sie hockte sich auf den Boden und lehnte den Kopf gegen die Wand.) Und dann der Lunch! Der Tisch mit Blumen beladen; eine Musikkapelle, hinter einem Palmenhain verborgen, spielte Melodien, die ihr Blut entflammen ließen wie Wein – Suppe und Austern und Tauben und Kartoffelpüree und Champagner selbstverständlich, und nachher Kaffee und Zigaretten. Sie würde über den Tisch langen, ihr Glas in der einen Hand, und dabei mit dieser charmanten Heiterkeit reden, die Harry so an ihr liebte. Später eine Matinee, etwas, das sie beide beflügelte, dann Tee im «Cottage».

«Zucker? Milch? Sahne?» Den kleinen, simplen Fragen schien eine freudige Vertrautheit innezuwohnen. Dann wieder in der Dämmerung nach Hause, und der Duft der Parmaveilchen erfüllte die Luft mit seiner Süße.

«Ich hole dich um neun Uhr ab», sagte er, als er sie verließ.

Das Feuer brannte in ihrem Boudoir, die Vorhänge waren zugezogen, und ein großer Stapel

Briefe wartete auf sie – Einladungen in die Oper, zu Dinnerpartys, Bällen, einem Wochenende am Fluß, zu einer Autotour –, sie sah sie flüchtig durch, während sie hinaufging, um sich umzuziehen. Kaminfeuer auch in ihrem Schlafzimmer, ihr schönes, glänzendes Kleid über ihrem Bett ausgebreitet – weißer Tüll über Silber, silberne Schuhe, silberner Schal, ein kleiner silberner Fächer. Rosabel wußte, sie würde die begehrteste Frau dieser Ballnacht sein; Herren machten ihr Komplimente, ein ausländischer Prinz wünschte, diesem englischen Wunder vorgestellt zu werden. Ja, es war eine wollüstige Nacht, eine Musikkapelle spielte, und ihre schönen weißen Schultern...

Aber sie wurde bald müde. Harry brachte sie nach Hause und kam noch auf einen Sprung mit herein. Das Feuer im Wohnzimmer war erloschen, aber die verschlafene Zofe wartete auf sie in ihrem Boudoir. Sie legte ihren Mantel ab, entließ das Mädchen und ging zum Kamin hinüber, noch im Stehen streifte sie die Handschuhe ab. Der Schein des Feuers fiel auf ihr Haar, Harry kam durch das Zimmer und umarmte sie – «Rosabel, Rosabel, Rosabel...» Ach, der Himmel in diesen Armen, und sie war sehr müde.

(Die wirkliche Rosabel, das auf dem Boden

im Dunkel kauernde Mädchen, lachte laut auf und schlug die Hand vor ihren heißen Mund.) Natürlich ritten sie am nächsten Morgen im Park aus, die Verlobung war im «Court Circular»[8] bekanntgegeben worden, alle Welt wußte Bescheid, alle Welt schüttelte ihr die Hand. Bald darauf wurden sie in St. George's am Hanover Square getraut und reisten auf Harrys angestammten Landsitz in die Flitterwochen; die Bauern im Dorf verneigten sich, wenn sie vorüberfuhren; unter den Falten der Reisedecke drückte er ihr krampfhaft die Hände. Und abends trug sie wieder ihr weiß und silbernes Kleid. Nach der Reise war sie müde und ging hinauf zu Bett... ziemlich früh...

Die wirkliche Rosabel stand vom Boden auf und kleidete sich langsam aus, legte ihre Kleider über der Stuhllehne zurecht. Sie zog ihr rauhes Baumwollnachthemd über den Kopf und nahm die Nadeln aus dem Haar – die weiche braune Flut umfing sie warm. Dann blies sie die Kerze aus und kroch in ihr Bett, zog die Wolldecken und die fleckige, löchrige Steppdecke fest um den Hals und schmiegte sich in die Dunkelheit...

So schlief sie und träumte und lächelte in ihrem Schlaf, und einmal streckte sie den Arm aus, um nach etwas zu greifen, was nicht da war, und träumte weiter.

Und die Nacht verging. Die kalten Finger der Dämmerung umschlossen ihre unbedeckte Hand; graues Licht durchfloß den dunklen Raum. Rosabel fröstelte, holte seufzend Luft und setzte sich auf. Und da sie die tragische Zuversicht geerbt hatte, die gar zu oft das einzige Erbe der Jugend ist, lächelte sie, noch im Halbschlaf, mit einem leichten, nervösen Zucken um den Mund.

DIE GARTENPARTY

Und endlich war das Wetter ideal. Für eine Gartenparty hätte es keinen schöneren Tag geben können – es war wie bestellt. Windstill, warm, ein Himmel ohne Wolken. Nur war das Blau von einem goldhellen Dunst verschleiert, so wie manchmal im Frühsommer. Der Gärtner war seit Sonnenaufgang dabei, das Gras zu mähen und es zusammenzuharken, bis der Rasen und die dunklen, flachen Rosetten, wo die Gänseblümchen gestanden hatten, zu glänzen schienen. Und was die Rosen angeht, hatte man den Eindruck, sie waren sich bewußt, daß sie die einzigen Blumen waren, die Menschen auf Gartenpartys beeindrucken; die einzigen Blumen, die bestimmt jeder kannte. Hunderte, ja buchstäblich Hunderte, waren in einer einzigen Nacht aufgegangen; die grünen Büsche neigten sich, als hätten die Erzengel sie besucht.

Man war noch beim Frühstück, da erschienen schon die Handwerker, um das Festzelt aufzuschlagen. «Wo willst du das Zelt aufgebaut haben, Mutter?»

«Mein liebes Kind, mich brauchst du nicht zu fragen. Ich bin fest entschlossen, in diesem Jahr alles euch Kindern zu überlassen. Vergeßt, daß ich eure Mutter bin, behandelt mich wie einen geschätzten Gast.»

Aber Meg konnte unmöglich die Handwerker beaufsichtigen. Sie hatte sich vor dem Frühstück das Haar gewaschen und saß beim Kaffeetrinken in einem grünen Turban da, eine dunkle, nasse Locke beiderseits an die Wangen gedrückt. Jose, der Schmetterling, kam wie immer in einem seidenen Unterkleid und einer Kimonojacke herunter.

«Laura, du mußt gehen; du bist hier die Kunstverständige.»

Laura flog davon, ihr Butterbrot noch in der Hand. Herrlich, eine Entschuldigung zu haben, im Freien zu essen, und außerdem liebte sie es, Dinge zu arrangieren, sie fand immer, sie konnte das viel besser als die meisten.

Vier Männer in Hemdsärmeln standen in einer Gruppe zusammen auf dem Gartenweg. Sie trugen Stäbe mit aufgerolltem Segeltuch und hatten große Werkzeugtaschen auf dem Rükken. Sie sahen wirklich eindrucksvoll aus. Jetzt wünschte Laura, sie würde nicht ihr Butterbrot in der Hand halten, aber sie konnte es nirgends hintun und unmöglich fortwerfen. Sie wurde rot und versuchte, streng und sogar ein wenig kurzsichtig auszusehen, als sie auf sie zuging.

«Guten Morgen», sagte sie, die Stimme ihrer Mutter nachahmend. Aber das klang so fürchterlich gekünstelt, daß es ihr peinlich war und sie wie ein kleines Mädchen stammelte: «O ja – sind Sie gekommen – wegen des Zelts?»

«So ist es, Miss», sagte der größte der Männer, ein schmächtiger, sommersprossiger Bursche, rückte seine Werkzeugtasche zurecht, schob seinen Strohhut zurück und lächelte zu ihr herab. «Genau deshalb.»

Sein Lächeln war so natürlich, so freundlich, daß Laura sich erholte. Was für hübsche Augen er hatte, klein, aber tiefblau. Und nun sah sie die anderen an, auch sie lachten ein wenig. «Kopf hoch, wir beißen nicht!» schien ihr Lächeln zu sagen. Wie reizend Handwerker doch sind! Und was für ein schöner Morgen! Sie durfte den Morgen jetzt aber nicht erwähnen; sie mußte geschäftsmäßig wirken. Das Zelt.

«Tja, was meinen Sie zu der Lilienwiese? Wäre die geeignet?» Und sie deutete darauf mit der Hand, die nicht das Butterbrot hielt.

Sie wandten sich um, starrten in die angegebene Richtung. Ein kleiner dicker Kerl schob die Unterlippe vor, und der Lange runzelte die Stirn.

«Das paßt nicht», sagte er. «Nicht auffällig genug. Sehen Sie, so etwas wie ein Zelt...» – und er wendete sich in seiner natürlichen Art Laura zu – «Sie müssen es irgendwo aufstellen, wo es Ihnen wie ein Schlag ins Auge knallt, wenn Sie verstehen, was ich meine.»

Lauras Erziehung ließ sie einen Augenblick lang daran zweifeln, ob es sich für einen Handwerker wirklich schickte, über ins Auge knallende Schläge mit ihr zu sprechen. Doch sie hörte auf ihn.

«Eine Ecke vom Tennisplatz», schlug sie vor. «Aber auch die Musikkapelle wird in einer Ecke spielen.»

«Was, eine Kapelle haben Sie auch?» sagte ein anderer. Er war blaß, sah verhärmt aus, während seine Augen den Tennisplatz musterten. Was er wohl dachte?

«Nur eine ganz kleine Kapelle», sagte Laura entgegenkommend. Vielleicht machte es ihm weniger aus, wenn die Kapelle klein war.

Aber der Lange unterbrach: «Sehen Sie mal, Miss, das dort ist ein guter Platz. Vor den Bäumen. Dort drüben. Der ist gut.»

Vor den Karakabäumen. Dann wären die Karakabäume verdeckt. Und sie waren so hübsch mit ihren breiten, glänzenden Blättern und den Trauben gelber Früchte. Sie waren wie Bäume, die man sich auf einem verlassenen Eiland wachsend vorstellt, stolz, einsam, ihre Blätter und Früchte in die Sonne hebend in einer Art stummer Pracht. Mußten die von dem Zelt verdeckt werden?

Anscheinend ja. Schon hatten die Handwerker die Stäbe geschultert und gingen auf die Stelle zu. Nur der Lange war noch da. Er bückte sich, rieb einen Lavendelzweig, hob Daumen und Zeigefinger an die Nase und schnupperte den Duft. Als Laura diese Geste sah, vergaß sie ganz die Karakabäume in ihrer Verwunderung darüber, daß er solche Dinge wahrnahm wie den Duft von Lavendel. Wer von ihren Bekannten hätte das getan? «Ach, wie außergewöhnlich nett Handwerker sind», dachte sie. Warum konnte sie keine Handwerker als Freunde haben, statt der dummen Jungen, mit denen sie tanzte und die sonntags zum Abendessen kamen? Sie würde viel besser mit Männern wie diesen zurechtkommen.

Während der lange Bursche etwas auf die Rückseite eines Umschlags zeichnete, etwas, das angesteckt oder aufgehängt werden sollte, fand sie, daß an allem diese absurden Klassenunterschiede schuld waren. Sie selbst spürte sie zwar nicht. Kein bißchen, kein Fünkchen ... und dann kam das Pochen von Holzhämmern. Einer pfiff, einer sang: «Bist du dort drüben, Matey?» – «Matey», wie freundlich das klang, wie ... wie ... Nur um zu beweisen, wie glücklich sie war, nur um dem langen Dünnen zu zeigen, wieviel Verbundenheit sie empfand und wie sehr sie die blöden Konventionen verachtete, biß Laura kräftig in ihr Butterbrot und starrte auf die kleine Zeichnung. Sie fühlte sich selbst wie eine junge Handwerkerin.

«Laura, Laura, wo bist du? Telefon, Laura!» rief eine Stimme aus dem Haus.

«Komme schon!» Und fort über die Wiese stürmte sie, über den Gartenweg die Treppe hinauf, durch die Veranda und zur Tür hinein. In der Halle bürsteten ihr Vater und Laurie die Hüte, bereit, ins Büro zu gehen.

«Hör mal, Laura», sagte Laurie gehetzt, «könntest du nicht heute mal kurz über meinen Rock bügeln, siehst ja, ob er's nötig hat.»

«Mach' ich», sagte sie. Plötzlich konnte sie nicht mehr an sich halten. Sie rannte auf Laurie zu und drückte ihn rasch und kurz. «Hach, ich habe Partys einfach furchtbar gern, du nicht auch?» keuchte sie.

«Ziemlich», sagte Lauries warme Knabenstimme, und er drückte seine Schwester und gab ihr einen sanften Schubs. «Jetzt aber schnell ans Telefon, mein Fräulein.»

Telefon. «Ja, ja, o ja. Kitty? Guten Morgen, Liebes. Zum Lunch? Ja, sicher, komm. Begeistert, natürlich. Es wird zwar nur ein Reste-Essen sein, Sandwichrinden und zerbröckelte Baisers und was sonst noch übrig ist. Ja, ist es nicht ein perfekter Morgen? Dein Weißes? Würde ich bestimmt. Einen Augenblick – bleib am Apparat. Mutter ruft.» Laura beugte sich zurück. «Wie, Mutter? Kann dich nicht verstehen.»

Mrs. Sheridans Stimme schwebte die Treppen herunter. «Sag ihr, sie möge den entzückenden Hut aufsetzen, den sie am letzten Sonntag getragen hat.»

«Mutter sagt, du sollst den ent-zük-ken-den Hut aufsetzen, den du letzten Sonntag getragen hast. Gut. Ein Uhr. Bye-bye.»

Laura legte den Hörer auf, warf die Arme über den Kopf, holte tief Luft, reckte sich und ließ sie fallen. «Aaah», seufzte sie und richtete sich gleich wieder auf. Sie blieb still, horchte. Das Haus war von leichten, schnellen Schritten und durchdringenden Stimmen belebt. Die grüne Polstertür, die zu den Küchenräumen führte, schwang mit gedämpftem Laut auf und zu. Und dann gab es ein langes, vergnügliches, groteskes Geräusch. Es war der Flügel, der auf seinen steifen Rollen bewegt wurde. Aber die Luft! Wenn man sich Zeit nahm, darauf zu achten, war die Luft dann immer so? Schwache Brisen spielten Haschen, zu den Fenstern hinein und zu den Türen hinaus. Und zwei winzige Sonnenflecken, einer auf dem Tintenfaß, einer auf dem silbernen Fotorahmen, spielten mit. Süße kleine Flekken. Besonders der auf dem Tintenfaßdeckel. Er war ganz warm. Ein warmer, kleiner, silberner Stern. Sie hätte ihn küssen mögen.

An der Eingangstür läutete es, und da war das Rascheln von Sadies gemustertem Rock auf der Treppe. Eine Männerstimme murmelte; Sadie antwortete unbeteiligt: «Ich weiß es wirklich nicht. Warten Sie. Ich frage Mrs. Sheridan.»

«Was ist, Sadie?» Laura kam in die Diele.

«Der Blumenhändler, Miss Laura.»

Tatsächlich. Dort, in der Tür, stand ein breites flaches Tablett voller Töpfe mit rosa Lilien. Sonst nichts. Keine anderen Blumen, nur diese Cannalilien, große rosa Blüten, weit geöffnet, leuchtend, geradezu erschreckend lebendig auf den hellroten Stengeln.

«Oh, Sadie!» und es klang, als stöhne sie. Sie

hockte nieder, wie um sich an der Lilienglut zu wärmen; sie fühlte sie in ihren Fingern, auf ihren Lippen, in ihrem Innern wachsen. «Das ist ein Versehen», sagte sie leise vor sich hin. «Keiner hat so viele davon bestellt. Sadie, geh zu Mutter.»

Aber in diesem Augenblick trat Mrs. Sheridan dazu. «Das ist schon in Ordnung», sagte sie ruhig. «Ich habe sie bestellt. Sind sie nicht hübsch?» Sie drückte Lauras Arm. «Gestern ging ich an einem Geschäft vorbei und sah sie im Schaufenster. Und plötzlich dachte ich, einmal im Leben möchte ich ausreichend Cannalilien haben. Die Gartenparty ist doch eine gute Entschuldigung dafür.»

«Aber hast du nicht gesagt, du wolltest dich nicht einmischen?» sagte Laura. Sadie war fort. Der Lieferant stand noch draußen bei seinem Wagen. Sie legte den Arm um den Hals ihrer Mutter, und ganz, ganz zart biß sie ihre Mutter ins Ohr.

«Mein liebes Kind, eine logische Mutter würdest du doch ohnehin nicht wollen, hab' ich recht? Laß das. Da kommt der Blumenhändler.»

Er trug noch mehr Lilien herein. Ein weiteres ganzes Tablett voll.

«Reihen Sie sie gleich hier an der Tür auf, an beiden Seiten der Veranda, bitte», sagte Mrs. Sheridan. «Meinst du nicht auch, Laura?»

«Aber ja, Mutter.»

Im Salon war es Meg, Jose und dem guten kleinen Hans endlich gelungen, den Flügel zu bewegen.

«Wenn wir nun diesen Klubsessel gegen die Wand rücken und alles aus dem Zimmer tragen, bis auf die Stühle – was meint ihr?»

«Machen wir.»

«Hans, trag diese Tische ins Raucherzimmer und bring die Bürste mit, um die Abdrücke auf dem Teppich zu verwischen – einen Augenblick, Hans...» Jose erteilte den Bediensteten gerne Anweisungen, und diese gehorchten ihr gern. Sie gab ihnen immer das Gefühl, sie nähmen an einem Drama teil. «Sag Mutter und Miss Laura, sie möchten sofort herkommen.»

«Jawohl, Miss Jose.»

Sie drehte sich zu Meg um. «Ich würde gern hören, wie der Flügel klingt, falls man mich heute nachmittag bittet zu singen. Laß uns doch mal ‹Das Leben ist öde› proben.»

«Rum-ta-ta, ti-ta-ta!» Das Klavier dröhnte so leidenschaftlich los, daß sich Joses Gesichtsausdruck sofort veränderte. Sie faltete die Hände. Sie sah Laura und ihre Mutter, die gerade beide dazutraten, dunkel und geheimnisvoll an.

«Das Leben ist trüüübe,
eine Träne, ein Seufzer,
vergehende Liebe,
das Leben ist trüüübe,
eine Träne, ein Seufzer,
vergehende Liebe,
und dann ... Good-bye!»

Bei «Good-bye» jedoch, und obgleich das Klavier verzweifelter denn je klang, kam plötzlich ein leuchtendes, schrecklich unsympathisches Lächeln in ihr Gesicht.

«Bin ich nicht gut bei Stimme, Mami?» strahlte sie.

«Das Leben ist trüüübe,
ersterbende Hoffnung,
ein Traum, ein Erwachen.»

Aber jetzt funkte Sadie dazwischen.

«Was gibt es, Sadie?»

«Bitte, Madam, die Köchin sagt, Sie hätten die kleinen Spieße mit den Fähnchen für die Sandwiches.»

«Die Spieße für die Sandwiches, Sadie?» wiederholte Mrs. Sheridan verträumt. Und die Kinder sahen ihrem Gesicht an, daß sie sie nicht hatte. «Warte mal.» Und dann sagte sie fest zu Sadie: «Sag der Köchin, sie wird sie in zehn Minuten haben.»

Sadie ging.

«Laura», sagte ihre Mutter rasch, «komm mit mir ins Raucherzimmer. Ich habe die Aufschriften irgendwo auf der Rückseite eines Briefumschlags. Du mußt sie für mich schreiben. Meg, geh sofort hinauf und nimm dies feuchte Ding vom Kopf. Jose, lauf, und beende auf der Stelle die Plätterei. Hört ihr, Kinder, oder muß ich es eurem Vater sagen, wenn er heute abend nach Hause kommt? Und – und Jose, beruhige die Köchin, wenn du in die Küche gehst, ja? Ich fürchte mich heute morgen etwas vor ihr.»

Endlich war der Umschlag hinter der Uhr im Eßzimmer gefunden, aber wie er dorthin geraten war, konnte sich Mrs. Sheridan auch nicht erklären.

«Eins von euch Kindern muß ihn mir aus der Tasche genommen haben, ich erinnere mich genau... Frischkäse und Zitronenquark. Hast du den schon zubereitet?»

«Ja.»

«Eier und...» Mrs. Sheridan hielt den Umschlag von sich weg. «Sieht aus wie ‹Mäuse›. Aber es kann doch nicht ‹Mäuse› heißen.»

«Oliven, Mami», sagte Laura, ihr über die Schulter sehend.

«Ja, natürlich, Olive. Gräßlich klingende Zusammenstellung. Ei und Oliven.»

Endlich waren sie fertig, und Laura brachte die beschrifteten Fähnchen in die Küche. Dort fand sie Jose, dabei, die Köchin zu beruhigen, die überhaupt nicht furchterregend aussah.

«Ich habe noch nie so köstliche Sandwiches gesehen», sagte Joses Stimme hingerissen. «Wie viele Sorten, sagst du, hast du gemacht? Fünfzehn?»

«Fünfzehn, Miss Jose.»

«Na, dazu gratulier' ich dir.»

Die Köchin schob die Rinden mit einem langen Brotmesser zusammen und lachte breit.

«Der Lieferant von ‹Godber's› ist da», verkündete Sadie, die gerade aus der Speisekammer kam. Sie hatte ihn am Fenster vorbeigehen sehen.

Das bedeutete, daß die Windbeutel da waren. «Godber's» waren berühmt für ihre Windbeutel. Niemand hatte je daran gedacht, sie selbst zu machen.

«Bring sie rein und stell sie auf den Tisch, Mädchen», ordnete die Köchin an.

Sadie brachte sie herein und ging zur Tür zurück. Natürlich waren Laura und Jose viel zu erwachsen, um sich für solche Dinge wirklich zu interessieren. Trotzdem mußten selbst sie zugeben, daß sie verlockend aussahen. Höchst verlockend. Die Köchin begann sie hübsch anzuordnen, wobei sie den überschüssigen Zucker abschüttelte.

«Bringen sie einem nicht frühere Partys in Erinnerung?» fragte Laura.

«Vielleicht», sagte die rationale Jose, die nicht gern zurücksah. «Sie sehen herrlich locker und luftig aus.»

«Nehmt euch einen, ihr Lieben», sagte die Köchin mit ihrer freundlichen Stimme. «Eure Mutter erfährt es schon nicht.»

Ungeheuerlich! Windbeutel so kurz nach dem Frühstück! Bei der bloßen Vorstellung konnte man sich schütteln. Trotzdem leckten Laura und Jose zwei Minuten später ihre Finger ab, mit diesem völlig in Anspruch genommenen, abwesenden Blick, der sich nur bei Schlagsahne einstellt.

«Laßt uns jetzt hinten raus in den Garten gehen», schlug Laura vor. «Ich möchte gern sehen, wie die Handwerker mit dem Zelt vorankommen. Es sind furchtbar nette Leute.»

Aber die Hintertür war von der Köchin versperrt, von Sadie, dem Lieferanten von «Godber's» und Hans. Es war etwas passiert.

«Gok-gok-gok», gackerte die Köchin wie ein aufgeregtes Huhn. Sadie hielt sich mit einer Hand die Wange, als hätte sie Zahnweh. Hans' Gesicht war verzerrt von der Anstrengung, zu begreifen, was vorgefallen war. Nur der Lieferant von «Godber's» schien befriedigt. Es war schließlich seine Neuigkeit.

«Was ist los? Was ist passiert?»

«Ein schrecklicher Unfall», sagte die Köchin. «Ein Mann ist verunglückt.»

«Ein Mann verunglückt! Wo? Wie? Wann?»

Aber der Lieferant von «Godber's» wollte sich seine Geschichte förmlich aus der Nase ziehen lassen. «Sie kennen doch die kleinen Hütten gleich hier unten, Miss?»

Kennen? Natürlich kannte sie sie.

«Na, und da wohnt ein junger Kerl, heißt Scott, ein Fuhrmann. Sein Pferd hat vor einem Traktor gescheut, heute morgen, Ecke Hawke Street, und er wurde abgeworfen, fiel auf den Hinterkopf. Tot.»

«Tot!» Laura starrte den Lieferanten von «Godber's» an.

«Tot, als sie ihn aufhoben», sagte der mit Genugtuung. «Sie haben den Leichnam nach Hause gebracht, als ich hier raufkam.» Und er sagte zur Köchin: «Er hinterläßt eine Frau und fünf kleine Kinder.»

«Jose, komm mit.» Laura packte den Ärmel ihrer Schwester und zog sie durch die Küche zu der anderen Seite der grünen Polstertür. Dort blieb sie stehen und lehnte sich dagegen. «Jose!» sagte sie entsetzt. «Wie sollen wir bloß alles wieder abblasen?»

«Alles abblasen, Laura!» rief Jose verblüfft. «Was meinst du überhaupt?»

«Die Gartenparty natürlich.» Warum tat Jose denn so?

Aber Jose wurde noch verwunderter. «Die Gartenparty absagen? Liebe Laura, nun sei nicht albern. So etwas können wir doch unmöglich tun. Damit rechnet schließlich kein Mensch. Sei nicht so überspannt.»

«Aber wir können doch nicht eine Gartenparty veranstalten mit einem Toten draußen vor dem Tor.»

Das war wirklich überspitzt formuliert, denn die kleinen Hütten lagen ziemlich abgelegen am Fuß einer Steigung, die zum Haus heraufführte. Dazwischen verlief eine breite Straße. Immer noch zu nah allerdings. Sie waren eine furchtbare Verschandelung und hatten überhaupt kein

Recht auf diese Nachbarschaft. Es waren kleine, ärmliche Behausungen, schokoladenbraun gestrichen. In den Grasflecken gab es nur Kohlstrünke, kranke Hühner und Tomatenkonserven. Allein der Rauch, der aus ihren Kaminen stieg, roch schon nach Armut. Kleine Rauchfetzen und Rauchwolken, so ganz anders als die großen silbrigen Federn, die den Schornsteinen der Sheridans entwichen. Waschfrauen wohnten unten am Weg, Straßenkehrer und ein Flickschuster und ein Mann, dessen Hausfront mit winzigen Vogelkäfigen behangen war. Hunderte von Kindern. Als die Kinder der Sheridans noch klein waren, war es ihnen verboten worden, einen Fuß dorthin zu setzen, der unflätigen Reden und der möglichen Ansteckung wegen. Aber seit Laura und Laurie erwachsen waren, gingen sie manchmal dorthin, wenn sie umherstreiften. Es war eklig und schmutzig dort. Sie kamen stets schaudernd zurück. Doch schließlich sollte man überall einmal gewesen sein; alles einmal gesehen haben. Also gingen sie auch dorthin.

«Stell dir doch mal vor, wie sich die Musikkapelle für solch eine arme Frau anhören würde», sagte Laura.

«Oh, Laura!» Jose wurde ernstlich ärgerlich. «Wenn du jedesmal eine Kapelle zu spielen aufhören ließest, wenn jemand einen Unfall gehabt hat, wäre dein Leben aber reichlich anstrengend. Es tut mir ja ganz bestimmt ebenso leid wie dir. Ich nehme genauso Anteil daran wie du.» Ihre Augen wurden hart. Sie sah ihre Schwester geradeso an wie früher, als sie klein waren und sich stritten. «Du läßt mit deiner Sentimentalität keinen betrunkenen Fuhrmann auferstehen», sagte sie sanft.

«Betrunken! Wer sagt, daß er betrunken war?» Laura kehrte sich wütend zu Jose um. Wie auch sonst bei solchen Gelegenheiten sagte sie: «Ich sag' es Mutter.»

«Tu das, Schatz», gurrte Jose.

«Mutter, kann ich in dein Zimmer kommen?» Laura drehte den großen Glasknopf an der Tür.

«Natürlich, Kind. Was ist denn los? Du bist ja ganz rot?» Und Mrs. Sheridan drehte sich an ihrem Toilettentisch um. Sie probierte gerade einen neuen Hut auf.

«Mutter, ein Mann ist getötet worden», begann Laura.

«Hier im Garten?» unterbrach ihre Mutter.

«Nein, nein!»

«Ach, was hast du mir für einen Schrecken eingejagt!» Mrs. Sheridan seufzte erleichtert und nahm den großen Hut ab und legte ihn auf ihre Knie.

«Aber hör mal, Mutter», sagte Laura. Atemlos, halb erstickt, erzählte sie die schreckliche Geschichte. «Selbstverständlich kann nun unsere Party nicht stattfinden, nicht wahr?» bat sie. «Mit der Kapelle und allen, die kommen. Sie würden es hören, Mutter; sie sind ja fast Nachbarn!»

Zu Lauras Erstaunen verhielt sich ihre Mutter geradeso wie Jose, und es war schwerer zu ertragen, weil sie belustigt schien. Sie weigerte sich, Laura ernst zu nehmen. «Aber mein liebes Kind, sei doch vernünftig. Wir haben es ja nur durch Zufall erfahren. Wenn jemand dort auf normalem Wege gestorben wäre – und ich verstehe sowieso nicht, wie sie in diesen dumpfigen kleinen Löchern am Leben bleiben –, dann würden wir doch auch unsere Party geben, nicht wahr?»

Laura mußte «ja» darauf antworten, aber sie fühlte, es war falsch. Sie setzte sich auf das Sofa ihrer Mutter und zerzauste die Rüsche des Kissens. «Mutter, aber ist das nicht furchtbar herzlos von uns?» fragte sie.

«Schätzchen!» Mrs. Sheridan kam zu ihr herüber, den Hut in den Händen. Ehe Laura abwehren konnte, hatte sie ihn ihr aufgesetzt.

«Mein Kind!» sagte ihre Mutter, «dieser Hut

gehört zu dir. Er ist wie für dich gemacht. Für mich ist er viel zu jugendlich. Du siehst aus wie auf einem Bild. Sieh dich an!» Und sie hielt ihr einen Handspiegel hin.

«Aber Mutter», fing Laura wieder an. Sie mochte sich nicht ansehen; kehrte sich ab.

Diesmal verlor Mrs. Sheridan die Geduld, genauso wie vorher Jose.

«Du bist lächerlich, Laura», sagte sie kalt. «Solche Leute erwarten keine Opfer von uns. Und es ist nicht sehr nett von dir, allen die Freude zu verderben, wie du es jetzt tust.»

«Ich verstehe es einfach nicht», sagte Laura und lief aus dem Zimmer in ihr eigenes. Dort war zufällig das erste, was sie sah, dieses bezaubernde Mädchen im Spiegel, mit dem schwarzen, mit goldenen Maßliebchen verzierten Hut und einem langen schwarzen Samtband. Nie hätte sie gedacht, daß sie so aussehen könnte. «Hat Mutter recht?» dachte sie. Und jetzt hoffte sie, ihre Mutter würde im Recht sein. «Bin ich lächerlich? Vielleicht ja.»

Einen Augenblick lang hatte sie noch einmal die Vorstellung von der armen Frau und diesen kleinen Kindern und der Leiche, wie sie ins Haus getragen wurde. Aber alles schien verschwommen, unwirklich, wie ein Bild in einer Zeitung.

«Ich will wieder daran denken, wenn die Party vorbei ist», entschied sie. Und irgendwie schien das der beste Gedanke ...

Das Mittagessen war um halb eins vorbei. Gegen halb zwei waren alle soweit. Die ganz in Grün gekleidete Kapelle war angekommen und in eine Ecke des Tennisplatzes gewiesen worden.

«Ihr Lieben!» trillerte Kitty Maitland. «Sehen sie nicht wie Frösche aus? Man hätte sie rings um den Teich aufstellen sollen und den Dirigenten in die Mitte auf ein Blatt.»

Laurie erschien und grüßte, als er zum Umziehen ins Haus ging. Bei seinem Anblick kam Laura der Unglücksfall wieder in den Sinn. Sie wollte es ihm erzählen. Wenn Laurie den anderen zustimmte, dann wäre es so in Ordnung. Und sie folgte ihm in die Diele.

«Laurie!»

«Hallo!» Er war schon halb auf der Treppe, aber als er sich umschaute und Laura sah, blies er plötzlich die Backen auf und sah sie mit großen Augen an. «Donnerwetter! Laura, du siehst ja phantastisch aus», sagte Laurie. «Was für ein fabelhafter Hut!»

Laura sagte schwach «Wirklich?» und lächelte zu Laurie hinauf, und schließlich sagte sie ihm doch nichts.

Bald darauf begannen die Menschen herbeizuströmen. Die Kapelle legte los; die bestellten Kellner rannten vom Haus zum Festzelt. Wohin man sah, gingen Paare, bückten sich zu den Blumen, grüßten, schlenderten über den Rasen. Sie waren wie fröhliche Vögel, die sich für diesen Nachmittag auf ihrem Weg – wohin? – in Sheridans Garten niedergelassen hatten. Ach, was für ein Glück ist es, mit Menschen zusammen zu sein, die glücklich sind, Hände zu drükken, Wangen aneinanderzudrücken, in Augen zu lächeln.

«Laura-Schatz, wie gut du aussiehst!»

«Kind, was für ein schicker Hut!»

«Laura, du siehst ja ganz spanisch aus. Ich habe dich nie so blendend aussehend gefunden.»

Und Laura, glühend, sagte sanft: «Habt ihr Tee getrunken? Wollt ihr nicht ein Eis? Das Maracuja-Eis ist etwas ganz Besonderes.» Sie eilte zu ihrem Vater und bat ihn: «Lieber Daddy, sollte die Kapelle nicht auch etwas zu trinken bekommen?»

Und der vollkommene Nachmittag ging langsam auf, welkte langsam dahin, schloß langsam seine Blütenblätter.

«Nie eine reizendere Gartenparty ...» «Ein grandioser Erfolg ...» «Die allerbeste ...» Laura half ihrer Mutter bei der Verabschiedung. Sie standen nebeneinander in der Tür, bis alles vorbei war.

«Alles vorbei, dem Himmel sei Dank, alles vorbei», sagte Mrs. Sheridan. «Trommle die anderen zusammen, Laura. Dann kommt zu einem frisch aufgebrühten Kaffee. Ich bin völlig erschöpft. Ja, es war wirklich gelungen. Aber ach, diese Partys, Partys! Warum besteht ihr Kinder bloß darauf, Gesellschaften zu geben?»

Und sie ließen sich alle in dem verlassenen Zelt nieder.

«Nimm ein Sandwich, Daddy, das Fähnchen habe ich selbst beschriftet.»

«Danke.» Mr. Sheridan biß hinein, und schon war das Sandwich weg. Er nahm noch eins. «Ich nehme an, ihr habt nichts von diesem schlimmen Unfall gehört, der heute passiert ist?» sagte er.

«Ja, Liebling», sagte Mrs. Sheridan mit erhobener Hand, «wir wußten davon. Beinahe hätte es die ganze Party verdorben. Laura wollte unbedingt, daß wir sie aufschieben.»

«Ach Mutter!» Laura wollte nicht damit aufgezogen werden.

«Immerhin war es wirklich eine schreckliche Sache», sagte Mr. Sheridan. «Der arme Kerl war auch noch verheiratet. Wohnte unten an der

Straße und hinterläßt eine Frau und ein halbes Dutzend kleine Kinder, sagt man.»

Eine betretene Stille trat ein. Mrs. Sheridan hantierte nervös mit ihrer Tasse. Es war wirklich sehr taktlos von Vater... Plötzlich sah sie auf. Da, auf dem Tisch, waren Sandwiches, Kuchenstücke, Windbeutel, alle übriggeblieben, alle verderblich. Sie hatte einen ihrer glänzenden Einfälle. «Mir fällt etwas ein», sagte sie. «Wir stellen einen Eßkorb zusammen und schicken dem armen Geschöpf etwas von diesen köstlichen Sachen. Auf jeden Fall werden es große Leckerbissen für die Kinder sein. Und sicher kommen dann ihre Nachbarn sie besuchen und so weiter. Wie gut, daß schon alles fertig gerichtet ist. Laura!» Sie sprang auf. «Bring mir den Korb aus dem Schrank unter der Treppe.»

«Aber Mutter, findest du das wirklich eine gute Idee?» sagte Laura.

Wieder schien sie, erstaunlicherweise, ganz anders als alle anderen zu empfinden. Die Überbleibsel von ihrer Party zu bringen! Würde das der armen Frau wirklich guttun?

«Aber selbstverständlich! Was ist denn heute los mit dir? Noch vor ein oder zwei Stunden hast du doch an unser Mitleid appelliert.»

«Na, gut!» Laura rannte fort, um den Korb zu

holen. Er wurde bis oben von ihrer Mutter gefüllt.

«Bring du ihn selbst, Schatz», sagte sie. «Lauf hinunter, so wie du bist. Nein, warte, nimm auch die Aronlilien mit! Leute dieser Schicht sind so beeindruckt von diesen weißen Lilien.»

«Die Stiele werden ihr Spitzenkleid verderben», sagte die praktische Jose gerade noch rechtzeitig, denn ganz sicher hätten sie das getan.

«Also, dann nur den Korb. Und Laura!» – Ihre Mutter folgte ihr noch aus dem Zelt – «Daß du auf keinen Fall...»

«Was, Mutter?»

Nein, besser dem Kind keine solche Gedanken in den Kopf setzen. – «Nichts! Lauf nur!»

Es begann schon zu dunkeln, als Laura die Gartentür schloß. Ein großer Hund lief wie ein Schatten an ihr vorbei. Die Straße schimmerte hell, und unten in der Niederung lagen die kleinen Hütten in tiefem Schatten. Wie still es ihr nach diesem Nachmittag vorkam. Hier ging sie nun die Anhöhe hinunter, irgendwohin, wo ein Mann gestorben war, und konnte es nicht fassen. Warum nicht? Sie hielt ein Weilchen an. Und es schien ihr, als wären die Küsse, die Stimmen, die klingenden Löffel, Lachen, der Duft von zerdrücktem Gras irgendwie tief in ihr. Für anderes gab es keinen Platz mehr. Wie seltsam! Sie sah zu dem blassen Himmel auf, und alles, was sie dachte, war: «Ja, es war eine wirklich fabelhafte Party.»

Jetzt kam die Straßenkreuzung. Die kleine Straße begann, dunkel und stickig. Frauen mit Schultertüchern und Männermützen eilten vorüber; Männer hingen über den Zäunen; Kinder spielten in Hauseingängen. Ein leiser Singsang kam aus den armseligen kleinen Hütten. In manchen war das Flackern von Licht, und ein Schatten bewegte sich krebsartig am Fenster vorbei. Laura senkte den Kopf und eilte weiter. Jetzt wünschte sie, sie hätte einen Mantel übergezogen. Wie ihr Kleid glänzte! Und der große Hut mit dem fliegenden Samtband – wenn es nur ein anderer Hut gewesen wäre! Sahen die Leute sie an? Bestimmt. Es war falsch gewesen, hierher zu kommen; sie hatte es die ganze Zeit über gewußt, es war verkehrt gewesen. Sollte sie jetzt noch umkehren?

Nein, zu spät. Da war das Haus. Das mußte es sein. Ein schwarzer Knäuel von Menschen stand davor. Neben dem Eingang saß eine uralte Frau mit einer Krücke auf einem Stuhl und beobachtete alles. Sie hatte ihre Füße auf einer Zeitung. Die Stimmen verstummten, als Laura näher kam.

Die Schar machte ihr Platz. Es war, als hätten sie erwartet, als hätten sie gewußt, daß sie kommen würde.

Laura war schrecklich nervös. Sie warf das Samtband über die Schulter und sagte zu einer Frau: «Ist das das Haus von Mrs. Scott?», und die Frau sagte, seltsam lächelnd: «Ja, mein Mädchen.»

Oh, wäre sie doch ganz weit weg von alledem! So aber sagte sie: «Hilf mir, lieber Gott», als sie den schmalen Pfad hinaufging und anklopfte. Bloß fort von diesen stierenden Augen! Oder wenigstens von irgend etwas umhüllt sein, und wäre es nur von einem dieser Weiberschals. «Ich stelle den Korb einfach ab und gehe», beschloß Laura. «Ich warte gar nicht erst, bis er leer ist.»

Dann ging die Tür auf. Eine kleine Frau in Schwarz wurde in der Düsternis sichtbar.

Laura sagte: «Sind Sie Mrs. Scott?» Aber zu ihrem Schrecken antwortete die Frau: «Kommen Sie bitte herein, Miss», und sie fand sich eingeschlossen im Flur wieder.

«Nein», sagte Laura, «ich möchte nicht hereinkommen, ich wollte nur diesen Korb hierlassen. Meine Mutter schickt...»

Die kleine Frau in dem dunklen Flur schien

sie nicht gehört zu haben. «Kommen Sie bitte hier lang, Miss», sagte sie mit öliger Stimme, und Laura folgte ihr.

Sie befand sich in einer elenden, kleinen, niedrigen Küche, nur von einer trüben Lampe erhellt. Am Feuer saß eine Frau.

«Emily», sagte das kleine Geschöpf, das sie hereingelassen hatte, «Emily! Eine junge Dame ist hier.» Sie kehrte sich Laura zu. Sie sagte erklärend: «Ich bin die Schwester, Miss. Sie werden sie entschuldigen, nicht wahr?»

«Aber selbstverständlich», erwiderte Laura. «Bitte, bitte stören Sie sie nicht. Ich – ich möchte nur den Korb ...»

Doch in diesem Augenblick drehte sich die Frau am Feuer um. Ihr Gesicht, verquollen, rot, mit geschwollenen Augen und Lippen, es sah schrecklich aus. Sie schien nicht begreifen zu können, warum Laura da war. Was hatte das zu bedeuten? Warum stand diese Fremde mit einem Korb in der Küche? Warum das alles? Das arme Gesicht verfiel zusehends.

«Laß nur, Liebes», sagte die andere, «dann danke ich eben der jungen Dame.»

Und wieder begann sie: «Sie werden sie gewiß entschuldigen, Miss», und ihr Gesicht, ebenfalls verquollen, versuchte ein öliges Lächeln.

Laura wollte nichts wie fort, nur wegkommen. Sie war wieder im Flur. Da öffnete sich die Tür. Sie ging gerade hinein in das Schlafzimmer, wo der Tote lag.

«Sie möchten ihn doch sicher sehen?» sagte Emilys Schwester und glitt eilig an Laura vorbei zum Bett hinüber. «Sie brauchen sich nicht zu fürchten, Mädchen» – und jetzt klang ihre Stimme freundlich und verschlagen, und liebevoll zog sie das Laken fort – «Wie ein Bild sieht er aus. Nichts Schreckliches zu sehen. Kommen Sie nur, meine Liebe.»

Laura trat hinzu. Da lag ein junger Mann in tiefem Schlaf – so fest schlafend, so ungestört, daß er weit, weit weg von den beiden schien. Ach so entfernt, so friedlich. Er träumte. Keiner sollte ihn mehr wecken. Sein Kopf war auf das Kissen gesunken, seine Augen waren geschlossen; blind unter den Lidern. Er war ganz seinem Traum hingegeben. Was interessierten ihn Gartenpartys, Körbe und Spitzenkleider? Er war weit entfernt von all diesen Dingen. Er war schön, wundervoll. Während sie gelacht hatten und die Kapelle aufgespielt hatte, war dieses Wunder hierhergekommen. Glücklich ... glücklich ... Es ist alles gut, sagte dieses schlafende Gesicht. Es ist so, wie es sein sollte. Ich bin zufrieden.

Trotzdem mußte man weinen, und sie konnte nicht aus dem Zimmer gehen, ohne etwas zu ihm zu sagen. Laura schluchzte laut und kindlich auf. «Entschuldigen Sie bitte meinen Hut», sagte sie.

Und diesmal wartete sie nicht auf Emilys Schwester. Sie fand den Weg zur Tür hinaus, den Pfad hinunter, an all jenen dunklen Menschen vorbei. An der Ecke des Wegs traf sie auf Laurie.

Er trat aus dem Schatten. «Bist du es, Laura?»

«Ja.»

«Mutter sorgt sich schon. Ging alles gut?»

«Ja, schon, ach Laurie!» Sie nahm seinen Arm und drückte sich an ihn.

«Sag mal, du weinst doch nicht?» fragte ihr Bruder.

Laura schüttelte den Kopf; aber sie weinte.

Laurie legte ihr den Arm um die Schulter. «Wein doch nicht», sagte er mit seiner warmen, lieben Stimme. «War es sehr schlimm?»

«Nein», schluchzte Laura. «Es war wunderbar. Aber Laurie...» Sie hielt inne und sah den Bruder an. «Ist das Leben nicht», stammelte sie, «ist nicht das Leben...?» Aber was das Leben war, konnte sie nicht erklären.

Er verstand. «Ja, das ist es, nicht wahr?» sagte Laurie.

DIE SEEREISE

Planmäßig sollte der Dampfer nach Picton um halb zwölf ablegen. Es war eine schöne, milde Nacht, ganz sternenklar; nur als sie aus der Droschke stiegen und den in den Hafen vorspringenden Alten Kai hinuntergingen, blies ein schwacher Wind, der von der See herkam, unter Fenellas Hut, und sie hielt ihre Hand darauf, um ihn festzuhalten. Es war dunkel am Alten Kai, sehr dunkel; die Lagerhäuser voll Wolle, die Viehwaggons, die hochaufragenden Kräne, die kleine, gedrungene Lokomotive – alles schien aus der massiven Dunkelheit herausgeschnitten zu sein. Hier und da hing an einem rund geschichteten Holzstapel, der wie der Stiel eines ungeheuren schwarzen Pilzes wirkte, eine Laterne; doch schien sie ihr schüchtern zitterndes Licht ängstlich in dieser Schwärze ringsum zu verbreiten; sie brannte nur schwach, wie für sich selbst.

Fenellas Vater strebte mit raschen, unsteten Schritten vorwärts. An seiner Seite trippelte Großmutter geschäftig in ihrem knisternden schwarzen Mantel daher; und sie liefen so schnell, daß sie hin und wieder einen unwürdigen kleinen Hopser einlegen mußte, um mit ihnen mithalten zu können. Außer ihrem Gepäck, das zu einer ordentlichen Rolle zusammengeschnürt war, trug Fenella den Regenschirm ihrer Großmutter an sich gedrückt; und der Griff, ein Schwanenkopf, stieß beständig pickend an ihre Schulter, als ob auch er sie zur Eile antreiben wollte ... Männer mit ins Gesicht gezogenen Mützen und hochgeschlagenen Kragen zogen vorbei; ein paar Frauen, ganz vermummt, hasteten dahin; und ein kleiner Junge, von dem nur die kleinen schwarzen Arme und Beine aus einem weißen Wollschal herausschauten, wurde zwischen Vater und Mutter ärgerlich vorangeschubst; er sah aus wie eine kleine Fliege, die in die Sahne gefallen war.

Dann plötzlich, so plötzlich, daß Fenella und ihre Großmutter beide einen Sprung taten, tutete es hinter dem größten Wollagerhaus, über dem eine Rauchfahne hing: «Tu-uu-uuh!»

«Erstes Signal», sagte ihr Vater kurz, und in diesem Augenblick kam der Dampfer nach Picton in Sicht. Am dunklen Kai liegend, vertäut, ganz mit runden, goldenen Lichtern besetzt, sah der Dampfer nach Picton eher aus, als würde er inmitten der Sterne segeln als auf das kalte Meer hinaus. Leute drängten auf die Gangway. Als erste ging Großmutter, dann ihr Vater, dann Fenella. Eine hohe Stufe führte hinunter auf Deck, und ein alter Matrose, der an der Seite stand, gab ihr seine trockene, harte Hand. Sie waren da; sie machten für die vorbeieilenden Menschen Platz, und unter einer kleinen Eisentreppe stehen bleibend, die zum Oberdeck führte, begannen sie, sich zu verabschieden.

«So, Mutter, hier ist dein Gepäck!» sagte Fenellas Vater und gab Großmutter noch eine festgezurrte Rolle.

«Dank' dir, Frank.»

«Und du hast die Kabinenkarten zur Hand?»

«Ja, mein Junge.»

«Und deine anderen Fahrkarten?»

Großmutter tastete in der Innenseite ihres Handschuhs nach ihnen und zeigte ihm schließlich die Karten.

«In Ordnung.»

Er klang fest, aber Fenella, die ihn aufmerksam beobachtete, fand, daß er müde und traurig aussah.

«Tu-uu-uuh.» Das zweite Signal dröhnte gerade über ihren Köpfen, und eine Stimme schrie: «Alle Besucher von Bord!»

«Sag Vater liebe Grüße von mir», las Fenella von den Lippen ihres Vaters ab. Und ihre Großmutter antwortete aufgeregt: «Natürlich, mein Junge, das tue ich. Geh jetzt. Sonst kommst du nicht mehr hinunter. Geh jetzt, Frank. Geh jetzt.»

«Schon gut, Mutter. Wir haben noch drei Minuten.»

Zu ihrer Verwunderung sah Fenella ihren Vater den Hut abnehmen. Er nahm Großmutter in seine Arme und drückte sie an sich. «Gott behüte dich, Mutter!» hörte sie ihn sagen. Und Großmutter legte ihm ihre Hand mit dem schwarzen Zwirnhandschuh, der am Ringfinger durchgescheuert war, auf die Wange und schluchzte: «Gott behüte dich, lieber, tapferer Sohn!»

Dies war so furchtbar für Fenella, daß sie ihnen rasch den Rücken zuwandte, ein-, zweimal schluckte und stirnrunzelnd auf einen kleinen grünen Stern an einer Mastspitze sah. Aber irgendwann mußte sie sich wieder umdrehen. Ihr Vater ging.

«Auf Wiedersehen, Fenella. Sei ein braves Mädchen!» Sein kalter, nasser Schnurrbart kratzte ihre Wange. Aber Fenella packte ihn an den Mantelaufschlägen.

«Wie lange muß ich wegbleiben?» flüsterte sie ängstlich. Er mochte sie nicht ansehen. Sanft schob er sie von sich und sagte weich: «Das werden wir sehen. Hier, wo ist deine Hand?» Er drückte ihr etwas in die Hand. «Hier ist ein Shilling, falls du etwas brauchst.»

Ein ganzer Shilling! Sie mußte wohl für immer fort! «Vater!» schrie Fenella. Aber er war weg. Er verließ als letzter das Schiff. Die Matrosen stemmten sich mit den Schultern gegen die Gangway. Eine riesige Schlinge aus schwarzem Seil flog durch die Luft und fiel – bums! – auf den Kai. Ein Glockenton erklang. Eine Pfeife pfiff. Stumm begann der dunkle Kai zu verschwinden, wegzugleiten, von ihnen fortzurükken. Jetzt war ein Wirbel Wasser dazwischen. Fenella strengte sich mit aller Macht an, um etwas zu erkennen. War das Vater, der sich umwandte? – Oder winkte? – Oder dort allein stand? – Oder fortging, ganz allein? Der Streifen Wasser wurde breiter, dunkler. Jetzt fing der Dampfer nach Picton an, stetig beizudrehen, mit Kurs auf See. Es war zwecklos, noch länger Ausschau zu halten. Nichts war mehr zu sehen, außer einigen wenigen Lichtern; das Zifferblatt der Stadtuhr hing in der Luft, und noch mehr Lichter, kleine helle Flecken auf den dunklen Hügeln.

Der auffrischende Wind zerrte an Fenellas

Röcken; sie ging zurück zu ihrer Großmutter. Zu ihrer Erleichterung schien Großmutter nicht länger traurig. Sie hatte die beiden Gepäckrollen aufeinandergelegt und saß darauf, die Hände gefaltet, den Kopf ein wenig zur Seite geneigt. Ein andächtiges Leuchten war auf ihrem Gesicht. Dann sah Fenella, daß sich ihre Lippen bewegten, und sie erriet, daß sie betete. Aber die alte Frau nickte ihr fröhlich zu, wie um zu sagen, das Gebet sei fast beendet. Sie löste die Hände, seufzte, faltete sie wieder, neigte sich vornüber und gab sich schließlich einen sanften Ruck. «Und jetzt, mein Kind», sagte sie, die Schleife ihrer Hutbänder befühlend, «denke ich, wir sollten uns um unsere Kabine kümmern. Bleib dicht bei mir und paß auf, daß du nicht ausrutschst.»

«Ja, Großmama.»

«Und achte darauf, daß sich der Schirm nicht im Treppengeländer verfängt. Ich habe schon mal gesehen, wie dabei ein schöner Regenschirm entzweibrach – auf meiner Herfahrt.»

«Ja, Großmama.»

Dunkle Männergestalten lehnten lässig am Geländer. Beim Aufglimmen ihrer Pfeifen zeigte sich eine Nase oder der Zipfel einer Mütze oder ein paar verwunderte Augenbrauen. Fenella blickte flüchtig auf. Hoch oben in der Luft stand eine kleine Gestalt, die Hände in die Taschen seiner kurzen Jacke vergraben, Ausschau aufs Meer haltend. Das Schiff schwankte ein wenig, und ihr kam es so vor, als schwankten auch die Sterne. Und jetzt trat ein blasser Steward in einem Leinenjackett, ein Tablett hoch auf der Handfläche haltend, aus der hellen Tür und lief an ihnen vorbei. Und jetzt gingen sie selbst durch diese Tür; über eine Messingstufe auf eine Gummimatte und dann eine so schrecklich steile Treppe hinunter, daß Großmutter beide Füße nacheinander auf jede Stufe setzen mußte und Fenella das feuchtkalte Messinggeländer packte und den Schirm mit dem Schwanenkopf ganz vergaß.

Unten hielt Großmutter an; Fenella befürchtete schon, sie würde wieder beten. Aber nein, es war nur, um die Kabinenkarten hervorzuholen. Sie waren im Salon; er war blendend hell und stickig; die Luft roch nach Farbe und angebranntem Kotelett und Gummi. Fenella wünschte, ihre Großmutter würde weitergehen, aber die alte Frau ließ sich nicht zur Eile treiben. Ein ungeheurer Korb mit Schinken-Sandwiches nahm ihren Blick gefangen. Sie ging darauf zu, berührte das oberste leicht mit dem Finger. «Wie teuer sind denn die Sandwiches?» fragte sie.

«Zwei Pence!» bellte ein grober Steward und hantierte mit Messer und Gabel herum.

Großmutter konnte es kaum glauben. «Zwei Pence – das Stück?» fragte sie.

«So ist es», sagte der Steward und zwinkerte einem anderen zu.

Großmutter schnitt eine kurze, erstaunte Grimasse. Dann flüsterte sie Fenella spitz zu: «Unverschämt!» Und sie segelten durch eine zweite Tür wieder hinaus und den Korridor entlang, der zu beiden Seiten Kabinen hatte.

Eine besonders hübsche Stewardess kam ihnen entgegen. Sie war ganz in Blau gekleidet, ihr Kragen und die Manschetten waren mit großen Messingknöpfen geschlossen. Sie schien Großmutter gut zu kennen. «Na, Mrs. Crane», sagte sie, den Waschtisch aufschließend, «da sind Sie ja wieder. Es kommt nicht oft vor, daß Sie sich eine Kabine gönnen.»

«Nein», sagte Großmutter. «Aber diesmal, durch die Aufmerksamkeit meines guten Sohnes ...»

«Hoffentlich ...», fing die Stewardess an. Dann drehte sie sich um und umfaßte mit einem langen, traurigen Blick Großmutters schwarze Kleidung und Fenellas schwarzen Mantel, Rock, Bluse und den schwarzen Hut mit der Florrose.

Großmutter nickte ihr zu. «Es war Gottes Wille», sagte sie.

Die Stewardess schloß die Lippen, holte tief Luft und schien sich aufzurichten. «Ich sage immer», begann sie, als sei das ihre ganz eigene Entdeckung, «früher oder später müssen wir alle gehen, das ist nun einmal so.» Sie hielt inne. «Kann ich Ihnen irgend etwas bringen, Mrs. Crane? Eine Tasse Tee? Ich weiß, es hätte jetzt keinen Zweck, Ihnen einen kleinen Schluck gegen die Kälte anzubieten.»

Großmutter schüttelte den Kopf. «Nein. Danke sehr. Wir haben Löffelbiskuit dabei, und Fenella hat eine schöne, große Banane.»

«Dann sehe ich später noch mal nach Ihnen», sagte die Stewardess; und sie ging hinaus und schloß die Tür.

Was das für eine winzige Kabine war! Als ob man mit Großmama in einem Kasten eingeschlossen wäre. Das dunkle Bullauge über dem Waschtisch glänzte matt. Fenella fühlte sich unbehaglich. Sie stand an der Tür, hielt noch immer ihr Gepäck und den Schirm in den Händen. Sollten sie sich hier ausziehen? Schon hatte ihre Großmutter den Kapotthut abgenommen und steckte jedes der aufgerollten Bänder mit einer Nadel am Innenfutter fest, ehe sie ihn aufhängte. Ihr weißes Haar glänzte wie Seide; der kleine Dutt im Nacken war mit einem schwarzen Netz überzogen. Fenella hatte ihre Großmutter kaum jemals ohne Kopfbedeckung gesehen; sie sah fremd aus.

«Ich werde das wollene Kopftuch, das mir deine liebe Mutter noch gehäkelt hat, umbinden», sagte Großmutter, und die Riemen von der Tasche lösend, nahm sie es heraus und wikkelte es sich um den Kopf; der graue Fransenrand tanzte über ihren Augenbrauen, als sie Fenella zärtlich und traurig zulächelte. Dann zog sie ihr Leibchen aus, und etwas darunter, und noch etwas darunter. Dann schien ein kurzer, heftiger Kampf im Gange zu sein, Großmutter errötete leicht. Ritsch, ratsch! Sie hatte ihr Korsett abgelegt. Sie stieß einen Seufzer der Erleichterung aus, setzte sich auf das Plüschsofa und zog langsam und sorgfältig ihre Stiefel aus und stellte einen neben den anderen.

Bis Fenella ihren Mantel und Rock abgelegt und ihren Morgenrock aus Flanell übergestreift hatte, war Großmutter schon fertig.

«Muß ich meine Stiefel ausziehen, Großmama? Sie sind geschnürt.»

Großmutter betrachtete sie einen Augenblick höchst aufmerksam. «Du würdest dich viel wohler fühlen, wenn du es tätest, Kind», sagte sie. Sie küßte Fenella. «Vergiß nicht zu beten. Der liebe Gott ist uns noch viel näher, wenn wir auf See sind, statt auf dem Festland. Und weil ich eine erfahrene Reisende bin», sagte Großmutter munter, «nehme ich die obere Koje.»

«Aber Großmama, wie willst du denn da hinaufkommen?»

Drei kleine, spinnennetzartige Leitersprossen waren alles, was Fenella sah. Die alte Frau lachte kurz leise auf, ehe sie behende hinaufkletterte, und spähte dann von der oberen Liege zu der erstaunten Fenella hinunter. «Du hättest wohl nicht gedacht, daß deine Großmutter so etwas kann, was?» sagte sie.

Und als sie zurücksank, hörte Fenella wieder ihr leises Lachen.

Das harte Stück brauner Seife wollte einfach nicht schäumen, und das Wasser in der Karaffe ähnelte blauem Gelee. Und wie mühsam es war, diese steifen Bettdecken zurückzuschlagen. Man mußte sich förmlich mit Gewalt hineinzwängen. Zu einem anderen Zeitpunkt wäre es vielleicht sogar amüsant gewesen ... Endlich hatte sie es geschafft, und während sie schnaufend dalag, hörte sie von oben ein langes zartes Wispern, als ob jemand ganz sacht mit Seidenpapier raschelte, um darunter etwas zu suchen. Es war Großmutter, die betete ...

Eine lange Zeit verging, und dann kam die Stewardess herein; sie trat leise auf und legte die Hand an Großmutters Koje.

«Wir durchqueren gerade die Meerenge», sagte sie.

«Oh!»

«Es ist eine klare Nacht, aber das Schiff ist ziemlich unbeladen. Wir könnten ein wenig schlingern.»

Und tatsächlich stieg und stieg der Picton-Dampfer in diesem Augenblick und hing in der Luft, gerade lange genug, um zu erschauern, bevor er sich wieder senkte, und man hörte das Geräusch von schwerem Wasser, das gegen den Rumpf schlug. Fenella entsann sich, daß sie den Schirm mit dem Schwanenkopf auf dem kleinen Sofa aufrecht stehen gelassen hatte. Wenn er herunterfiel, würde er entzweibrechen! Doch auch Großmutter erinnerte sich im selben Moment daran. «Bitte, Stewardess, macht es Ihnen etwas aus, meinen Schirm hinzulegen?» flüsterte sie.

«Aber nein, Mrs. Crane», flüsterte die Stewardess. «Und Ihre kleine Enkelin schläft schon so schön.»

«Gott sei gelobt!» sagte Großmutter.

«Armes, kleines, mutterloses Würmchen!» sagte die Stewardess. Und Großmutter war immer noch dabei, zu erzählen, was alles geschehen war, als Fenella einschlief.

Sie hatte nicht lange genug geschlafen, um zu träumen, als sie schon wieder aufwachte und etwas über ihrem Kopf in der Luft wedeln sah. Was war das? Was konnte es sein? Ein kleiner grauer Fuß. Jetzt kam der andere hinzu. Sie schienen nach etwas zu tasten; nun kam ein Seufzer.

«Großmama, ich bin wach», sagte Fenella.

«Ist hier die Leiter, Liebling?» fragte Großmutter. «Ich dachte, sie sei an diesem Ende.»

«Nein, Großmama, am anderen. Ich setze dir deinen Fuß darauf. Sind wir schon da?» fragte Fenella.

«Im Hafen», sagte Großmutter. «Kind, wir müssen aufstehen. Du solltest lieber noch etwas Biskuit zur Stärkung essen, bevor du aufstehst.»

Doch Fenella war schon aus ihrer Koje gehüpft. Die Lampe brannte noch, aber die Nacht war vorbei, und es war kalt. Durch das Bullauge spähend, konnte sie in der Ferne einige Felsen ausmachen. Jetzt waren sie schaumbedeckt; jetzt schoß eine Möwe vorbei; und nun kam ein langes Stück festen Landes.

«Land, Großmama», sagte Fenella überrascht, als wären sie für Wochen miteinander auf See gewesen. Sie schlug die Arme um sich, stand auf einem Bein und rieb es mit den Zehen des anderen Fußes, sie zitterte. Ach, es war in letzter Zeit alles so traurig gewesen. Ob es nun anders werden würde?

Aber ihre Großmutter sagte nur: «Mach schnell, Kind. Ich würde deine schöne, große Banane der Stewardess dalassen, da du sie ja nicht gegessen hast.» Und Fenella zog ihre schwarzen Sachen wieder an, und ein Knopf sprang von einem ihrer Handschuhe ab und rollte dahin, wo sie ihn nicht erreichen konnte. Sie gingen an Deck hinauf.

War es schon in der Kabine kalt gewesen, so war es an Deck eisig. Die Sonne war noch nicht aufgegangen, die Sterne aber bleich, und der kalte, fahle Himmel hatte dieselbe Farbe wie die kalte, fahle See. An Land hob und senkte sich weißer Nebel. Nun konnten sie ganz deutlich den dunklen Buschwald sehen. Sogar die Formen der Schirmfarne zeichneten sich ab, und jene seltsamen silbrigen, abgestorbenen Bäume, die Skeletten glichen ...

Jetzt konnten sie die Landebrücke und ein paar ebenfalls fahle kleine Häuser erkennen, aneinandergeklebt wie Muscheln auf dem Deckel einer Schachtel. Die anderen Passagiere stapften hin und her, doch langsamer als in der vergangenen Nacht, und wirkten schwermütig. Und nun kam ihnen die Landebrücke entgegen, langsam glitt sie auf den Picton-Dampfer zu, und ein Mann, der aufgerollte Taue in der Hand hielt, und ein Wagen mit einem kleinen, müden Pferd davor, und noch ein Mann, der auf einem Trittbrett saß, kamen in Sicht.

«Fenella, da ist Mr. Penreddy, der uns abholen kommt», sagte Großmutter. Und es klang erfreut. Ihre weißen, wächsernen Wangen waren blau vor Kälte, ihr Kinn zitterte, und sie mußte sich dauernd die Augen und ihre kleine rote Nase abwischen. «Hast du meinen ...»

«Ja, Großmama.» Fenella zeigte ihn ihr.

Das Tau kam durch die Luft geflogen und fiel – klatsch! – aufs Deck. Die Gangway wurde heruntergelassen. Wieder folgte Fenella ihrer Großmutter auf den Kai und hinüber zu dem kleinen zweirädrigen Wagen, und kurz darauf rollten sie davon. Die Hufe des kleinen Pferdes trommelten über die Holzbohlen und sanken dann leicht in den sandigen Weg ein. Keine Menschenseele war zu sehen; nicht einmal ein Fitzelchen Rauch. Der Nebel hob und senkte sich, und die See klang noch ganz verschlafen, wie sie so langsam vom Ufer zurückschwappte.

«Ich habe Mr. Crane gestern gesehen», sagte Mr. Penreddy. «Er sah wohlauf aus. Meine Frau hat ihm letzte Woche eine ganze Ladung Scones hinübergebracht.»

Und jetzt hielt das kleine Pferd vor einem der muschelähnlichen Häuser an. Sie stiegen ab. Fenella legte ihre Hand auf das Tor, und große, herabrinnende Tautropfen durchweichten die Fingerspitzen ihrer Handschuhe. Sie gingen einen kleinen Pfad mit runden weißen Kieseln und tropfnassen, schlafenden Blumen auf beiden Seiten hinauf. Großmutters zarte weiße Gartennelken waren so schwer vom Tau, daß sie am Boden lagen, aber ihr süßer Duft gehörte unweigerlich zu diesem kalten Morgen. Die Rollos in dem kleinen Haus waren heruntergelassen; sie stiegen die Stufen zur Veranda empor. Ein Paar alte Halbstiefel stand an der einen Seite der Tür und eine große rote Gießkanne an der anderen.

«Klingeling – dein Großvater», sagte Großmutter. Sie drehte den Türgriff. Kein Ton. Sie rief: «Walter!», und sofort rief eine tiefe, halb erstickt klingende Stimme zurück: «Bist du es, Mary?»

«Warte mal, mein Schatz», sagte Großmutter, «komm hier herein.» Sie schob Fenella sanft in ein kleines, dämmeriges Wohnzimmer.

Eine weiße Katze erhob sich vom Tisch, die zusammengekauert wie ein Kamel gelegen hatte, streckte sich, gähnte und sprang dann auf die Pfoten. Fenella vergrub ihre kalte, kleine Hand in dem weißen, warmen Fell und lächelte schüchtern, während sie sie streichelte und auf Großmutters leise Stimme und die gurgelnden Töne von Großvater horchte.

Eine Tür knarrte. «Komm nur herein, mein Schatz.» Die alte Frau winkte sie heran, Fenella folgte. Da, auf der einen Seite eines riesigen Bettes, lag Großvater. Nur sein Kopf mit dem weißen Haarschopf und sein rosiges Gesicht und der lange, silberne Bart zeigten sich oberhalb der Decke. Er wirkte wie ein hellwacher Vogel.

«Na, mein Mädchen», sagte Großvater. «Gib mir mal 'n Kuß!»

Fenella küßte ihn.

«Hach», sagte Großvater, «ihre kleine Nase ist kalt wie ein Knopf. Und was hält sie denn da? Großmamas Schirm?»

Fenella lächelte wieder und hakte den Schwanenhals über das Bettende. Über dem Bett hing ein langer Vers in einem tiefschwarzen Rahmen:

«Verloren die goldne Stunde,
besetzt mit sechzig diamantenen Minuten.
Finderlohn wird nicht versprochen,
denn sie ist FÜR IMMER VERLOREN!»

«Das hat deine Großmama gezeichnet», sagte Großvater. Und er fuhr sich durch seinen weißen Haarschopf und sah Fenella so vergnügt an, daß sie fast meinte, er zwinkere ihr zu.

DIE FRAU VON DER THEKE

Die Hitze war den ganzen Tag über furchtbar. Der Wind blies dicht über den Boden, grub sich ins Buschgras ein, stob den Weg entlang, so daß der weiße Bimssteinstaub uns in die Gesichter wirbelte, über uns hinstäubte und sich festsetzte wie das Jucken einer trockenen Haut. Unsere Pferde stolperten keuchend und schnaubend voran. Das Packpferd war krank – es hatte eine große, offene, wundgeriebene Stelle am Bauch. Ab und zu blieb es plötzlich stehen, warf den Kopf zurück, sah uns an, als ob es weinen wollte, und wieherte. Hunderte von Lerchen sangen schrill. Der Himmel war schieferfarben, und das Gezwitscher der Lerchen erinnerte mich an Griffel, die über eine Tafel kratzten. Nichts war zu sehen, nur Welle um Welle von Buschgras mit Flecken von Purpurorchideen und Manukasträuchern, die von dicken Spinnweben überzogen waren.

Jo ritt voraus. Er trug ein blau-weiß gestreiftes Baumwollhemd, gerippte Manchesterhosen und Reitstiefel. Ein weißes, rotgepunktetes Taschentuch – es sah aus, als hätte er Nasenbluten gehabt – war um seinen Hals geknotet. Strähnen von weißem Haar kamen unter seinem breitkrempigen Schlapphut hervor – sein Schnurrbart und die Augenbrauen waren fast weiß. Er hing schlapp im Sattel, knurrig. Nicht ein einziges Mal hatte er an diesem Tag gesungen:

«Mir ist es gleich, verstehst du's nicht;
meiner Schwiegermutter sah ich ins Gesicht.»

Es war das erste Mal seit einem Monat, und an seinem Schweigen war etwas nicht geheuer. Jim ritt neben mir, weiß wie ein Clown; nur seine schwarzen Augen glänzten, und seine Zunge schoß dauernd hervor, um seine Lippen zu befeuchten. Er war mit einer Trapperweste bekleidet und blauen Leinenhosen, die um den Leib mit einem geflochtenen Ledergürtel festgehalten wurden. Seit Sonnenaufgang hatten wir kaum ein Wort gesprochen. Mittags hatten wir fliegenumschwärmt Kekse und Aprikosen am Rand eines morastigen Bachs verzehrt.

«Mein Magen fühlt sich an wie der Kropf einer Henne», sagte Jo. «Na und, Jim, unser Schlauberger, wo ist der Laden nun, von dem du dauernd gequasselt hast? ‹Oho›, hast du ständig gesagt, ‹ich kenne einen prima Laden mit einer Koppel für die Pferde, wo ein Bach durchläuft – gehört 'nem Freund von mir, der dir 'ne Flasche Whisky gibt, noch bevor er dir die Hand schüttelt.› Nun möcht' ich den Laden gern sehn – bloß spaßeshalber, nicht etwa, weil ich dir nicht glauben würde, das weißt du genau – bloß so ...»

Jim lachte. «Vergiß nicht, da ist auch noch eine Frau, Jo, mit blauen Augen und strohblonden Haaren, die verspricht dir noch was anderes, bevor sie dir die Hand gibt. Schreib dir das mal hinter die Ohren.»

«Die Hitze macht dich weich in der Birne», sagte Jo. Aber er stieß seine Knie in die Flanken des Pferds. Wir torkelten weiter. Ich fiel in einen Halbschlaf und hatte den beunruhigenden Traum, daß die Pferde sich überhaupt nicht voranbewegen würden – dann, daß ich ein Schaukelpferd ritt und meine alte Mutter mich schalt, weil ich so scheußlichen Staub vom Wohnzimmerteppich aufwirbelte. «Du hast das Teppichmuster ganz abgewetzt», hörte ich sie sagen und zerrte an den Zügeln. Ich zog die Nase hoch, und erwachend fand ich Jim über mich gebeugt; er lachte schadenfroh: «Beinah wär's passiert», sagte er. «Ich hab' dich gerade noch erwischt. Was war's? Weit weg gewesen?»

«Nein!» Ich hob meinen Kopf. «Gott sei Dank kommen wir endlich irgendwo an.»

Wir waren am Rand des Hügels, und da, unter uns, war eine Maori-Hütte[1] mit einem Wellblechdach. Sie stand in einem Garten, ziemlich weit ab vom Weg, gegenüber einer großen Pferdekoppel und einem Bach mit einer Gruppe junger Weiden. Fadendünner blauer Rauch stieg senkrecht aus dem Kamin der Hütte empor. Und als ich hinschaute, kam eine Frau heraus, von einem Kind und einem Hirtenhund gefolgt – die Frau trug, wie mir schien, einen schwarzen Stekken. Sie machte uns Zeichen. Die Pferde rafften sich noch einmal auf, Jo nahm seinen Trapperhut ab, rief, warf sich in die Brust und begann zu singen: «Mir ist es gleich, verstehst du nicht …»

Die Sonne stieß durch die fahlen Wolken und warf ein lebendiges Licht auf die Szene. Sie funkelte auf dem strohblonden Haar der Frau, ihrer flatternden Schürze und auf dem Gewehr, das sie trug. Das Kind versteckte sich hinter ihr, und der gelbe Hund, ein räudiges Tier, trottete, den Schwanz zwischen den Beinen, in die Hütte zurück. Wir hielten und stiegen ab.

«Hallo», schrie die Frau. «Ich dachte, ihr wärt drei Raben! Kommt meine Kleine reingerannt, ‹Mama›, sagt sie, ‹da kommen drei braune Dinger über den Hügel›, sagt sie. Und ich bin fix, kann ich euch sagen. ‹Das sind sicher Raben›, sage ich zu ihr. Ach, die Raben hier, ihr glaubt's nicht.»

Die «Kleine» gönnte uns einen Blick hinter der Schürze ihrer Mutter vor und versteckte sich wieder.

«Wo ist dein Alter?» fragte Jim.

Die Frau kniff ein Auge zu und zog eine Grimasse. «Fort. Schafe scheren. Schon seit einem Monat fort. Ich denke doch nicht, daß ihr bleiben wollt, oder? Ein Sturm zieht auf.»

«Und ob wir bleiben», sagte Jo. «Hast wohl grade deine einsame Tour, was?»

Sie stand da, die Falten ihrer Schürze glättend und einen nach dem andern von uns wie ein hungriger Vogel musternd. Ich mußte lächeln bei dem Gedanken, wie Jim ihretwegen Jo aufgezogen hatte. Gewiß waren ihre Augen blau, und das bißchen Haar, das sie hatte, war strohblond, aber häßlich. Sie war eine lächerliche Gestalt. Wenn du sie ansahst, meintest du, es seien nur Stöcke und Drähte unter dieser Schürze. Ihre Vorderzähne waren eingeschlagen, sie hatte rote, aufgedunsene Hände, und an ihren Füßen trug sie ein Paar dreckige Halbstiefel.

«Ich will erst mal die Pferde rauslassen», sagte Jim. «Gibt's irgendein Einreibemittel? Poi hat sich höllisch wundgescheuert.»

«Halt mal!» Die Frau stand einen Augenblick still, ihre Nase wurde weit beim Atmen. Dann brüllte sie los: «Ich will nicht, daß ihr bleibt… Ihr könnt nicht, und damit basta. Ich gebe diese Koppel nicht mehr her. Ihr müßt weiter. Ich habe überhaupt nichts.»

«Gott verdamm' mich!» sagte Jo laut. Er zog mich beiseite. «Bißchen verrückt geworden», flüsterte er bedeutsam. «Zuviel alleine, du weißt schon. – Zieh das freundliche Register bei ihr, sie wird schon einlenken.»

Aber das war gar nicht nötig. Sie war schon wieder zu sich gekommen. «Bleibt, wenn ihr wollt», murmelte sie, und achselzuckend zu mir: «Ich geb' Ihnen das Mittel zum Einreiben, wenn Sie mitkommen.»

«In Ordnung, ich bringe es dann runter.» Wir gingen zusammen den Gartenweg hinauf. Auf beiden Seiten war Kohl gepflanzt. Er roch wie abgestandenes Spülwasser. An Blumen wuchsen Mohn und Bartnelken. Ein kleiner Flecken war durch Pawamuscheln abgeteilt, vermutlich gehörte er der Kleinen, denn sie rannte von ihrer Mutter fort und begann mit einer zerbrochenen Wäscheklammer darin zu wühlen. Der gelbe

Hund lag über der Türschwelle und schnappte nach seinen Flöhen.

Die Frau gab ihm einen Tritt. «Hopp, mach, daß du fortkommst, du Biest... Hier ist es unordentlich – hatte keine Zeit aufzuräumen heute, habe geplättet. Kommen Sie nur rein.»

Es war ein großer Raum, die Wände mit Bildern aus alten englischen Zeitschriften beklebt. Das Thronjubiläum von Queen Victoria[2] schien die neueste Nummer zu sein. Ein Tisch mit einem Plättbrett und einer Waschbütte darauf, ein paar Holzbänke, ein schwarzes Roßhaarsofa und ein paar kaputte Korbstühle, gegen die Wand geschoben. Der Sims über dem Ofen war mit rosa Papier umkleidet, verziert mit getrockneten Gräsern und Farnen und einem Farbdruck von Richard Seddon[3]. Es gab vier Türen – eine führte, dem Geruch nach zu urteilen, zum Laden, eine in den Hinterhof, und durch eine dritte sah ich in die Schlafkammer. Fliegen kreisten summend um die Decke, und Fliegenpapiere und Bündel von getrocknetem Klee waren an die Fenstervorhänge gesteckt.

Ich war allein im Raum. Sie war in den Laden gegangen wegen des Einreibemittels. Ich hörte sie umherstampfen und vor sich hin murmeln: «Ich hatte doch welches, wo habe ich die Flasche nur hingestellt… Sie ist hinter den Gewürzgurken… Nein, doch nicht.» Ich machte eine Ecke auf dem Tisch frei und setzte mich, mit den Beinen baumelnd. Drunten in der Koppel konnte ich Jo singen hören und die Hammerschläge, mit denen Jim die Zeltpflöcke eintrieb. Die Sonne ging unter. In unseren Neuseeland-Tagen gibt es keine Dämmerung, sondern diese bestimmte, seltsame halbe Stunde, wo alles verzerrt wirkt, erschreckend – so, als ob der wilde Geist des Landes umgehen würde und das, was er sah, angrinste. Allein in dem häßlichen Raum sitzend, wurde mir bange. Die Frau nebenan blieb lange aus, um das Zeugs zu suchen. Was tat sie bloß da drinnen? Einmal meinte ich, ich hörte, wie sie mit den Fäusten auf die Theke schlug, und einmal ging ein halbes Stöhnen in Husten und Räuspern über. Ich wollte rufen: «Nun mach schon!» Aber ich blieb stumm.

«Mein Gott, was für ein Leben», dachte ich. «Stell dir vor, hier tagein, tagaus zu leben, mit dieser Ratte von einem Kind und einem räudigen Hund. Sich ums Plätten zu kümmern! Verrückt, natürlich ist sie verrückt! Wie lange sie wohl schon hier ist – ob ich sie zum Reden bringe?»

In diesem Augenblick steckte sie den Kopf durch die Tür. «Was wollten Sie noch?» fragte sie.

«Was zum Einreiben.»

«Ach, hab ich vergessen. Da ist es. Vor den Essigkrügen.» Sie gab mir die Flasche.

«Du liebe Zeit, sehen Sie aber müde aus, und wie! Soll ich Ihnen auf die Schnelle in der Pfanne ein paar Scones zusammenschustern zum Abendbrot? Es ist auch noch was Pökelzunge im Laden, und ich koche Ihnen auch Kohl, wenn Sie wollen.»

«Gerne.» Ich lächelte sie an. «Kommen Sie doch runter zur Koppel und bringen Sie die Kleine mit zum Tee.»

Sie schüttelte den Kopf und verzog den Mund. «Ach nein, das will ich nicht. Ich schicke die Kleine runter mit den Sachen und einer Kanne Milch. Soll ich ein paar Scones mehr machen für morgen zum Mitnehmen?»

«Ja, bitte.»

Sie blieb in der Tür stehen.

«Wie alt ist die Kleine?»

«Sie wird sechs – nächste Weihnachten. Ich hatte was Kummer mit ihr, mal so, mal so. Hatte keine Milch für sie, bis einen Monat nach ihrer Geburt, und sie siechte dahin wie 's liebe Vieh.»

«Sie ähnelt Ihnen gar nicht – kommt sie nach ihrem Vater?»

So wie die Frau uns vorhin abweisend angeschrieen hatte, schrie sie jetzt mich an. «Nein, tut sie überhaupt nicht! Sie gleicht mir wie aus dem Gesicht geschnitten! Das sieht doch der Dümmste! – Komm jetzt rein, Else; hör auf, im Dreck zu wühlen.»

Ich traf Jo, als er über den Zaun der Koppel kletterte.

«Was hat denn die alte Ziege so in ihrem Laden?» fragte er.

«Weiß nicht, hab' nicht reingesehen.»

«Ja in drei Teufels Namen, was hast du denn die ganze Zeit gemacht? Jim schimpft nicht schlecht auf dich.»

«Sie konnte das Zeugs nicht finden. Donnerwetter, bist du aber schick!»

Jo hatte sich gewaschen, sein nasses Haar aus der Stirn gekämmt und einen Rock über sein Hemd geknöpft. Er grinste. Jim entriß mir das Einreibemittel. Ich ging ans Ende der Koppel, wo die Weiden wuchsen, und badete im Bach. Das Wasser war klar und weich wie Öl. An den von Gras und Binsen bewachsenen Ufern entlang trieb weißer Schaum und warf Blasen. Ich lag im Wasser und blickte in die Bäume hinauf, die einen Augenblick reglos standen, dann wisperten und wieder still waren. Es roch nach Regen. Ich vergaß die Frau und das Kind, bis ich zum Zelt zurückkam. Jim lag am Feuer und sah zu, wie der Kessel kochte.

Ich fragte, wo Jo war und ob das Kind das Abendbrot gebracht habe.

«Pah», sagte Jim, rollte sich herum und sah in den Himmel. «Hast du nicht gesehen, wie Jo sich feingemacht hat? Er hat, bevor er zur Hütte hinaufging, zu mir gesagt: ‹Hol's der Teufel, sie wird bei Nacht schon besser aussehen – auf jeden Fall, mein Freund, ist sie Weiberfleisch!›»

«Du hast gehört, was Jo über ihr Aussehen gesagt hat – und ich auch.»

«Nein, hör mal, ich werde einfach nicht klug draus. Es ist jetzt vier Jahre her, daß ich hier vorbeikam und zwei Tage blieb. Ihr Mann war mein Kumpel unten an der Westküste – ein großer, netter Kerl mit 'ner Stimme wie 'ne Posaune. Sie ist Bardame unten an der Küste gewesen – hübsch wie 'ne Wachspuppe. Die Postkutsche kam damals alle vierzehn Tage einmal vorbei, ehe es die Eisenbahnlinie rauf nach Napier gab – und dort hatte sie einen schönen Lenz. Schwatzte mir mal in einem vertraulichen Moment vor, daß sie hundertfünfundzwanzig verschiedene Arten zu küssen kannte.»

«Ach komm, Jim, das ist doch nicht dieselbe Frau!»

«'türlich ist sie's. Ich kann's ja auch nicht fassen. Ich glaube ja, der Alte ist abgehauen und hat sie sitzengelassen. Schafschur? Quatsch. Schönes Leben! Die einzigen Leute, die jetzt hier durchkommen, sind Maori und Landstreicher!»

Im Dunkeln sahen wir die helle Schürze der Kleinen. Sie kam auf uns zugeschlappt, einen Korb in der einen Hand, die Milchkanne in der anderen.

Ich packte den Korb aus – das Kind stand daneben.

«Komm hierher», sagte Jim und schnippte mit den Fingern.

Sie kam; die Lampe aus dem Zeltinnern warf ein helles Licht auf sie. Ein gewöhnliches, zu kleines Balg mit weißlichem Haar und müden Augen. Sie stand, die Beine weit gespreizt und den Bauch rausgestreckt.

«Was machst du denn so den ganzen Tag?» fragte Jim.

Sie bohrte mit dem kleinen Finger in einem Ohr, musterte das, was sie zutage befördert hatte und sagte: «Malen.»

«Was? Was malst du denn? Laß dein Ohr in Ruhe!»

«Bilder.»

«Worauf?»

«Butterbrotpapier und mit 'nem Bleistift von Mama!»

«Oho, was für ein Haufen Wörter hintereinander!» Jim rollte die Augen. «Bählämmer und Muhkühe?»

«Nein. Alles. Ich male alles. Ich male euch alle, wenn ihr weg seid, und eure Pferde und das Zelt und die da» – sie zeigte auf mich – «ohne Kleider an, im Bach unten. Hab' sie beobachtet, von wo aus sie mich nicht sehen konnte.»

«Vielen Dank auch. Ganz schön durchtrieben von dir», sagte Jim. «Wo ist denn dein Daddy?»

Die Kleine schmollte. «Sag' ich nicht, weil ich dein Gesicht nicht mag.» Sie begann, sich das andere Ohr vorzunehmen.

«Da», sagte ich, «nimm den Korb, geh ins Haus und sag dem anderen, das Essen sei fertig.»

«Ich will aber nicht.»

«Ich hau' dir eine hinter die Löffel, wenn du nicht willst», sagte Jim wütend.

«Ha! Das sag' ich Mama, das sag' ich Mama.» Das Kind lief davon.

Wir aßen, bis wir satt waren, und waren beim Rauchen angelangt, als Jo endlich zurückkam, puterrot und aufgedreht, eine Whiskyflasche in der Hand.

«Hier, trinkt mal, ihr beiden!» rief er. «Jetzt wird gelebt, her mit den Bechern!»

«Hundertfünfundzwanzig verschiedene Arten», flüsterte ich Jim zu.

«Was soll das heißen? Ruhe!» sagte Jo. «Warum mußt du mich immer piesacken? Du hörst dich an wie 'n Balg in der Sonntagsschule. Sie will, daß wir heute abend hochkommen und einen gemütlichen Schwatz mit ihr halten. Ich» – mit einer bedeutsamen Handbewegung – «ich habe sie rumgekriegt.»

«Glaub' ich dir gerne», lachte Jim. «Aber hat sie dir auch erzählt, wo ihr Alter hin ist?»

Jo sah auf. «Schafe scheren! Hast es doch gehört, du Idiot!»

Die Frau hatte nun den Raum in Ordnung gebracht, sogar einen bescheidenen Strauß Bartnelken auf den Tisch gestellt. Sie und ich saßen an der einen Tischseite, Jo und Jim an der anderen. Die Öllampe stand zwischen uns, die Whiskyflasche und Gläser und ein Krug mit Wasser. Das Kind kniete vor einer der Bänke und malte auf Butterbrotpapier; es juckte mich, zu sehen, ob es sich an der Bachepisode versuchte. Aber Jo hatte wirklich recht mit dem Aussehn bei Nacht. Ihre Haare waren gelöst, zwei rötliche Flecken brannten auf ihren Wangen, ihre Augen glänzten – und wir wußten, daß sie sich unter dem Tisch mit den Füßen berührten. Sie hatte die blaue Schürze mit einer weißen Baumwolljacke und einem schwarzen Rock getauscht – das Kind war sogar mit einem blauseidenen Haarband herausgeputzt.

In dem stickigen Raum, in dem die Fliegen gegen die Decke schwirrten und auf den Tisch fielen, wurden wir langsam betrunken.

«Jetzt hört mal», schrie die Frau und schlug mit der Faust auf den Tisch. «Ich bin nun sechs Jahre verheiratet, und vier Fehlgeburten! Sag' ich zu ihm, sag' ich: ‹Was glaubst du, wozu ich hier bin? Wenn du wieder dort an der Küste wärst, ließ ich dich lynchen wegen Kindsmord.› Immer wieder sag' ich ihm: ‹Du hast meine Lebenslust zuschanden gemacht und mein Aussehn ruiniert, und wozu?› Das ist es, worauf ich hinaus will.» Sie packte ihren Kopf mit den Händen und stierte uns der Reihe nach an, rasch fortfahrend: «Ach, manche Tage und Monate hör ich nur das eine Wort in mir pochen: ‹Wozu?› Und manchmal, wenn ich Kartoffeln koche und den Deckel hochhebe, um reinzupieken, da hör' ich wieder ganz plötzlich: ‹Wozu?› Ach, ich meine nicht nur die Kartoffeln und das Kind – ich meine …

meine …», stieß es ihr auf. «Sie wissen, was ich meine, Mr. Jo.»

«Ich weiß es», sagte Jo, sich am Kopf kratzend.

«Das Schlimme für mich ist», sie lehnte sich über den Tisch, «er hat mich zuviel allein gelassen. Wenn die Postkutsche kam, ließ er mich manchmal für Tage, manchmal für Wochen alleine hier mit dem Laden. Dann kam er zurück, freute sich 'n Loch in 'n Bauch. ‹Oh, hallo›, sagte er dann. ‹Wie geht's dir so? Komm und gib mir ein Küßchen.› Manchmal wurd' ich was gemein, und dann haute er wieder ab; aber wenn ich es ihm nicht übelnahm, wartete er ab, bis er mich um den Finger wickeln konnte, und sagte dann: ‹Und nun, bye-bye! Ich muß fort›, und denkt ihr, ich hätte ihn dann halten können? Ich doch nicht!»

«Mama», quäkte das Kind, «ich habe ein Bild von denen auf dem Hügel gemalt und von dir und mir und dem Hund unten.»

«Halt deinen Mund», sagte die Frau.

Ein greller Blitzstrahl zuckte durch das Zimmer – wir hörten Donnergrollen.

«Gott sei Dank geht es los», sagte Jo. «Ich habe es seit drei Tagen im Kopf gespürt.»

«Wo ist dein Alter jetzt?» fragte Jim langsam.

Die Frau schluchzte und ließ den Kopf auf

den Tisch sinken. «Jim, er ist fort, scheren gegangen, und hat mich wieder allein gelassen», plärrte sie.

«Gebt Obacht auf die Gläser», sagte Jo. «Kopf hoch! Heb mal noch einen! Es nützt nichts, über verflossene Männer zu greinen! Jim, du, elender Blödian!»

«Mr. Jo», sagte die Frau, sich die Augen mit ihrer Ärmelrüsche trocknend, «Sie sind ein Herr, und wäre ich eine Frau, die Geheimnisse hat, Ihnen würde ich alles anvertrauen. Darauf möcht' ich gerne noch einen trinken.»

Mit jedem Augenblick wurden die Blitze greller, und das Donnern kam näher. Jim und ich waren still – das Kind bewegte sich nicht von seiner Bank fort. Es streckte die Zunge heraus und blies auf sein Papier beim Malen.

«Das macht das Alleinsein», sagte die Frau, sich an Jo wendend.

Er sah sie verliebt an.

«Eingeschlossen wie eine brütende Henne.»

Er reichte ihr über den Tisch hinweg die Hand und hielt sie fest, und obgleich die Umklammerung höchst unbequem aussah, sobald sie Whisky und Wasser weiterreichen wollten, blieben ihre Hände ineinander, als seien sie verkettet.

Ich stieß meinen Stuhl zurück und ging zu der

Kleinen hinüber, die sich sogleich breit auf ihr Kunstwerk setzte und mir eine Grimasse schnitt.

«Du darfst's nicht sehen», sagte sie.

«Ach was, sei nicht so bockig!» Jim kam zu uns herüber, der Kleinen die Preisgabe abzuschmeicheln. Und ihre Malereien waren ungewöhnlich und abstoßend ordinär. Das Werk einer Irren, mit der Schläue einer Irren hervorgebracht. Kein Zweifel, die Kleine hatte eine kranke Phantasie.

Indem sie uns das Gemalte zeigte, steigerte sie sich in eine aberwitzige Erregung, lachte und zitterte und wedelte mit den Armen. «Mama», brüllte sie, «und jetzt tu' ich das malen, von dem du gesagt hast, ich dürfte das nie – und jetzt mach' ich es.»

Die Frau stürzte vom Tisch herüber und schlug dem Kind mit der flachen Hand auf den Kopf. «Ich versohl' dir den nackten Hintern, wenn du dich unterstehst, das nochmal zu sagen», kreischte sie.

Jo war zu betrunken, um dem Beachtung zu schenken, aber Jim fiel ihr in den Arm. Das Kind gab keinen Laut von sich. Es rannte zum Fenster und fing an, Fliegen vom Fliegenfänger zu zupfen.

Wir gingen zum Tisch zurück – Jim und ich saßen auf einer Seite, die Frau und Jo, sich mit den Schultern berührend, auf der anderen. Wir hörten auf den Donner und sagten einfallslos: «Der war aber nah» und: «Jetzt geht's wieder los», und Jo bei einem schweren Einschlag: «Jetzt sind wir dran», «festhalten», bis endlich der Regen fiel und wie Maschinengewehrfeuer auf das Blechdach prasselte.

«Ihr solltet euch besser hier aufs Ohr legen, heute nacht», sagte die Frau.

«Jawohl», pflichtete Jo bei, offensichtlich im Bilde über diese Wendung.

«Bringt eure Sachen aus dem Zelt rauf. Ihr beiden könnt im Laden übernachten mit der Kleinen zusammen – sie ist es gewöhnt, dort zu schlafen, und ihr kümmert sie nicht.»

«Aber Mama, ich habe noch nie dort geschlafen», unterbrach das Kind.

«Hör auf zu lügen! – Und Mr. Jo kann dieses Zimmer haben.»

Es schien eine lächerliche Aufteilung, aber es war zwecklos, sie zu durchkreuzen; sie waren schon zu weit gegangen. Während die Frau den Feldzugsplan entwarf, saß Jo ungewöhnlich feierlich und rot da; seine Augen quollen hervor, er zwirbelte seinen Schnurrbart.

«Gib uns eine Laterne», sagte Jim, «ich gehe runter zur Weide.» Wir gingen zusammen. Regen peitschte unsere Gesichter; das Land war so hell, als wütete ein Buschfeuer. Wir benahmen uns wie zwei losgelassene Kinder auf dem Höhepunkt eines Abenteuers, lachten und schrieen, und als wir zurückkamen, fanden wir die Kleine schon in der Ladentheke gebettet. Die Frau brachte uns eine Lampe. Jo nahm Jim sein Bündel ab. Die Tür wurde geschlossen.

«Gute Nacht zusammen!» rief Jo.

Jim und ich saßen auf zwei Kartoffelsäcken. Nicht ums Leben hätten wir zu lachen aufhören können. Ketten von Zwiebeln und halbe Schinken baumelten von der Decke; wohin man auch sah, waren Reklamen von «Camp Coffee»[4] und Büchsenfleisch. Wir zeigten darauf, versuchten, sie laut zu lesen – überwältigt von Lachen und Schluckauf. Das Mädchen in der Theke starrte uns an. Sie warf ihre Decke fort und kletterte zu Boden, wo sie in ihrem grauen Flanellnachthemd dastand und ein Bein am anderen rieb. Wir beachteten sie nicht.

«Worüber lacht ihr?» fragte sie beunruhigt.

«Über dich», brüllte Jim, «über solch fuchsige Brut wie dich!»

Sie geriet außer sich, hieb mit ihren Händen auf sich selbst ein. «Ich lasse mich nicht auslachen, ihr verdammten – ihr –»

Er stürzte sich auf das Kind und schwenkte es auf die Theke.

«Geh schlafen, Fräulein Neunmalklug – oder mal was. Hier hast du einen Bleistift – du kannst Mamas Rechnungsbuch nehmen.»

Durch den Regen hörten wir Jo über die knarrenden Dielen des Nebenraums gehen – das Geräusch einer sich öffnenden, dann schließenden Tür.

«Das macht das Alleinsein», wisperte Jim.

«Hundertfünfundzwanzig verschiedene Arten! Mein lieber Schwan!»

Die Kleine riß ein Blatt heraus und warf es mir zu. «Da», sagte sie, «jetzt habe ich es Mama zum Trotz getan, weil sie mich mit euch beiden eingesperrt hat. Ich habe das gemalt, was ich nie malen dürfte, hat sie gesagt. Ich habe das gemalt, wovon sie sagt, sie würde mich erschießen, wenn ich's tun würde. Ist mir doch egal! Ist mir ganz egal!»

Die Kleine hatte das Bild einer Frau gezeichnet, die auf einen Mann mit einer Schrotflinte schießt und dann ein Loch gräbt, um ihn darin zu begraben.

Sie sprang von der Theke und wälzte sich nägelbeißend auf dem Fußboden.

Jim und ich saßen bis zum Morgengrauen mit der Zeichnung neben uns. Es hörte zu regnen auf. Das kleine Mädchen schlief ein, atmete laut. Wir standen auf, stahlen uns aus der Hütte, hinunter zur Pferdekoppel. Weiße Wolken segelten über einen rosafarbenen Himmel – ein kühler Wind blies; die Luft roch nach nassem Gras. Gerade als wir uns in den Sattel schwangen, kam Jo aus der Hütte – er machte uns Zeichen, weiterzureiten.

«Ich hole euch später ein!» rief er.

Eine Wegbiegung, und der ganze Ort war verschwunden.

Als sie die Tür aufmachte und ihn dort stehen sah, freute sie sich mehr denn je, und auch er, wie er ihr so ins Atelier folgte, schien überaus glücklich, daß er gekommen war.

«Nicht bei der Arbeit?»

«Nein, gerade dabei, Tee zu machen.»

«Und Sie erwarten niemanden?»

«Gar niemanden.»

«Ach, wie schön.»

Er legte seinen Mantel und Hut umständlich und sorgfältig ab, so, als hätte er Zeit, reichlich Zeit für alles, oder so, als nähme er von ihnen Abschied für immer – und kam zum Kamin und hielt seine Hände vor die lebhaft auflodernden Flammen.

Nur einen Augenblick lang standen sie beide stumm vor diesem auflodernden Schein. Noch immer schmeckten sie gleichsam auf ihren lächelnden Lippen den zärtlichen Schock ihrer Begrüßung. Ihre geheimen Ichs flüsterten: «Warum sollten wir reden? Ist dies nicht genug?»

«Mehr als genug. Ich habe es bis zu diesem Augenblick nicht begriffen.»

«Wie gut das tut, bei dir zu sein ...»

«So wie jetzt ...»

«Es ist mehr als genug.»

Doch plötzlich wandte er sich ihr zu und sah sie an, und sie ging rasch weg.

«Zigarette? Ich setze den Kessel auf. Lust auf Tee?»

«Nein. Keine Lust.»

«Na, ich schon.»

«Ja, Sie ...»

Er knuffte das armenische Kissen zurecht und warf sich auf die Couch. «Sie sind eine vollendete kleine Chinesin.»

«Bin ich auch», lachte sie auf. «Ich habe Verlangen nach Tee wie starke Männer nach Wein.»

Sie machte die Lampe unter dem großen orangefarbenen Schirm an, zerrte die Vorhänge zu und zog den Teetisch heran. Zwei Vögel sangen in dem Kessel; das Feuer flackerte. Er setzte sich aufrecht und umfaßte die Knie. Sehr reizvoll, diese Beschäftigung des Teetrinkens, und sie hatte immer ein paar Köstlichkeiten – kleine, pikante Sandwiches, süße Mandelstäbchen und einen dunklen Kuchen, der nach Rum schmeckte –, trotzdem war es eine Unterbrechung. Er wünschte, es wäre schon vorbei, der Tisch fortgerückt, ihre beiden Stühle zur Lampe gezogen, der Moment gekommen, in dem er seine Pfeife herausholte, sie stopfte und, während er den Tabak fest in den Pfeifenkopf drückte, sagte: «Ich habe über das, was Sie das letzte Mal sagten, nachgedacht, und mir scheint...»

Ja, darauf wartete er, und sie auch. Ja, während sie die Teekanne wärmte und über der Spiritusflamme trockenschwenkte, sah sie diese anderen beiden: ihn zurückgelehnt, sich zwischen den Kissen bequem zurechtsetzend, und sie eingerollt wie eine Schnecke in dem blauen Muschelsessel. Das Bild war so klar und minuziös, es hätte auf dem blauen Teekannendeckel gemalt sein können. Trotzdem konnte sie sich nicht beeilen. Fast hätte sie schreien mögen: «Laß mir Zeit.» Sie brauchte Zeit, um ruhig zu werden. Sie brauchte Zeit, um sich von all den vertrauten Dingen, mit denen sie sich so lebhaft umgab, zu befreien. Denn all diese heiteren Dinge um sie herum waren ein Teil von ihr – ihre Abkömmlinge –, und sie wußten es und stellten höchste, dringlichste Forderungen. Aber jetzt sollten sie fort. Sie mußten hinweggefegt, fortgescheucht werden – wie Kinder, die man die dämmrige Treppe hinaufschickt, ins Bett packt und denen man befiehlt, einzuschlafen – sofort – ohne einen Mucks!

Denn die besonders spannende Eigenart ihrer Freundschaft beruhte auf ihrer beider völliger Selbstaufgabe. Wie zwei unbefestigte Städte mitten in einer weiten Ebene lagen ihrer beider Innenleben einander offen gegenüber. Und es war weder so, als ritte er in das ihre als Eroberer ein, bis an die Zähne bewaffnet, nichts bemerkend als ihr buntes Seidenfähnchen – noch trat sie in seines ein, wie eine Königin, sanft auf Blütenblättern schreitend. Nein, sie waren eifrige, ernste Reisende, ganz davon in Anspruch genommen, zu verstehen, was zu sehen war, und zu entdecken, was verborgen war – das Beste aus dieser einmaligen Chance zu machen, die es ihm ermöglichte, vollkommen wahrhaftig ihr gegenüber, und ihr, vollkommen aufrichtig gegen ihn zu sein.

Und das Schönste daran war, daß sie beide alt genug waren, ihr Abenteuer voll auszukosten, ganz ohne dumme, gefühlsduselige Komplikationen. Leidenschaft hätte alles zerstört; das war ihnen klar. Außerdem war das für sie beide vorbei und abgetan – er war zweiunddreißig, sie dreißig –, sie hatten ihre Erfahrungen gemacht, ausgiebig und abwechslungsreich waren sie gewesen, aber jetzt war die Zeit für die Ernte gekommen – Ernte. Würden seine künftigen Romane nicht wirklich ganz große Romane sein? Und ihre Theaterstücke! Wer außer ihr hatte schon dieses ausgezeichnete Gespür für echte englische Komödie?

Sorgfältig schnitt sie den Kuchen in dicke kleine Scheiben, und er langte nach einem Stück herüber.

«Bitte, achten Sie darauf, wie gut er ist», beschwor sie ihn. «Essen Sie mit Andacht. Verdrehen Sie womöglich die Augen und schmecken Sie ihn beim Atemholen. Es ist kein Sandwich von vorgestern – es ist die Art Kuchen, die in der Genesis hätte erwähnt werden können... Und Gott sprach: ‹Es werde Kuchen.› Und es ward Kuchen. Und Gott sah, daß er gut war.»

«Sie brauchen mich nicht zu nötigen», sagte er. «Wirklich nicht. Komisch, aber hier nehme ich wahr, was ich esse, und sonst nirgendwo. Vermutlich liegt es daran, daß ich so lange allein lebe und immer lese beim Essen... meine Gewohnheit, Nahrung eben nur als Nahrung zu betrachten... etwas, das da ist, um zu bestimmten Zeiten verschlungen zu werden, um... nicht mehr da zu sein.» Er lachte. «Das empört Sie, nicht wahr?»

«Bis ins Mark», sagte sie.

«Aber sehen Sie ...» Er schob seine Tasse fort und begann, sehr schnell zu sprechen. «Ich habe einfach gar kein äußeres Leben. Ich kann die Dinge nicht beim Namen nennen – Bäume und so fort –, und ich bemerke niemals Örtlichkeiten oder Möbel, oder wie Menschen aussehen. Ein Zimmer ist für mich wie das andere – ein Raum, um darin zu sitzen, zu lesen oder sich zu unterhalten –, außer», und hier machte er eine Pause, lächelte sonderbar naiv und sagte, «außer diesem Atelier.» Er blickte um sich und sah sie dann an; er lachte vor Erstaunen und Vergnügen. Er glich einem Mann, der in einem Zug aufwacht und bemerkt, daß er schon angekommen ist, am Ende seiner Reise.

«Und noch etwas anderes Komisches: Wenn ich die Augen schließe, kann ich diesen Raum bis ins kleinste Detail sehen... jede Kleinigkeit... Jetzt erst komme ich darauf... ich habe es nie zuvor bewußt begriffen. So oft, wenn ich von hier fort bin, kehre ich in Gedanken zurück – bewege mich um Ihre roten Stühle, bestaune die Obstschale auf dem schwarzen Tisch – und berühre, ganz leicht nur, diesen wundervollen Kopf eines schlafenden Knaben.»

Er betrachtete ihn beim Sprechen: Dieser stand auf dem Eck des Kaminsimses, den Kopf zur Seite geneigt, die Lippen leicht geöffnet, so, als ob der Knabe in seinem Schlaf auf einen schmeichelnden Klang horchte...

«Ich liebe diesen kleinen Jungen», sagte er leise. Und dann waren beide still.

Eine neue Stille kam über sie. Keineswegs die befriedigende Pause, die ihrer Begrüßung gefolgt war – dem «Nett, daß wir wieder beisammen sind, weshalb sollten wir nicht dort fortfahren, wo wir zuletzt abbrachen». Jenes Schweigen konnte in dem Umkreis des wärmenden behaglichen Feuers und Lampenlichts enthalten sein. Wie oft hatten sie nicht etwas eingeworfen, nur zum Spaß, um die Wellen an den sanften Ufern brechen zu sehen. Aber in diesen unbekannten Weiher fiel der Kopf des kleinen Jungen, der seinen zeitlosen Schlaf schlief – und die Wellen verloren sich – weit, grenzenlos weit weg –, in tiefes, glitzerndes Dunkel. Und dann setzten sie beide von neuem an. Sie sagte: «Ich muß das Feuer schüren», und er sagte: «Ich habe versucht, ein neues...» Und beide waren sie entronnen. Sie fachte das Feuer an und schob den Tisch zurück, der blaue Sessel wurde herangerollt; sie kroch in sich zusammen, und er lehnte sich in die Kissen zurück. Schnell! Schnell! Sie mußten verhindern, daß das noch einmal geschah.

«Also, ich habe das Buch gelesen, das Sie letztes Mal hiergelassen haben.»

«Ja, und was halten Sie davon?»

Sie waren wieder in Fahrt. Und es war wie immer. Wirklich? Waren sie nicht ein ganz klein wenig zu rasch, zu prompt mit ihren Antworten, zu bereit, aufeinander einzugehen? War dies wirklich mehr als bloß eine gutgelungene Imitation anderer Gelegenheiten? Sein Herz klopfte; ihre Wangen brannten, und das Dumme war, sie konnte nicht ausmachen, wo genau sie waren oder was genau geschah. Sie hatte keine Zeit, zurückzuschauen. Und gerade, als sie so weit gekommen war, geschah es noch einmal. Sie stockten, stotterten, brachen ab, schwiegen. Wieder waren sie sich des grenzenlosen fragenden Dunkels bewußt. Wieder waren sie – zwei Jäger, über ihre Feuerstelle gebeugt, die plötzlich von jenseits des Dschungels einen Windstoß hören und einen lauten, fragenden Schrei …

Sie hob den Kopf. «Es regnet», murmelte sie. Und ihre Stimme war wie die seine, als er sagte: «Ich liebe diesen kleinen Jungen.»

Schön. Warum gaben sie nicht einfach nach – ergaben sich – und warteten ab, was dann geschehen würde? Aber nein. So verwirrt und aufgewühlt sie auch waren, so wußten sie doch genug, um zu erkennen, daß ihre kostbare Freundschaft in Gefahr war. Und nur sie – nicht sie beide – würde zerstört werden, und es wäre nicht ihre Schuld.

Er stand auf, klopfte seine Pfeife aus, fuhr sich mit der Hand durchs Haar und sagte: «Ich habe mich in letzter Zeit oft gefragt, ob der Roman der Zukunft ein psychologischer Roman sein wird oder nicht. Wie sicher sind Sie, daß Psychologie qua Psychologie überhaupt etwas mit Literatur zu tun hat?»

«Meinen Sie, es bestünde überhaupt die Möglichkeit für diese geheimnisvollen, nicht existierenden Wesen – die jungen Schriftsteller von heute – zu versuchen, die Behauptungen der Psychoanalytiker einfach zu vernachlässigen?»

«Und ob. Und ich glaube es deswegen, weil diese Generation klug genug ist, zu wissen, daß sie krank ist, daß sie aber auch begreift, daß einzige Aussicht auf Gesundung die ist, sich mit ihren Symptomen zu befassen – eine erschöpfende Untersuchung dieser zu geben – ihnen nachzuspüren – zu versuchen, an die Wurzel des Übels zu gelangen.»

«Ach je», klagte sie, «welch schrecklich trübe Aussicht.»

«Nein, gar nicht», sagte er, «sehen Sie doch ...»

Das Gespräch ging weiter. Und diesmal, so schien es, waren sie wirklich über dem Berg. Sie wandte sich in ihrem Stuhl, um ihn anzusehen, als sie antwortete. Ihr Lächeln sagte: «Wir haben es geschafft.» Und er lächelte zuversichtlich: «Absolut.»

Aber das Lächeln machte es zunichte. Es währte zu lange; es wurde ein Grinsen. Sie sahen sich selbst als zwei kleine grinsende Marionetten, die tänzelnd in die Belanglosigkeit hüpften.

«Worüber haben wir eigentlich gesprochen?» dachte er. Es langweilte ihn so entsetzlich, daß er fast stöhnte.

«Was für eine Schau bieten wir uns hier», dachte sie. Und sie sah ihn mühsam – ach, wie mühsam – den Grund abstecken und sich selbst hinterherlaufen, hier einen Baum, da einen Blütenstrauch und dort eine Handvoll glitzernder Fische in einen Teich zu setzen. Diesmal schwiegen sie voller Bestürzung.

Die Uhr schlug sechs fröhliche kleine Schläge, und das Feuer loderte schwach auf. Was waren sie doch für Narren – schwerfällig, fade, ältlich – ausgemachte Strohköpfe.

Und jetzt zog das Schweigen sie in seinen Bann wie feierliche Musik. Es war Qual – für sie, es zu ertragen, und sterben würde er, sterben, wenn es gebrochen würde ... Und dennoch wollte er es brechen. Nicht nur mit Worten. Jedenfalls nicht mit ihrem auf die Nerven gehenden Gerede. Es gab eine andere Art des Austauschs für sie, und auf diese neue Weise wollte er flüstern: «Empfindest du das auch? Verstehst du es überhaupt?»

Stattdessen hörte er sich zu seinem Schrecken sagen: «Ich muß gehen; ich bin um sechs Uhr mit Brand verabredet.»

Welcher Teufel ließ ihn ausgerechnet das sagen und nicht das andere? Sie sprang auf – sprang förmlich von ihrem Sessel auf, und er hörte sie ausrufen: «Dann müssen Sie sich beeilen! Er ist doch immer so pünktlich. Warum haben Sie das nicht gleich gesagt?»

«Du hast mich verletzt, du hast mich verletzt! Wir haben versagt», rief ihr geheimes Ich, während sie ihm mit munterem Lächeln Stock und Hut reichte. Keinen Augenblick wollte sie ihm für ein weiteres Wort lassen, sondern stürzte durch den Flur und öffnete die schwere Haustür.

Konnten sie so auseinandergehen? Wie konnten sie das fertigbringen? Er stand an der Treppe und sie noch drinnen, die Tür aufhaltend. Es regnete nicht mehr.

«Du hast mich verletzt – verletzt», rief ihr Herz. «Warum gehst du nicht? Nein, geh nicht.

Bleib. Nein – geh!» Und sie sah in die dunkle Nacht hinaus.

Sie sah die schön geschwungene Treppe, den dunklen Garten, der von glitzerndem Efeu eingefaßt war, auf der anderen Seite der Landstraße die mächtigen, kahlen Weiden, und über ihnen den weiten sternklaren Himmel. Natürlich würde er nichts von alldem sehen. Er stand ja darüber. Er – mit seiner wunderschönen «vergeistigten» Weltanschauung.

Sie hatte recht. Er sah nichts. Zum Heulen! Verpaßt. Jetzt war es zu spät, um etwas zu tun. War es zu spät? Ja. Ein scheußlich kalter Windstoß fuhr durch den Garten. Verfluchtes Leben! Er hörte sie «*Au revoir*» rufen, und dann schlug die Tür zu.

Sie rannte zurück ins Atelier und benahm sich seltsam. Sie rannte auf und ab, warf die Arme hoch und schrie: «Ach, wie dumm! Wie verrückt! Wie dumm!»

Und dann ließ sie sich auf die Couch fallen, dachte an nichts, lag nur da in Wut. Alles war vorbei. Was war vorbei? – Ein Etwas. Und sie würde ihn nie wiedersehen – nie. Nachdem lange, lange Zeit (oder vielleicht zehn Minuten) in diesem schwarzen Abgrund vergangen war, schrillte ihre Klingel, kurz und knapp ... Er mußte es sein, natürlich. Und dementsprechend sollte sie dem natürlich nicht die geringste Aufmerksamkeit schenken und ihn einfach weiter und weiter läuten lassen. Sie flog, um aufzumachen.

An der Türschwelle stand eine ältliche Jungfer, eine rührende Person, die sie verehrte (der Himmel wußte, weshalb); sie pflegte von Zeit zu Zeit hier aufzutauchen und zu läuten, und dann, wenn sie die Tür öffnete, zu sagen: «Meine Liebe, schicken Sie mich ruhig fort!» Was sie nie tat. Im allgemeinen bat sie sie herein und ließ sie alles bewundern und nahm einen Strauß struppig aussehender Blumen an – überfreundlich. Aber heute ...

«Oh, das tut mir leid», rief sie, «aber ich habe Besuch. Wir arbeiten an Holzschnitten. Ich bin den ganzen Abend über hoffnungslos beschäftigt.»

«Macht ja nichts, macht gar nichts, Liebes», sagte die gute Freundin. «Ich kam nur gerade vorbei und dachte, ich könnte Ihnen ein paar Veilchen dalassen.» Sie tastete ungeschickt die Streben eines großen alten Schirms hinunter. «Ich habe sie da unten hingelegt. Ein guter Platz, um Blumen vor dem Wind zu schützen. Hier sind sie», sagte sie und schüttelte einen welken Strauß hervor.

Einen Augenblick lang rührte sie die Veilchen nicht an. Aber während sie drinnen stand, die Tür aufhaltend, geschah etwas Seltsames. Sie sah wieder die schön geschwungene Treppe hinab in den dunklen Garten, von glitzerndem Efeu eingefaßt, die Weiden, den weiten, leuchtenden Himmel. Wieder empfand sie das Schweigen, das wie ein Fragen war. Aber diesmal zögerte sie nicht. Sie schritt voran; ganz leise und sanft, als wäre sie bange, eine Welle hervorzurufen in diesem grenzenlosen Weiher der Stille und legte die Arme um ihre Freundin.

«Meine Liebe», flüsterte da die Glückliche, ganz überwältigt von dieser Dankbarkeit. «Es ist ja nichts, nur der bescheidenste kleine Dreigroschenstrauß.»

Aber während sie sprach, wurde sie umarmt, zärtlich, liebevoll umarmt, mit zartem Druck, und so lange festgehalten, daß es der armen Person schier schwindlig wurde und sie gerade noch die Kraft hatte zu stammeln: «Dann bin ich Ihnen nicht lästig?»

«Gute Nacht, meine Freundin», wisperte die andere. «Kommen Sie bald wieder.»

«Das werde ich. Das werde ich.»

Diesmal kehrte sie langsam in das Atelier zurück, und als sie in der Mitte des Raums mit halb geschlossenen Augen stehen blieb, fühlte sie sich so leicht, so ausgeruht, als sei sie aus einem kindlichen Schlaf erwacht. Sogar das Atemholen war eine Freude …

Die Couch war schrecklich unordentlich. Alle Kissen wirkten wie «grimmige Berge», fand sie; klopfte sie zurecht und ging zum Schreibtisch hinüber. «Ich habe über unsere Unterhaltung über den psychologischen Roman nachgedacht», schrieb sie schwungvoll, «es ist wirklich über die Maßen interessant» – und so weiter.

Sie endete mit: «Gute Nacht, mein Freund. Kommen Sie bald wieder.»

FRÜHLINGSBILDER

I

Es regnet. Große, sanfte Tropfen klatschen den Leuten auf Hände und Wangen. Mächtige warme Tropfen wie geschmolzene Sterne. «Rosen gefällig! Lilien! Veilchen!» schnarrt die alte Vettel in der Gosse. Doch die Lilien, gebündelt in einer Krause aus Blättern, sehen eher nach verwelktem Blumenkohl aus. Auf und ab schiebt sie ihren ächzenden Karren. Ein übler Pestgestank geht von ihm aus. Keiner will etwas kaufen. Man muß mitten über die Straße laufen, da auf dem Gehsteig kein Platz ist. Laden um Laden quillt über; Laden um Laden stellt ausgefranste Krausen von fleckigen Rüschen und schmutzigen Borten zur Schau, um dich anzulocken und zu verführen. Davor sind Tische aufgebaut, mit Spielzeugkanonen und Zinnsoldaten und Zeppelinen und Bilderrahmen, fix und fertig mit kokettierenden Schönen. Da sind gewaltige Körbe mit gelben Strohhüten, aufgetürmt wie Plätzchenpyramiden, Reihen von gefärbten Stiefeln und Schuhe, so winzig, daß niemand sie je tragen wird. Ein Laden ist voller kleiner Regenmantelpäckchen, die blauen für Mädchen, die rosaroten für Jungen, ein jedes mit dem Aufdruck «*Bébé*» in der Mitte ...

«Rosen gefällig! Lilien! Veilchen!» leiert die alte Vettel und stößt gegen einen anderen Handkarren. Aber der rührt sich nicht vom Fleck. Er ist mit Kopfsalat vollbepackt. Seine Eigentümerin, eine dicke alte Frau, hat sich auf ihm der Länge nach ausgestreckt und schläft tief, die Nase in den Salatstrünken vergraben ... Wer soll da jemals etwas kaufen ...? Die Verkäufer sind alle Frauen. Sie sitzen auf niedlichen Klappstühlchen, verträumt und geistesabwesend. Hin und wieder steht eine von ihnen auf, nimmt einen Staubwedel, der aussieht wie eine qualmende Fackel, huscht mit ihm über das eine oder andere Ding hinweg und setzt sich dann wieder. Sogar der Mann mit der orangefarbenen Brille und dem aufgedunsenen Ballonbauch, der den Drehständer voller Comic-Karten kreisen läßt, kann sich nicht entscheiden ...

Plötzlich dringen aus dem menschenleeren Laden an der Ecke Töne eines Klaviers, eine Geige und eine Flöte fallen ein. Die Schaufenster des Ladens sind überall beschriftet: «Neue

Songs. Erster Stock. Eintritt frei.» Aber wegen der offenen Fenster im ersten Stock bemüht sich niemand nach oben. Man grinst sich eins, während die falschen Töne in die schwüle Regenluft entweichen. In der Tür steht ein dürrer Mann in abgewetzten Filzpantoffeln. Er hat sich eine Feder an die löchrige Krempe seines Huts gesteckt; mit welcher Würde er sie trägt! Die Feder ist zauberhaft. Sie ist seine goldene Epaulette, sein Parademantel, sein blütenweißer Glacéhandschuh, sein vergoldeter Spazierstock. Mit ihr läßt sich protzen, und die Stimme kommt volltönend und laut aus seinem Brustkorb. «Herauf! Nur herauf! Hier gibt's die neuen Songs! Jeder einzelne Sänger ist ein Künstler von europäischer Reputation. Das Orchester ist berühmt und mit nichts zu vergleichen. Sie können bleiben, Herrschaften, so lange Sie wollen. Es ist die Chance Ihres Lebens, und einmal verpaßt, kommt sie nie wieder.» Aber niemand rührt sich. Warum auch? Man kennt sie ja, diese Mädels – diese berühmten Künstlerinnen. Die eine trägt cremefarbenen Kaschmir, die andere blauen. Beide haben sie dunkle krause Haare und sich eine rosarote Rose hinters Ohr gesteckt... Man kennt die Knöpfstiefel des Pianisten, aufgeplatzt – am linken Fuß, dem Pedalfuß –, am entzündeten Fußballen beim großen Zeh; kennt die abgekauten Fingernägel des Geigers und die breiten, viel zu breiten Stulpen des Flötisten – all das ist ebenso alt wie die neuen Songs.

Die Musik spielt und spielt, und die großsprecherische Stimme dröhnt und dröhnt. Irgendwann ruft jemand etwas die Treppe hinab, und der Anpreiser, immer noch in seiner ganzen Würde, verschwindet. Die Töne verklingen. Das Klavier, die Geige und die Flöte verebben in der Stille. Nur der Spitzenvorhang sendet wellenförmige Lebenszeichen aus dem ersten Stock.

Es regnet noch immer; es fängt an, dunkel zu werden … «Rosen gefällig! Lilien! Wer kauft mir meine Veilchen ab?»

II

Hoffnung! Du elendes – du sentimentales, verlebtes Mädchen! Zerreiß deine letzte Saite und gib endlich Ruhe. Ich werde noch wahnsinnig von deinem dauernden Geklimper; mein Herz pocht dazu und jeder noch so kleine Pulsschlag klopft seinen Takt. Es ist Morgen. Ich liege im ansonsten leeren Bett – dem riesigen Bett, groß wie ein Acker und genauso kalt und unwirtlich.

Durch die Fensterläden kommt Sonnenlicht vom Fluß herauf und flutet in stockenden Wellenbewegungen über die Zimmerdecke. Ich höre Hammerschläge von draußen, und weit unten im Haus geht eine Tür auf und fällt ins Schloß. Ist das mein Zimmer? Sind diese über einen Armsessel geworfenen Kleider die meinen? Unter dem Kissen – Symptom und Symbol einer einsamen Frau – tickt meine Uhr. Es läutet. Oh! Endlich! Ich springe aus dem Bett und laufe zur Tür. Mach schon, schneller, Hoffnung, schneller!

«Ihre Milch, Mademoiselle», sagt die Concierge, während sich mich streng mustert.

«Oh, vielen Dank!» rufe ich, freudig die Milchflasche schwenkend. «Keine Post für mich?»

«Nichts, Mademoiselle.»

«Aber der Briefträger – war doch schon da?»

«Vor einer guten halben Stunde, Mademoiselle.»

Schließ die Tür. Steh noch einen Moment in dem schmalen Korridor. Hör – hör auf ihr verhaßtes Gedudel. Umschmeichle sie – mach ihr den Hof – bitte sie, nur ein einziges Mal noch dieses reizende kleine Stück auf der letzten Saite zu spielen. Vergebens.

III

Auf der anderen Seite des Flusses, auf dem schmalen Felspfad entlang des Ufers, geht eine Frau. Sie ist die Stufen vom Kai herabgestiegen und geht nun gemächlich, die eine Hand auf ihrer Hüfte. Es ist ein wunderschöner Abend; der Himmel hat die Farbe von Flieder angenommen und der Fluß die von Veilchen. Da stehen hohe, helle Bäume voll bebenden Lichts am Wegesrand, und die Boote, auf und ab tanzend, senden kräftige Schaumkronen nahezu bis an ihre Füße. Jetzt ist sie stehengeblieben. Jetzt hat sie sich rasch umgedreht. Sie lehnt sich an einen Baum und hält die Hände vors Gesicht; sie weint. Und jetzt läuft sie händeringend auf und ab. Erneut lehnt sie sich an den Baum, rücklings, den Kopf hoch erhoben und ihre Hände so verschränkt, als ob sie sich an irgendeinen lieben Menschen lehnen würde. Um ihre Schultern trägt sie einen kurzen grauen Schal; sie bedeckt ihr Gesicht mit dessen Enden und taumelt vor und zurück.

Aber niemand kann ewig weinen, schließlich findet sie ihre Ruhe und Fassung wieder, bringt ihr Haar in Ordnung, glättet ihre Schürze. Sie macht ein, zwei Schritte. O nein, zu früh, zu früh!

Erneut fliegen ihre Arme empor – sie läuft zurück – erneut hat sie sich an den großen Baum gepreßt. Felder goldenen Lichts zeigen sich in den Häusern; die Straßenlaternen schimmern durchs junge Blattwerk; gelbe Fächer aus Licht bedrängen die tanzenden Boote. Für einen Augenblick ist sie nur ein Fleck am Baum, weiß, grau und schwarz, mit den Steinen und Schatten verschmelzend. Und dann ist sie weg.

DIE FLIEGE

«Sie haben es hier aber sehr gemütlich», flötete der alte Woodifield und spähte aus dem großen grünen Ledersessel, der neben dem Schreibtisch seines Freundes – des Chefs – stand, wie ein Baby, das aus dem Kinderwagen guckt. Die Unterhaltung war beendet. Es war Zeit für ihn zu gehen. Aber er mochte nicht. Seitdem er im Ruhestand war, seit seinem ... Schlaganfall hielten ihn seine Frau und die Töchter fest im Haus, jeden Tag der Woche mit Ausnahme des Dienstags. Dienstags wurde er geschniegelt und gebügelt, und es war ihm erlaubt, sich den Tag über wieder in der Stadt aufzuhalten. Allerdings konnten sich seine Frau und die Töchter nicht vorstellen, was er dort tat. Vermutlich fiel er seinen Freunden lästig ... na ja, vielleicht. Nun, wir halten an unseren letzten Freuden fest wie der Baum an seinen letzten Blättern. Nun also saß der alte Woodifield da, rauchte eine Zigarre und starrte fast neidisch den Chef an, der in seinem Bürostuhl umherrollte, feist, rosig, fünf Jahre älter als er, und immer noch bestens beisammen, er ließ sich das

Heft nicht aus der Hand nehmen. Es tat gut, ihn zu sehen.

Wehmütig bewundernd sagte die alte Stimme noch einmal: «Es ist wirklich sehr gemütlich hier!»

«Ja, es ist ganz bequem», pflichtete der Chef bei und schlug mit dem Brieföffner auf die «Financial Times». Eigentlich war er sehr stolz auf sein Büro. Er mochte es gern, wenn es bewundert wurde, besonders vom alten Woodifield. Es gab ihm das Gefühl tiefer, ehrlicher Befriedigung, angesichts der zerbrechlichen alten Gestalt mit ihrem dicken Schal hier in dieser Mitte zu residieren.

«Ich habe es kürzlich renovieren lassen», erläuterte er, wie er es in den – wieviel? – vergangenen Wochen erklärt hatte. «Neuer Bodenbelag», und er zeigte auf den leuchtend roten Teppich mit einem Muster aus großen weißen Ringen. «Neue Einrichtung», und er deutete mit dem Kopf auf den massiven Bücherschrank und den Tisch mit den wie aus Wachs gedrehten Beinen. «Elektrische Heizung!» Er machte eine geradezu überschwengliche Handbewegung in Richtung der fünf durchsichtigen Heizschlangen, die sanft in dem schräggestellten kupfernen Reflektor glühten.

Doch lenkte er die Aufmerksamkeit des alten Woodifield nicht auf die Fotografie über dem Tisch: ein ernst blickender Junge in Uniform, der in einem jener fabulösen Fotoateliers aufgenommen war, mit künstlichen Sturmwolken im Hintergrund. Die Aufnahme war nicht neu; sie hing seit über sechs Jahren dort.

«Ich wollte Ihnen noch etwas erzählen», sagte der alte Woodifield, und seine Augen wurden trübe bei dem Versuch, sich zu erinnern. «Ja, was war es nur? Ich hatte es noch im Kopf, als ich heute morgen aufbrach.» Seine Hände begannen zu zittern, und rote Flecken bildeten sich über seinem Bart.

«Armer alter Kerl, pfeift doch aus dem letzten Loch», dachte der Chef. Und wohlwollend gestimmt, zwinkerte er dem alten Mann zu und sagte scherzend: «Ich werde Ihnen mal was sagen. Ich habe hier etwas, das Ihnen guttun wird, ehe Sie wieder hinaus in die Kälte müssen. Ein fabelhafter Tropfen. Verträgt jedes Kind.» Er nahm einen Schlüssel, der an seiner Uhrkette hing, schloß eine Schublade unter seinem Schreibtisch auf und zog eine dunkle, gedrungene Flasche hervor. «Das ist sozusagen Medizin», sagte er, «und der Mann, von dem ich sie bekommen habe, sagte mir unter dem Siegel der Verschwiegenheit, sie käme aus den Kellern von Windsor Castle.»

Der alte Woodifield bekam den Mund gar nicht mehr zu. Er hätte nicht erstaunter dreinblicken können, wenn der Chef ein Kaninchen hervorgezaubert hätte. «Das ist doch Whisky, wie?» piepste er schwach.

Der Chef drehte die Flasche und zeigte ihm zärtlich das Etikett. Es war Whisky.

«Wissen Sie», sagte er, den Chef verwundert anschauend, «zu Hause lassen sie mich keinen anrühren.» Und er sah aus, als wollte er weinen.

«Also, davon verstehen wir ein bißchen mehr als die Frauen!» rief der Chef und schoß auf zwei Gläser zu, die mit einer Flasche Wasser auf dem Tisch standen, und goß einen guten Fingerbreit in jedes Glas. «Schütten Sie ihn runter. Er tut Ihnen gut. Und nehmen Sie kein Wasser dazu. Es wäre Sünde, einen solchen Stoff zu verwässern. Ah!» Er setzte ab, zog sein Taschentuch heraus, wischte rasch seinen Schnurrbart ab und blinzelte dem alten Woodifield zu, der seinen Schluck noch auf der Zunge rollen ließ.

Der alte Mann schluckte, schwieg einen Augenblick und sagte dann schwach: «Schmeckt gut.»

Aber er wärmte ihn, kroch in sein kühles, altes

Hirn – und er erinnerte sich. «Das war's», sagte er, sich aus dem Sessel hievend. «Ich dachte, Sie wüßten es vielleicht gerne. Meine Töchter waren in der letzten Woche in Belgien, um nach dem Grab von unserem Reggie zu sehen, und sie sind zufällig an dem von Ihrem Jungen vorbeigekommen. Scheint, sie liegen ganz nahe beieinander.»

Der alte Woodifield machte eine Pause. Aber der Chef antwortete nichts. Nur ein Zittern seiner Augenlider zeigte, daß er es gehört hatte.

«Die Mädchen waren von der Art, wie dort alles gehalten wird, höchst angetan», schnarrte die alte Stimme. «Alles fabelhaft in Schuß. Sie könnten hier zu Hause nicht besser liegen. Sie sind nie drüben gewesen, oder?»

«Nein, nein!» Aus mancherlei Gründen war der Chef nicht drüben gewesen.

«Meilenweit Gräber», sagte der alte Woodifield mit zitternder Stimme, «und alles so gepflegt wie ein Garten. Blumen wachsen auf jedem Grab. Schöne breite Wege.» Seiner Stimme war anzuhören, wie sehr er schöne breite Wege schätzte.

Wieder eine Pause. Dann wurde der alte Mann erstaunlich lebendig.

«Wissen Sie, wieviel das Hotel meinen Töchtern für ein Glas Konfitüre abverlangt hat?» Sein

Atem pfiff. «Zehn Francs – das nenne ich Nepp. Es war ein kleines Glas, sagt Gertrude – nicht größer als eine Half-Crown-Münze. Und sie hatten nicht mehr als einen Löffel voll genommen, als sie die zehn Francs bezahlen sollte. Gertrude nahm das Glas mit, um ihnen eine Lehre zu erteilen. Ganz richtig so. Das heißt Geschäfte machen mit unseren Gefühlen. Die denken, bloß weil wir drüben sind, um es uns anzusehen, sind wir bereit, auch alles zu zahlen. So ist das.» Und er wandte sich zur Tür.

«Genau so, ganz genau!» sagte der Chef laut, obwohl er keine Ahnung hatte, was genau so war. Er kam um seinen Schreibtisch herum, folgte den schlurfenden Schritten zur Tür und begleitete den alten Freund hinaus. Woodifield war fort.

Eine Zeitlang blieb der Chef zurück, ins Nichts starrend, während der grauhaarige Bürobote ihn beobachtete, hereinkam, hinausging wie ein Hund aus seiner Hütte, der darauf wartet, daß man ihn ausführt. Dann: «Ich bin für eine halbe Stunde für niemanden zu sprechen, Macey», sagte der Chef. «Verstanden? Für niemanden.»

«Gewiß, Sir.»

Sobald die Tür zu war, gingen feste schwere Schritte den leuchtenden Teppich zurück, fiel der schwere Körper in den gepolsterten Stuhl, und vornübergebeugt bedeckte der Chef sein Gesicht mit den Händen. Er wollte, er beabsichtigte, er bereitete sich darauf vor, zu weinen...

Es war für ihn ein schrecklicher Schock gewesen, als ihm der alte Woodifield diese Bemerkung über das Grab seines Jungen hinwarf. Es war genauso, wie wenn die Erde sich geöffnet und er seinen Sohn dort hätte liegen sehen, Woodifields Töchter auf ihn niederblickend. Denn seltsam war das ja. Obwohl über sechs Jahre darüber hingegangen waren, dachte der Chef nie anders an seinen Jungen, als dort unverändert liegend, untadelig in seiner Uniform, für immer schlafend.

«Mein Sohn!» stöhnte der Chef. Aber noch kamen keine Tränen. In der Vergangenheit, in den ersten Monaten, ja Jahren nach seinem Tod brauchte er nur diese zwei Worte zu sagen, um derart von Gram und Kummer überwältigt zu werden, daß ihn nur noch ein heftiger Weinkrampf erleichtern konnte. Die Zeit, so hatte er damals behauptet, hatte er jedem erzählt, heile eben doch nicht alle Wunden. Andere Männer könnten sich vielleicht erholen, über ihren Verlust hinwegkommen, er aber nicht. Wie wäre das auch möglich? Sein Junge war sein einziger Sohn gewesen. Seit dessen Geburt hatte der Chef daran gearbeitet, dieses Geschäft für ihn aufzubauen; es machte nur Sinn durch den Sohn. Das Leben selbst hatte nur Sinn durch den Sohn. Wie in aller Welt hätte er sich sonst so schinden, auf so vieles verzichten können, all diese Jahre durchstehen, ohne beständig die Hoffnung vor sich zu haben, der Junge würde in seine Fußstapfen treten und dort weitermachen, wo er aufhören würde?

Und diese Hoffnung war der Erfüllung so nahe gewesen. Der Junge hatte im Büro sein Fach erlernt, ein Jahr vor dem Krieg. Jeden Morgen waren sie zusammen losgegangen, mit demselben Zug zurückgekommen. Und wie hatte man ihm gratuliert zu einem solchen Sohn! Kein Wunder. Er hatte sich ausgezeichnet eingearbeitet. Und was seine Beliebtheit beim Personal anging, so war jeder, bis zum alten Macey runter, restlos begeistert von dem Jungen. Und er war nicht die Spur verwöhnt. Nein, er war ganz er selbst, strahlend, natürlich, mit dem rechten Wort für jeden, mit diesem jungenhaften Aussehen und seiner Gewohnheit «Prächtig!» zu sagen.

Aber all das war vorüber und vorbei, als wäre es nie gewesen. Der Tag war gekommen, an dem Macey ihm das Telegramm überreicht hatte, das alles über ihm zusammenstürzen ließ: «... bedauern wir tief, Ihnen mitteilen zu müssen ...». Er hatte das Büro verlassen als ein gebrochener Mann, sein Leben war zerstört.

Vor sechs Jahren, vor sechs Jahren ... Wie schnell die Zeit doch verging! Es hätte ebenso gut gestern passiert sein können. Der Chef nahm die Hände vom Gesicht. Er war verwirrt. Etwas schien nicht mit ihm zu stimmen. Er fühlte nicht, was er fühlen wollte. Er entschloß sich, aufzustehen und das Bild seines Sohnes zu betrachten. Aber es war nicht seine beste Fotografie. Der Ausdruck war unnatürlich. Der Junge blickte kalt, fast streng drein. Nie hatte der Junge so ausgesehen.

In diesem Augenblick bemerkte der Chef, daß eine Fliege in sein breites Tintenfaß gefallen war und schwach, aber verzweifelt versuchte, wieder herauszukrabbeln. Hilfe, Hilfe! sagten die zappelnden Beine. Aber der Rand des Tintenfasses war feucht und schlüpfrig. Sie fiel wieder hinein und fing an zu schwimmen. Der Chef nahm eine Feder, holte die Fliege aus der Tinte und schüttelte sie herunter auf ein Löschblatt. Für den Bruchteil einer Sekunde lag sie still auf dem dunklen Fleck, der sich um sie herum ausbreitete. Dann bewegten sich die Vorderbeine, griffen nach einem Halt, und indem sie ihren winzigen durchweichten Körper hochzog, begann sie die mühselige Arbeit, ihre Flügel von der Tinte zu befreien. Über und unter dem Flügel, darüber und darunter strich ein Bein den Flügel entlang, wie ein Wetzstein über und unter einer Sichel entlangstreicht. Dann eine Pause, während der die Fliege, wie auf Zehenspitzen stehend, versuchte, erst den einen, dann den anderen Flügel zu entfalten. Schließlich gelang es ihr, und sich niedersetzend, begann sie wie ein Kätzchen sich das Gesicht zu säubern. Jetzt konnte man sich fast vorstellen, wie die kleinen Vorderbeine sich leicht und fröhlich aneinanderrieben. Die schreckliche Gefahr war vorüber. Sie war noch einmal davongekommen. Sie war zum Weiterleben bereit.

Aber gerade da hatte der Chef eine Idee. Er tunkte seine Feder wieder in die Tinte, stützte sein dickes Handgelenk auf das Löschblatt, und als die Fliege ihre Flügel erprobte, traf sie ein dicker schwerer Tropfen. Na, was würde sie nun machen?

Das kleine Insekt schien völlig entmutigt, betäubt von der Angst, was als nächstes geschehen würde. Aber dann zog sie sich wie unter Schmerzen vorwärts. Die Vorderbeine rührten sich, bekamen Halt, und das Ganze begann, wenn auch langsamer, von neuem.

«Sie ist ein tapferer kleiner Teufel», dachte der Chef und empfand regelrecht Bewunderung für den Mut der Fliege. So mußte man die Dinge anpacken. Das war die richtige Einstellung. Nie verzweifeln; es war nur eine Frage von ... Und wieder hatte die Fliege ihre mühsame Arbeit beendet, und der Chef hatte gerade Zeit, seine Feder neu zu füllen und auf den frisch gesäuberten Körper einen neuen dunklen Tropfen quellen zu lassen.

Und diesmal? Ein quälender Augenblick der Spannung folgte. Aber siehe da, die Vorderbeine begannen sich zu bewegen. Den Chef überkam eine ungestüme Erleichterung. Er beugte sich über die Fliege und sagte zärtlich zu ihr: «Du geschicktes kleines Luder.» Und dann hatte er tatsächlich den glänzenden Einfall, sie anzuhauchen, um den Vorgang des Trocknens zu beschleunigen. Allerdings war jetzt etwas Furchtsames und Schwaches in ihren Anstrengungen, und der Chef entschied, daß dies das letzte Mal sein sollte, als er die Feder tief ins Tintenfaß tauchte.

Das war es auch. Der letzte Tropfen fiel auf das triefend nasse Löschblatt, und die besudelte

Fliege lag darin und rührte sich nicht mehr. Die Hinterbeine klebten am Körper; die Vorderbeine waren unsichtbar. «Na los!» sagte der Chef. «Voran!» Und er schubste sie mit seiner Feder – vergebens. Nichts geschah oder würde geschehen. Die Fliege war tot.

Der Chef hob den kleinen Leichnam auf die Spitze seines Brieföffners und warf ihn in den Papierkorb. Aber es ergriff ihn ein so quälendes Gefühl der Niedergeschlagenheit, daß er förmlich Angst bekam. Er fuhr in die Höhe und klingelte nach Macey. «Bring mir neues Löschpapier», sagte er streng, «und zwar fix!»

Wahrend der alte Kerl lostrottete, verfiel er ins Grübeln, worüber er wohl vorhin nachgedacht haben mochte. Was war es nur? Es war… Er zog sein Taschentuch hervor und wischte innen am Kragen entlang. Beim besten Willen, er konnte sich nicht erinnern.

GLÜCK

Obwohl Bertha Young schon dreißig war, gab es noch Augenblicke, in denen sie lieber lief als ging, Tanzschritte vom Bürgersteig auf und ab machte, Lust hatte, Reifen zu treiben, etwas in die Luft zu werfen und es wieder aufzufangen oder einfach nur stillzustehen und über nichts und wieder nichts zu lachen.

Was soll man auch tun, wenn man dreißig ist und an der eigenen Straßenecke plötzlich von einem Gefühl des Glücks, des reinen Glücks überwältigt wird – so als hätte man plötzlich ein Stück von der späten Nachmittagssonne verschluckt, und es brannte innerlich noch und sandte kleine Sprühfunken in jede Zelle, bis in die Finger und Zehen hinein ...

Ja, gibt es denn keine Möglichkeit, dies auszudrücken, ohne «öffentliches Ärgernis zu erregen»? Wie idiotisch die Zivilisation doch ist! Wozu hat man einen Körper bekommen, wenn man ihn einschließen muß wie eine kostbare Violine in einen Geigenkasten?

«Nein, das mit der Geige trifft nicht ganz, was

ich meine», dachte sie, während sie die Stufen hinaufstürmte und in ihrer Handtasche nach dem Schlüssel kramte – sie hatte ihn vergessen, wie üblich – und am Briefkasten rüttelte. «Das ist es nicht, was ich meine, weil...» – «Vielen Dank, Mary» – sie trat in die Diele. «Ist das Kindermädchen zurück?»

«Ja, Madam!»

«Und ist das Obst gekommen?»

«Ja, Madam, es ist alles da.»

«Bringst du bitte die Früchte ins Eßzimmer, ja? Ich möchte sie hübsch anordnen, bevor ich hinaufgehe.»

Es war schummrig im Eßzimmer und recht kühl. Trotzdem zog Bertha ihren Mantel aus. Keinen Moment länger konnte sie das Eingeengtsein mehr ertragen, und die kalte Luft traf ihre Arme.

Aber tief innen war noch immer der hell glühende Fleck, der kleine Funkenschauer, der von dort herrührte. Kaum zu ertragen. Aus Furcht, ihn höher anzufachen, wagte sie beinahe nicht, Atem zu holen, und doch atmete sie tief, tief. Kaum wagte sie, in den kalten Spiegel zu blicken, und sah trotzdem hinein. Er warf eine strahlende Frau zurück mit lächelnden, zitternden Lippen, mit großen dunklen Augen und einem Ausdruck des Lauschens, des Wartens auf etwas… Göttliches, das eintrifft… wovon sie wußte, daß es kommen würde… unweigerlich.

Mary brachte das Obst auf einem Tablett herein, dazu eine Glasschale und eine sehr hübsche blaue Schüssel mit einer so merkwürdigen Glasur, daß sie aussah, als wäre sie in Milch getaucht worden.

«Soll ich Licht anmachen, Madam?»

«Danke, nein, ich kann noch ganz gut sehen.»

Da lagen die Mandarinen und Äpfel, erdbeerfarben gepunktet. Gelbe Birnen, glatt wie Seide, helle Trauben mit einem silbrigen Schimmer und eine große dunkle Traube. Diese hatte sie gekauft, weil sie so gut zum Ton des neuen Eßzimmerteppichs paßte. Gewiß, es klang etwas absurd und weit hergeholt, aber das war wirklich der Grund, weswegen sie sie gekauft hatte. Im Geschäft hatte sie gedacht: «Ich brauche ein paar dunkelblaue Trauben, um Teppich und Tisch zur Geltung zu bringen.» Und in dem Augenblick schien das wirklich vernünftig.

Als sie fertig war und zwei Pyramiden aus den leuchtenden runden Früchten gemacht hatte, trat sie etwas vom Tisch zurück, um die Wirkung zu prüfen – und sie wirkte tatsächlich höchst ausgefallen. Denn der dunkle Tisch schien mit dem Dämmerlicht zu verschmelzen, und die Glasschale und die blaue Schüssel hingen gleichsam in der Luft. Das war, ihrer gegenwärtigen Stimmung entsprechend, natürlich unglaublich schön … Sie mußte lachen.

«Nein, nein, ich werde noch hysterisch.» Und sie nahm Mantel und Handtasche und rannte hinauf ins Kinderzimmer.

Das Kindermädchen saß an einem niedrigen Tisch und gab Klein B. seine Abendmahlzeit nach dem Bad. Das Baby hatte ein weißes Flanellhemd und ein blaues Wolljäckchen an, und sein feines dunkles Haar war zu einem witzigen kleinen Schopf gebürstet. Es sah auf, als es seine Mutter bemerkte, und fing an zu strampeln.

«Ja, mein Schätzchen, iß schön auf», sagte das Kindermädchen, ihre Lippen auf eine Art zusammenpressend, die Bertha schon kannte und die hieß, daß sie im falschen Augenblick ins Kinderzimmer gekommen war.

«War sie brav, Nanny?»

«Sie war den ganzen Nachmittag über goldig», flüsterte die Nanny. «Wir waren im Park, und ich setzte mich auf einen Stuhl und nahm sie aus dem Wagen, und ein großer Hund kam daher und legte seinen Kopf auf meine Knie, und sie packte ihn am Ohr und zog daran. Ach, Sie hätten sie sehen sollen.»

Bertha hätte gern gefragt, ob es nicht gefährlich sei, sie nach den Ohren eines fremden Hundes fassen zu lassen. Aber sie wagte es nicht. Sie stand, betrachtete beide mit hängenden Armen, so wie das arme kleine Mädchen vor dem reichen kleinen Mädchen mit der Puppe steht.

Das Kind sah wieder zu ihr auf und lächelte so niedlich, daß Bertha nicht anders konnte als zu rufen: «Oh, Nanny, lassen Sie mich es zu Ende füttern und räumen Sie die Badesachen auf!»

«Madam, sie sollte nicht in andere Arme kommen, während sie ißt», sagte die Nanny, immer noch flüsternd, «das beunruhigt sie; es könnte ihr schlecht bekommen!»

Wie verrückt das war. Wozu ein Kind haben, wenn es zwar nicht wie eine sehr kostbare Geige in einem Kasten – aber doch in den Armen einer andern Frau gehalten werden sollte.

«Oh, ich muß einfach!» sagte sie.

Die Nanny übergab sie ihr schwer beleidigt.

«Aber stacheln Sie sie nicht wieder nach der Mahlzeit auf! Sie wissen, daß Sie das tun, Madam! Und ich habe danach die Bescherung!»

Gott sei Dank ging die Nanny mit den Badetüchern aus dem Zimmer.

«Nun habe ich dich für mich, mein kleiner Schatz!» sagte Bertha, als das Baby sich an sie lehnte. Es aß zu reizend, öffnete für den Löffel die Lippen und wackelte mit den Händen. Manchmal wollte es den Löffel nicht loslassen. Und manchmal, gerade wenn Bertha ihn gefüllt hatte, schlug es ihn fort in alle Winde.

Als die Suppe aufgegessen war, drehte sich Bertha zum Kaminfeuer um. «Du bist so niedlich, so niedlich!» sagte sie und küßte ihr warmes Baby. «Ich hab' dich so lieb.»

Und wirklich liebte sie Klein B. so sehr – den Nacken, wenn sie sich vorbeugte, die zarten Zehen, durchsichtig im Feuerschein –, daß ihr vollkommenes Glücksgefühl wiederkam, und wieder wußte sie nicht, wohin damit, was damit anfangen.

«Sie werden am Telefon verlangt», sagte die Nanny, triumphierend zurückkehrend und *ihr* Klein B. entgegennehmend.

Sie flog hinunter. Es war Harry.

«Bist du das, Ber? Hör mal, ich komme später. Ich nehme ein Taxi und komme, so schnell ich kann, aber schieb das Abendessen zehn Minuten hinaus, ja? Geht das?»

«Ja, selbstverständlich. Ach, Harry!»

«Ja?»

Was hatte sie zu sagen? Nichts hatte sie zu sagen. Sie wollte nur noch für einen Augenblick mit ihm in Kontakt sein. Es wäre lächerlich gewesen, zu rufen: «War das nicht ein himmlischer Tag heute?»

«Was hast du?» schnarrte er mit schwacher Stimme.

«Nichts. *Entendu*», sagte Bertha und hängte den Hörer ein, während sie dachte, daß die Zivilisation mehr als idiotisch sei.

Sie hatten Gäste zum Abendessen. Die Norman Knights – ein sehr nettes Paar –, er wollte gerade ein Theater gründen, während sie sich leidenschaftlich mit Innenarchitektur befaßte; einen jungen Mann, Eddie Warren, der soeben einen kleinen Gedichtband veröffentlicht hatte und der von jedermann zum Abendessen eingeladen wurde; und eine Entdeckung von Bertha, die Pearl Fulton hieß. Was Miss Fulton tat, wußte Bertha nicht. Sie waren sich im Club begegnet, und Bertha hatte sich verliebt in sie, wie sie sich immer in schöne Frauen, die etwas Fremdartiges an sich hatten, verliebte.

Das Aufreizende war, daß Bertha nicht klug aus ihr wurde, obwohl sie gelegentlich zusammengewesen waren, sich getroffen und miteinander gesprochen hatten. Bis zu einem bestimmten Punkt war Miss Fulton von seltener, bewundernswerter Offenheit, aber der bestimmte Punkt war immer da, und darüber hinaus ging sie nie.

Ob es da noch etwas gab? Harry sagte, nein. Er hielt sie für langweilig und «kühl wie alle Blondinen, und vielleicht auch geistig ein wenig anämisch». Doch Bertha war nicht seiner Meinung, jedenfalls jetzt noch nicht.

«Nein, die Art, wie sie dasitzt, den Kopf ein wenig zur Seite geneigt und lächelnd, das hat etwas Hintergründiges, Harry, und ich muß herausfinden, was das ‹Etwas› ist.»

«Höchstwahrscheinlich eine gute Verdauung», antwortete Harry.

Er bremste Bertha absichtlich mit Antworten dieser Art. «Leberstauung, liebes Mädchen» oder «schlicht Blähungen» oder «Nierenbeschwerden» – und so fort. Aus irgendeinem sonderbaren Grund mochte Bertha das gern und bewunderte es geradezu an ihm.

Sie ging in den Salon, zündete das Kaminfeuer an; dann nahm sie die Kissen, eines nach dem andern, die Mary so sorgfältig verteilt hatte, und warf sie auf die Stühle und Sofas zurück.

Das sah gleich anders aus. Das Zimmer bekam sofort Leben. Als sie gerade das letzte schleudern wollte, überraschte sie sich selbst dabei, wie sie es plötzlich voller Leidenschaft fest an sich drückte. Aber es löschte nicht das innere Brennen, nein, im Gegenteil!

Die Fenster des Salons gingen auf einen Balkon, der den Garten übersah. Ganz am Ende, an der Mauer, stand ein hoher, schlanker Birnbaum in vollster, reichster Blüte. Er stand ganz vollendet und unbewegt gegen den jadegrünen Himmel. Bertha meinte selbst auf diese Entfernung hin zu spüren, daß er nicht eine verwelkte Knospe oder Blütenblatt besaß. In dem Gartenbeet darunter schienen sich die roten und gelben Tulpen mit schweren Kelchen in die Dämmerung zu lehnen. Eine graue Katze, ihren Bauch schleppend, kroch über den Rasen, und eine schwarze, ihr Schatten, schlich ihr nach. Dieser Anblick, so bedacht und so flüchtig zugleich, verursachte in Bertha ein merkwürdiges Erschauern.

«Was für gespenstische Tiere Katzen doch sind!» stammelte sie und wendete sich vom Fenster ab und begann, umherzugehen...

Wie stark die Narzissen in dem warmen Raum dufteten! Zu stark? O nein. Trotzdem warf sie sich wie überwältigt auf ein Sofa und preßte die Hände auf die Augen.

«Ich bin zu glücklich – zu glücklich!» murmelte sie.

Und sie glaubte noch hinter ihren Lidern den schönen Birnbaum mit seinen weit geöffneten Blüten zu sehen – Symbol ihres eigenen Lebens.

Wirklich – wirklich – sie hatte alles. Sie war jung. Harry und sie waren verliebt wie eh und je, und sie kamen glänzend miteinander aus und waren einander gute Freunde. Sie hatte ein entzückendes Kind. Sie kannten keine Geldsorgen. Sie hatten dieses überaus ausreichende Haus und den Garten. Und Freunde – moderne, anregende Freunde, Schriftsteller, Maler, Dichter, oder solche mit sozialen Interessen –, genau die Art von Freunden, die sie wollten. Und dann gab es Bücher und Musik, und sie hatte eine fabelhafte kleine Schneiderin gefunden, und sie gingen im Sommer auf Reisen, und ihre neue Köchin machte die vorzüglichsten Omeletts …

«Ich bin doch lächerlich, verrückt!» Sie setzte sich auf, fühlte sich aber ganz schwindlig, ganz betrunken. Es mußte am Frühling liegen.

Ja, der Frühling. Jetzt war sie so schlapp, daß sie sich kaum die Treppe hinaufziehen konnte, um sich umzuziehen. Ein weißes Kleid, eine Kette aus Jadeperlen, grüne Schuhe und Strümpfe. Diese Zusammenstellung war nicht überraschend. Stunden zuvor, ehe sie am Salonfenster stand, hatte sie sie sich ausgedacht.

Blütenblätter raschelten leise in der Diele, und sie küßte Mrs. Norman Knight, die gerade ihren höchst amüsanten orangefarbenen Mantel mit einer Reihe applizierter schwarzer Affen an Saum und Vorderseite ablegte.

«Warum! Warum! Warum ist der Mittelstand so schwerfällig, so völlig humorlos! Meine Liebe, es ist schlichtweg ein glücklicher Zufall, daß ich überhaupt hier bin. Norman war sozusagen der beschützende Zufall. Denn meine lieben Affen brachten die Leute in der Bahn so auf, daß sie wie ein Mann aufstanden und mich mit den Augen verschlangen. Lachten nicht, fanden es nicht komisch – was ich gewünscht hätte. Nein, stierten bloß und langweilten mich zu Tode.»

«Aber die Höhe war», sagte Norman und zwängte nun ein großes, schildpattgefaßtes Monokel in ein Auge, «ich darf es doch erzählen, nicht wahr, Deckelchen?» (Zu Hause und unter Freunden nannten sie einander Topf und Dekkel.) «Die Höhe aber war, daß, als sie es satt hatte, sie sich an die Frau neben ihr wandte und sagte: ‹Haben Sie noch nie im Leben einen Affen gesehen?›»

«O ja!» Mrs. Norman Knight stimmte in das Gelächter ein. «War das nicht grandios?»

Das Komischste aber war, daß sie jetzt, ohne ihren Mantel, tatsächlich wie ein sehr intelligentes Äffchen aussah – das das gelbe Seidenkleid aus abgezogenen Bananenschalen gemacht hatte. Dazu ihre Bernsteinohrringe – wie kleine, baumelnde Nüsse.

«Das ist ein ganz trauriger Fall!» sagte Topf, vor dem Kinderwagen von Klein B. innehaltend. «Kommt ins Haus der Kinderwagen ...» Den Rest des Zitats wischte er fort.

Es klingelte. Der schmale, blasse Eddie Warren kam, wie üblich, in einem Zustand tiefer Depression.

«Es ist doch das richtige Haus, nicht wahr?» fragte er flehend.

«Ich denke doch, hoffe doch!» sagte Bertha strahlend.

«Ich hatte so ein *schreckliches* Erlebnis mit einem Taxifahrer. Ein ganz *finsterer* Mann. Ich konnte ihn nicht zum *Halten* bringen. Je mehr ich klopfte und rief, desto *schneller* fuhr er. Und im Mondlicht diese *bizarre* Gestalt, mit dem *platten* Kopf über das *kleine* Lenkrad geduckt ...»

Er schauderte, legte einen riesigen weißen Seidenschal ab. Bertha bemerkte, daß auch seine Socken weiß waren – sehr schick.

«Ach je, wie gräßlich», rief sie aus.

«Ja, das war es wirklich», sagte Eddie und folgte ihr in den Salon. «Ich sah mich selbst, in einem *zeitlosen* Taxi, durch die Ewigkeit *steuern.*»

Er kannte die Norman Knights. Er wollte sogar ein Theaterstück für N.K. schreiben, wenn die Theatergründung zustande käme.

«Nun, Warren, was macht das Stück?» fragte Norman Knight, wobei er das Monokel fallen und sein Auge einen Moment lang auftauchen ließ, dann sein Monokel wieder einklemmte.

Und Mrs. Knight: «Oh, Mr. Warren, was für ausgesucht elegante Socken!»

«Es *freut* mich sehr, daß sie Ihnen gefallen», sagte er, auf seine Füße starrend. «Sie scheinen *so viel* weißer, seit der Mond aufgegangen ist.» Und er wandte sein schmales junges Gesicht voller Trauer Bertha zu. «Wir *haben* jetzt Mondschein, verstehen Sie?»

Sie hätte schreien mögen: «Und ob! Heute und noch viel, viel öfter!»

Er war wirklich eine sehr anziehende Persönlichkeit. Ebenso Deckelchen, jetzt hingekauert vor den Kamin, in ihren Bananenschalen, und genauso Topf, der eine Zigarette rauchte und, während er die Asche abstreifte, sagte: «Warum zögert der Bräutigam zu kommen?»

«Da ist er ja!»

Mit einem Krach schlug die Tür auf und wieder zu. Harry schrie: «Hallo, liebe Leute, in fünf Minuten bin ich unten.» Und sie hörten ihn die Treppe hinaufstürmen. Bertha mußte lächeln; sie wußte, wie gerne er Dinge unter Hochdruck tat. Was machten schließlich fünf Minuten aus? Unglaublich viel, bildete er sich ein. Und dann legte er besonderen Wert darauf, kühl und gesammelt bis zur Extravaganz den Salon zu betreten.

Harry lebte leidenschaftlich intensiv. Ach, wie sie das an ihm schätzte. Und sein Wille, sich durchzusetzen; in allem, was auf ihn zukam, eine neue Erprobung seiner Kraft und seines Wagemuts zu sehen – auch das verstand sie. Selbst dann, wenn er gelegentlich anderen Leuten, die ihn nicht kannten, vielleicht ein wenig lächerlich vorkam ... Denn es gab Momente, wo er sich in die Schlacht stürzte, ohne daß es eine solche gab ... Sie redete und lachte und vergaß, bis er herunterkam, ganz (genauso wie sie es sich vorgestellt hatte), daß Pearl Fulton noch nicht eingetroffen war. «Ob Miss Fulton uns wohl vergessen hat?»

«Anzunehmen», sagte Harry.

«Ah, da kommt ein Taxi!» Und Bertha lächelte mit dem Anflug von Besitzerstolz, der sie immer überkam, wenn ihre weiblichen Entdekkungen neu und geheimnisvoll waren. «Sie verbringt förmlich ihr ganzes Leben in Taxis.»

«Sie wird dick werden, wenn sie das tut», sagte Harry kühl, während er zum Abendessen läutete. «Schreckliche Gefahr für blonde Frauen.»

«Nicht doch, Harry», mahnte Bertha lachend.

Es folgte ein winziger Augenblick des Wartens, während sie lachten und redeten, ein ganz klein wenig zu unbefangen, zu ahnungslos. Und dann kam Miss Fulton lächelnd herein, ganz in Silber, mit einem silbernen Stirnband um ihre strohblonden Haare, den Kopf etwas zur Seite geneigt.

«Komme ich zu spät?»

«Aber durchaus nicht», sagte Bertha. «Kommen Sie.» Und sie nahm ihren Arm, und sie gingen ins Eßzimmer.

Was war an der Berührung ihres kühlen Arms, das das Feuer des Glücks anfachte, anblies, auflodern ließ, mit dem Bertha nichts anzufangen wußte?

Miss Fulton sah sie nicht an. Aber im Grunde sah sie die Menschen selten direkt an. Ihre schweren Lider lagen auf ihren Augen, und das sonderbare halbe Lächeln kam und ging auf ihren Lippen, als lebte sie mehr durch Hören als durch Sehen. Aber Bertha wußte ganz plötzlich, als hätten sie den längsten vertraulichsten Blick getauscht – als hätten sie einander gefragt «Auch du?» –, daß Pearl Fulton, die nun die schöne rote Suppe in dem grauen Teller umrührte, genauso empfand wie sie.

Und die anderen? Topf und Deckel, Eddie und Harry – ihre Löffel hebend und senkend – tupften ihre Lippen mit ihren Servietten ab, krümelten Brot, hantierten mit Gabeln und Gläsern und redeten.

«Ich habe sie auf der Alpha-Ausstellung getroffen – diese verrückte kleine Person. Sie hatte nicht nur das Haar kurz geschnitten, sondern sie wirkte, als hätte sie ihre Beine und Arme und den Nacken und ihre arme kleine Nase ordentlich mitgekürzt.»

«Ist sie denn nicht mit Michael Oat liiert?»

«Der Mann, der ‹Liebe mit falschen Zähnen› geschrieben hat?»

«Er will mir ein Stück schreiben. Einen Einakter. Ein Ein-Mann-Stück. Er beschließt, sich umzubringen. Gibt alle Gründe an, warum er es sollte und warum nicht. Und gerade, als er sich entschieden hat, es entweder zu tun oder zu lassen – Vorhang. Glänzende Idee.»

«Wie will er es nennen? – ‹Bauchweh›?»

«Ich *meine*, ich sei *derselben* Idee schon einmal begegnet in einer *kleinen* französischen Zeitschrift, in England *völlig* unbekannt.»

Nein, sie hatten keinen Anteil daran. Es waren nette, nette Leute, und sie hatte sie gern hier an ihrem Tisch bei erlesenem Essen und Wein. Eigentlich hätte sie gern einmal ausgesprochen, wie reizend sie waren und welch anziehende Gruppe sie abgaben, wie sie einer den andern zur Geltung brachten und sie an ein Stück von Tschechow erinnerten!

Harry genoß sein Essen. Es gehörte zu seiner – nun, nicht gerade Natur und sicher nicht Pose – doch zu irgend etwas in ihm –, über das Essen zu reden und sich mit seiner «schamlosen Leidenschaft für das weiße Fleisch des Hummers» und «das Grün von Pistazieneis – grün und kalt wie die Augenlider ägyptischer Tänzerinnen» zu brüsten. Als er zu ihr aufsah und sagte: «Bertha, das ist ein ganz herrliches Soufflé!», hätte sie in kindlichem Vergnügen geradezu weinen können.

Ach, weshalb empfand sie heute abend diese Zärtlichkeit gegenüber der ganzen Welt? Alles war gut, war richtig so. Alles, was geschah, schien ihren randvollen Glückskelch wieder und wieder zu füllen. Und außerdem war in ihrem Unterbewußtsein der Birnbaum. Er mußte jetzt, in Eddies gepriesenem Mondlicht, silbern wie Miss Fulton erscheinen, die dasaß, eine kleine Mandarine in ihren schlanken Händen drehend, die so blaß waren, daß Licht von ihnen auszugehen schien. Was sie einfach nicht begreifen konnte – es war schlicht unglaublich –, war, wieso sie Miss Fultons Verfassung so genau und so augenblicklich erahnt hatte. Denn sie zweifelte keinen Moment daran, daß sie recht hatte; aber woran konnte sie sich dabei halten? An gar nichts.

«Ich glaube, das kommt ganz, ganz selten unter Frauen vor. Nie zwischen Männern», dachte Bertha. «Aber während ich den Kaffee im Salon mache, macht sie mir vielleicht ein Zeichen.»

Was sie damit meinte, wußte sie nicht, und was danach geschehen würde, konnte sie sich nicht vorstellen. Während sie darüber nachsann, sah sie sich selbst plaudern und lachen. Sie mußte plaudern, weil sie doch so gerne lachen wollte. «Ich muß lachen oder sterben.»

Als sie aber Deckelchens komischer Angewohnheit gewahr wurde, ihren Ausschnitt so zusammenzuziehen, als hätte sie dort einen winzigen, geheimen Vorrat an Nüssen versteckt – mußte Bertha ihre Nägel in die Handflächen graben, um nicht aufzulachen.

Endlich war es vorbei.

«Kommt und seht euch meine neue Kaffeemaschine an», sagte Bertha.

«Wir haben ja bloß alle vierzehn Tage eine neue Kaffeemaschine», sagte Harry. Diesmal nahm Deckelchen sie beim Arm; Miss Fulton kam mit gesenktem Kopf nach.

Das Kaminfeuer im Salon war zu einem rot züngelnden Nest von jungen Phönixen niedergebrannt, wie Deckelchen bemerkte. «Macht noch kein Licht an. Es ist so schön so.» Und wieder kauerte sie am Kamin. Sie fror immer...

«Natürlich, so ohne ihr rotes Flanelljäckchen», dachte Bertha.

In diesem Augenblick gab Miss Fulton ihr «das Zeichen».

«Habt ihr einen Garten?» fragte die kühle, schläfrige Stimme.

Das war so bedeutungsvoll, daß Bertha nicht anders konnte, als zu gehorchen. Sie durchquerte den Raum, zog die Vorhänge auseinander und öffnete die hohen Fenster. «Da», hauchte sie.

Und die beiden Frauen standen dicht nebeneinander und blickten auf den schlanken, blühenden Baum. Obwohl er ganz unbewegt dastand, war es, als steige er wie eine Kerzenflamme empor, als strecke er sich und schauere in der klaren Luft, als wüchse er höher und höher, während sie schauten – fast, als wollte er den Rand des silbernen Vollmonds berühren.

Wie lange standen sie dort? Beide gefangen in diesem Kreis von überirdischem Licht, einander vollkommen verstehend, Geschöpfe einer anderen Welt, verwundert, was sie auf dieser Erde mit all dieser Glückseligkeit anfangen sollten, die in ihnen brannte und in silbernen Blüten von ihren Haaren und Händen tropfte?

Für immer – oder nur für diesen Augenblick? Und flüsterte Miss Fulton wirklich «Ja, genau so» oder träumte Bertha das nur?

Dann wurde das Licht angeknipst, und Dekkelchen machte den Kaffee, und Harry sagte: «Meine liebe Mrs. Knight, fragen Sie mich nicht nach meinem Töchterchen. Ich sehe es nie. Ich kann nicht das geringste Interesse für sie aufbringen, ehe sie einen Liebhaber hat», und Topf befreite sein Auge für einen Augenblick von dem Monokel und brachte es dann wieder unter Glas, und Eddie Warren trank seinen Kaffee und setzte seine Tasse mit so gequältem Gesicht ab, als hätte er eine Spinne gesehen und mitgetrunken.

«Was ich möchte, ist, jungen Männern zu einer Show zu verhelfen. Ich finde, London quillt einfach über von erstklassigen, ungeschriebenen Theaterstücken. Ich möchte ihnen zeigen: ‹Hier ist das Theater. Nun legt los!›»

«Wissen Sie, ich soll ein Zimmer für Jacob Nathans einrichten. Oh, wie es mich reizen würde, es im Bratfisch-Stil zu dekorieren, die Stuhllehnen wie Bratpfannen geformt und Vorhänge mit niedlichem Bratkartoffel-Muster überall!»

«Das Schlimme an unseren jungen, schriftstellernden Männern ist, daß sie noch immer viel zu romantisch sind. Man kann nicht in See stechen, ohne seekrank zu werden und ein Speibecken zu brauchen. Also, warum haben sie nicht den Mut zum Speibecken?»

«Ein schreckliches Gedicht über ein Mädchen, das von einem Bettler ohne Nase in einem Wäldchen vergewaltigt wurde …»

Miss Fulton sank in den niedrigsten, tiefsten Sessel, und Harry reichte die Zigaretten herum. Aus der Art, wie er vor ihr stand, die silberne Zigarettendose schüttelte und unvermittelt sagte: «Ägyptische? Türkische? Virginia? Sie sind gemischt», entnahm Bertha, daß sie ihn nicht bloß langweilte; er konnte sie wirklich nicht leiden. Und sie schloß aus der Art, wie Miss Fulton sagte: «Nein, danke Ihnen, ich mag nicht rauchen», daß auch sie das empfand und verletzt war.

«Oh, Harry, lehne sie nicht ab. Du irrst dich in ihr. Sie ist wunderbar, wunderbar. Und außerdem, wie kannst du so anders gegenüber jemandem empfinden, der mir so viel bedeutet. Ich will versuchen, dir klarzumachen, was geschehen ist, wenn wir heute nacht beide im Bett sind. Was ihr und mir gemeinsam war.»

Bei diesen letzten Worten überkam Bertha etwas Merkwürdiges, fast Erschreckendes. Und dieses blinde, lächelnde Etwas flüsterte ihr zu: «Bald gehen diese Menschen fort. Das Haus wird ruhig – still. Die Lichter sind aus. Und du und er werden allein zusammen im dunklen Zimmer sein – im warmen Bett ...»

Sie sprang von ihrem Stuhl auf und lief zum Klavier hinüber. «Wie schade, daß niemand spielt», rief sie, «wie schade, daß keiner spielt.»

Zum ersten Mal in ihrem Leben hatte Bertha Young Verlangen nach ihrem Mann. Ach, sie hatte ihn geliebt – natürlich hatte sie ihn geliebt, aber auf jede andere Weise, doch nicht so. Andererseits hatte sie natürlich verstanden, daß es bei ihm anders war. Sie hatten so oft darüber gesprochen. Zuerst hatte es sie furchtbar bekümmert, als sie entdeckte, daß sie so unbeteiligt blieb, aber nach einer Weile schien es nichts auszumachen. Sie waren so offen zueinander – waren so gute Freunde. Das war das Beste an der Moderne.

Aber jetzt – brennend! brennend! Das Wort tat ihrem Körper weh. War es das, worauf dieses Gefühl von Glückseligkeit hinausgewollt hatte? Aber dann ... dann ...

«Meine Liebe», sagte Mrs. Norman Knight, «Sie kennen unsere Schande! Wir sind die Opfer von Zeit und Zug. Wir wohnen in Hampstead. Es war so reizend.»

«Ich begleite Sie in die Diele», sagte Bertha. «Ich hatte Sie schrecklich gerne bei uns. Aber Sie dürfen den letzten Zug nicht verpassen. Das wäre doch sehr unangenehm.»

«Knight, noch einen Whisky, ehe Sie gehen?» rief Harry.

«Nein danke, alter Freund!»

Bertha drückte ihm dafür die Hand beim Abschied.

«Gute Nacht, adieu», rief sie von der obersten Treppenstufe, im Gefühl, daß dieses Selbst sich für immer von ihnen verabschiedete.

Als sie in den Salon zurückkam, waren die andern schon im Gehen begriffen.

«... dann können Sie doch ein Stück in meinem Taxi mitkommen.»

«Ich bin so dankbar, wenn ich nicht *noch* eine Fahrt *allein* machen muß nach meinem *gräßlichen* Erlebnis.»

«Sie können ein Taxi am Standplatz direkt am Ende der Straße nehmen. Sie brauchen nur wenige Schritte zu gehen.»

«Das ist ein Trost. Ich will nur meinen Mantel überziehen.»

Miss Fulton ging in die Diele und Bertha folgte ihr, als Harry sich vorbeidrängte.

«Darf ich Ihnen helfen.»

Bertha wußte, er bedauerte seine Grobheit, sie ließ ihn vorbei. Was für ein Junge er in mancher Hinsicht noch war, so impulsiv, so arglos! So blieben Eddie und sie am Kamin zurück.

«*Haben* Sie Bilks *neues* Gedicht ‹Table d'Hôte› zu Gesicht bekommen?» fragte Eddie leise. «Es ist *ganz* fabelhaft. In der letzten Anthologie. Haben Sie ein Exemplar? Ich würde es Ihnen so gerne *zeigen*. Es beginnt mit einer *unglaublich* schönen Zeile: ‹Warum muß es bloß immer Tomatensuppe sein?›»

«Ja», sagte Bertha. Sie bewegte sich geräuschlos auf einen Tisch der Salontür gegenüber zu, und Eddie glitt ihr geräuschlos nach. Sie nahm das kleine Buch auf und gab es ihm. Sie hatten keinen Laut von sich gegeben.

Während er darin blätterte, wandte sie den Kopf zur Diele. Und sie sah – Harry mit Miss Fultons Mantel auf dem Arm, und Miss Fulton, ihm den Rücken zugekehrt, den Kopf geneigt. Er warf den Mantel beiseite, legte ihr die Hände auf die Schultern und drehte sie heftig zu sich herum. Seine Lippen sagten «Ich bete dich an», und Miss Fulton legte ihre Mondstrahlenfinger an sein Gesicht und lächelte ihr schläfriges Lächeln. Harrys Nasenflügel bebten; seine Lippen kräuselten sich zu einem häßlichen Grinsen, als er «Morgen» flüsterte, und mit ihren Augenlidern sagte Miss Fulton: «Ja.»

«Hier ist es», sagte Eddie. «‹Warum muß es bloß immer Tomatensuppe sein?› Es ist von so *tiefer* Wahrheit, finden Sie nicht auch? Tomatensuppe ist so *schrecklich* zeitlos.»

«Wenn Ihnen das lieber ist», sagte Harrys Stimme betont laut von der Diele her, «dann kann ich Ihnen ein Taxi vor die Tür bestellen.»

«O nein. Nicht nötig», sagte Miss Fulton, und sie kam auf Bertha zu und gab ihr ihre schlanken Finger zu halten.

«Adieu. Und vielen Dank!»

«Adieu», sagte Bertha.

Miss Fulton hielt ihre Hand um einen Augenblick länger fest. «Ihr herrlicher Birnbaum!», murmelte sie.

Und dann war sie fort, Eddie ihr nach wie die schwarze Katze der grauen.

«Ich mach' jetzt den Laden dicht», sagte Harry übertrieben kühl und unbeteiligt.

«Ihr herrlicher Birnbaum – Birnbaum – Birnbaum!»

Bertha rannte förmlich zu den hohen Fenstern.

«Oh, und was wird jetzt werden?» rief sie.

Aber der Birnbaum war so herrlich wie je, so unbewegt und so voller Blüten.

Und dann, sechs Jahre später, sah sie ihn wieder. Er saß an einem dieser kleinen Bambustische, dekoriert mit einer japanischen Vase voll künstlicher Narzissen. Eine große Obstschale stand vor ihm, und auf sehr sorgsame Weise, die sie sofort als «seine» erkannte, war er dabei, eine Apfelsine zu schälen.

Er mußte ihren Schock, ihn wiederzusehen, gespürt haben, denn er blickte auf und begegnete ihren Augen. Unglaublich! Er erkannte sie nicht! Sie lächelte. Er runzelte die Stirn. Sie kam auf ihn zu. Er schloß für einen Augenblick die Augen, aber als er sie wieder öffnete, hellte sich sein Gesicht auf, als hätte er in einem dunklen Zimmer ein Streichholz angezündet. Er legte die Apfelsine beiseite, stieß seinen Stuhl zurück, und sie nahm ihre kleine warme Hand aus ihrem Muff und reichte sie ihm.

«Vera!» rief er aus. «Wie seltsam. Wirklich, einen Augenblick lang habe ich dich nicht erkannt. Willst du dich nicht setzen? Hast du schon gegessen? Magst du nicht einen Kaffee trinken?»

Sie zögerte, aber natürlich hatte sie Lust.

«Ja, ich hätte gerne einen Kaffee.» Und sie setzte sich ihm gegenüber.

«Du siehst verändert aus. Sehr verändert», sagte er, sie mit seinem intensiven wachen Blick anschauend. «Du siehst gut aus; nie habe ich dich früher so gut aussehend gefunden.»

«Wirklich?» Sie schob ihren Schleier hoch und knöpfte ihren hohen Pelzkragen auf. «Ich fühle mich nicht sehr wohl. Weißt du, ich vertrage dieses Wetter nicht.»

«Ah, stimmt. Du haßt die Kälte ...»

«Finde sie furchtbar.» Sie fröstelte. «Und das Schlimmste ist, je älter man wird ...»

Er unterbrach sie mit «Entschuldige bitte» und klopfte auf dem Tisch nach der Kellnerin. «Bitte bringen Sie noch einen Kaffee mit Milch.» Zu ihr gewandt: «Du willst bestimmt nichts essen? Obst vielleicht? Die Früchte hier sind sehr gut.»

«Nein danke, nichts.»

«Dann ist das geregelt.» Und mit einem ein wenig zu breiten Lächeln wandte er sich wieder der Apfelsine zu. «Du sagtest, je älter ...»

«... desto kälter», lachte sie. Aber eigentlich dachte sie daran, wie gut sie sich an diese Marotte erinnerte, sie zu unterbrechen, und wie sie das immer zur Verzweiflung gebracht hatte – vor sechs Jahren. Es war ihr dann immer, als ob er ganz plötzlich, mitten in dem, was sie sagte, seine Hand auf ihren Mund legte, sich abkehrte, sich etwas anderem zuwandte, seine Hand fortnahm und mit dem gleichen, etwas zu breiten Lächeln ihr seine Aufmerksamkeit wieder zuwandte ... Jetzt sind wir soweit. Das ist geregelt.

«Desto kälter?» Er wiederholte ihre Worte, auch lachend. «Ach ja, du sagst noch immer dieselben Dinge. Und noch etwas anderes an dir hat sich überhaupt nicht verändert – deine schöne Stimme, deine schöne Art zu sprechen.» Jetzt war er ganz ernst; er neigte sich zu ihr, und sie roch das warme, beißende Aroma der Apfelsinenschale. «Du brauchtest nur ein Wort zu sagen, und ich würde deine Stimme unter allen anderen heraushören. Ich weiß nicht, was es ist – ich habe mich oft gefragt, was es ist, was deine Stimme so unvergleichlich macht ... Erinnerst du dich an jenen Nachmittag, den wir zusammen in Kew Gardens verbracht haben? Du warst so erstaunt, daß ich nicht einen einzigen Blumennamen kannte. Ich bin noch genauso unwissend – trotz allem, was du mir beigebracht hast. Aber wann immer es schön und warm ist und ich leuchtende Farben sehe – wirklich schrecklich seltsam –, dann höre ich deine Stimme sagen

‹Geranie, Ringelblume, Verbene›. Und mir ist, als seien diese drei Worte alles, was ich behalten habe von einer vergessenen Himmelssprache ... Du erinnerst dich an jenen Nachmittag?»

«O ja, sehr gut.» Sie holte tief Luft, als dufteten die Papiernarzissen zwischen ihnen unerträglich betörend. Doch was ihr von jenem besonderen Nachmittag im Gedächtnis geblieben war, war eine absurde Szene über einem Teetisch: eine Menge Menschen beim Tee in einer chinesischen Pagode, und er gebärdete sich wie ein Verrückter wegen der Wespen – jagte sie fort, schlug nach ihnen mit seinem Strohhut, völlig unverhältnismäßig wütend und verbissen. Wie amüsiert die kichernden Teetrinker gewesen waren. Und wie sie gelitten hatte.

Jetzt aber, als er sprach, verblaßte diese Erinnerung. Seine war genauer. Ja, es war ein wundervoller Nachmittag gewesen, voll von Geranien, Ringelblumen und Verbenen und – warmem Sonnenschein. Ihre Gedanken verweilten bei den beiden letzten Worten, bereit, sie zu singen.

In der Wärme aber enthüllte sich eine andere Erinnerung. Sie sah sich selbst auf einer Wiese sitzen. Er lag neben ihr, und plötzlich, nach langem Schweigen, drehte er sich um und legte den Kopf in ihren Schoß.

«Ich wünschte», sagte er mit leise verwirrter Stimme, «ich wünschte, ich hätte Gift genommen und würde sterben – jetzt und hier!»

In diesem Augenblick kam ein kleines Mädchen in weißem Kleid, das eine lange, triefende Wasserrose hielt, aus dem Gebüsch geschlüpft, starrte auf sie beide und huschte wieder zurück. Aber er sah es nicht. Sie beugte sich zu ihm hinüber.

«Ach, warum sagst du so etwas? Ich könnte so etwas nicht sagen.»

Er jedoch stieß einen leichten Seufzer aus, nahm ihre Hand und hielt sie an seine Wange. «Weil ich weiß, ich werde dich zu sehr lieben – viel zu sehr. Und ich werde so schrecklich darunter leiden, Vera, weil du mich nie, nie lieben wirst.»

Er sah jetzt wirklich sehr viel besser aus als damals. Er hatte all diese verträumte Undeutbarkeit und Unentschlossenheit verloren. Jetzt hatte er das Auftreten eines Mannes, der seinen Platz im Leben gefunden hat und ihn mit Zuversicht und Selbstbewußtsein ausfüllt, was, gelinde gesagt, beeindruckend war. Auch mußte er zu Geld gekommen sein. Sein Anzug war bemerkenswert, und in diesem Augenblick zog er eine russische Zigarettendose aus seiner Tasche.

«Möchtest du rauchen?»

«Ja, gern.» Sie betrachtete die Zigaretten eingehend. «Die sehen gut aus.»

«Ich finde, sie sind es auch. Ich bekomme sie für mich von einem kleinen Händler in St. James's Street hergestellt. Ich rauche nicht sehr oft. Nicht wie du – aber wenn, dann müssen es köstliche, ganz frische Zigaretten sein. Rauchen ist bei mir keine Angewohnheit; es ist ein Luxus – wie Parfum. Hast du noch immer Parfums so gern? Tja, als ich in Rußland war ...»

Sie fiel ein: «Du warst wirklich in Rußland?»

«O ja. Über ein Jahr lang. Hast du vergessen, wie wir immer darüber redeten, nach Rußland zu reisen?»

«Nein, ich habe es nicht vergessen.»

Mit einem merkwürdig unsicheren Lachen lehnte er sich in seinem Stuhl zurück. «Ist das nicht komisch? Ich habe all die Reisen unternommen, die wir zusammen geplant hatten. Ja, ich war an all den Orten, von denen wir gesprochen haben, und bin lange genug dort geblieben, um – wie du zu sagen pflegtest – ihre Luft zu schnuppern. Tatsächlich habe ich die letzten drei Jahre meines Lebens die ganze Zeit auf Reisen zugebracht. Spanien, Korsika, Sibirien, Rußland, Ägypten. Das einzige Land, das mir noch fehlt, ist China, und ich werde auch dorthin fahren, sobald der Krieg vorbei ist.»

Während er so leichthin sprach, dabei das Ende seiner Zigarette gegen den Aschenbecher tippte, fühlte sie, wie das fremde Tier, das so lange in ihr geschlummert hatte, sich rührte, sich streckte, gähnte, die Ohren aufstellte und plötzlich auf die Füße sprang und seinen sehnsüchtigen, hungrigen Blick auf jene weit entfernten Orte richtete.

Aber alles, was sie dann sanft lächelnd dazu bemerkte, war: «Wie ich dich darum beneide!»

Er nahm es hin. «Es war», sagte er, «phantastisch – besonders Rußland. Rußland war ganz, wie wir es uns vorgestellt hatten, und noch weit mehr. Ich habe sogar ein paar Tage auf einem Flußdampfer auf der Wolga verbracht. Erinnerst du dich noch an das Lied der Wolgaschiffer, das du immer auf dem Klavier gespielt hast?»

«Ja.» Es klang in ihrem Gedächtnis, als sie sprach.

«Spielst du es jetzt noch manchmal?»

«Nein. Ich habe kein Klavier mehr.»

Er war erstaunt darüber. «Aber was ist aus deinem schönen Klavier geworden?»

Sie schnitt eine kleine Grimasse. «Verkauft. Schon lange.»

«Aber du spieltest doch immer so gerne», wunderte er sich.

«Dafür habe ich keine Zeit mehr», sagte sie.

Er ließ es dabei bewenden. «Das Leben auf dem Fluß», fuhr er fort, «ist etwas ganz Besonderes. Nach ein, zwei Tagen kannst du nicht begreifen, daß du je ein anderes Leben geführt hast. Und man braucht die Sprache gar nicht zu können. Das Leben auf dem Schiff schafft ein Band zwischen einem selbst und den Menschen, das vollauf genügt. Man ißt mit ihnen, bringt den Tag mit ihnen hin, und abends beginnt das endlose Singen.»

Sie fröstelte, hörte das Wolgalied wieder laut und tragisch aufklingen und sah das Boot auf dem abendlichen Fluß zwischen melancholischen Uferbäumen dahinziehen... «Ja, das würde mir gefallen», sagte sie, ihren Muff streichelnd.

«Dir würde fast alles am russischen Leben gefallen», sagte er warm. «Es ist so ohne Konventionen, so impulsiv, so unkompliziert frei. Und dann sind die Bauern großartig, so menschlich – ja, das ist es. Sogar der Kutscher, der deinen Wagen fährt, hat – hat echten Anteil an allem, was vorgeht. Ich erinnere mich eines Abends, da wir, eine kleine Gesellschaft – zwei Freunde von mir und die Frau des einen – zum Picknick am

Schwarzen Meer entlangfuhren. Wir nahmen das Abendbrot und den Champagner mit und aßen und tranken auf der Wiese, und während wir aßen, kam der Kutscher dazu. ‹Nehmen Sie eine Gewürzgurke!› sagte er. Er wollte sie mit uns teilen. Das schien so natürlich, so – du weißt schon, was ich meine?»

Und es kam ihr vor, als säße sie in diesem Augenblick im Gras, am geheimnisvollen Schwarzen Meer, schwarz wie Samt, das in geräuschlosen, samtenen Wellen gegen das Ufer schlug. Sie sah den Wagen am Straßenrand abgestellt und die kleine Gesellschaft im Gras, ihre Gesichter und Hände weiß im Mondschein. Sie sah das blasse Kleid der Frau um sie gebreitet und ihren zusammengerollten Regenschirm auf der Wiese liegen wie eine riesige perlmuttfarbene Häkelnadel. Abseits von ihnen, mit seinem Abendbrot in einem Tuch auf seinen Knien, saß der Kutscher. «Nehmen Sie eine Gewürzgurke in Dill», sagte er, und obwohl sie nicht recht wußte, was eine Gewürzgurke in Dill war, sah sie das grünliche Einmachglas, in dem eine rote Pfefferschote wie der Schnabel eines Papageis schimmerte. Sie verzog den Mund; die Gewürzgurke war schrecklich sauer …

«Ja, ich weiß genau, was du meinst», sagte sie.

In der folgenden Pause sahen sie einander an. Wenn sie sich früher so angesehen hatten, hatten sie ein so grenzenloses Einverständnis gespürt, daß sich gleichsam auch ihre Seelen umarmt hatten und in dasselbe Meer gefallen waren, froh zu ertrinken, wie ein tragisches Liebespaar. Aber jetzt war das Erstaunliche, daß er es war, der sich zurückhielt. Er, der sagte: «Was für eine wunderbare Zuhörerin du bist. Wenn du mich mit diesen wilden Augen anblickst, ist mir, als könnte ich dir Dinge erzählen, die ich keinem anderen Menschenwesen verraten würde.»

Klang ein ganz leichter Spott in seiner Stimme mit, oder bildete sie sich das nur ein? Sie war sich nicht sicher.

«Ehe ich dich traf», sagte er, «habe ich niemandem etwas von mir erzählt. Wie gut erinnere ich mich an einen Abend, den Abend, an dem ich dir den kleinen Weihnachtsbaum brachte und dir von meiner Kindheit erzählt habe. Wie ich so unglücklich war, daß ich fortlief und unter einem Wagen in unserm Hof zwei Tage lang lag, ohne entdeckt zu werden. Und du hörtest zu, deine Augen glänzten, und mir war, als würdest du sogar den kleinen Weihnachtsbaum dazu bringen, zuzuhören, wie in einem Märchen.»

Aber sie hatte von jenem Abend vor allem ein kleines Döschen Kaviar in Erinnerung behalten. Es hatte sieben Shilling sixpence gekostet. Er war gar nicht darüber hinweggekommen. Man stelle sich vor – eine so winzige Dose und sieben Shilling sixpence! Während sie aß, beobachtete er sie entzückt und empört zugleich.

«Nein, wirklich, das nenne ich Geld essen. Du könntest nicht sieben Shilling in einen so kleinen Behälter bringen. Denk bloß mal, was die daran verdienen müssen ...» Und er hatte eine unendlich komplizierte Berechnung angestellt ... Aber vergessen wir jetzt den Kaviar. Der Christbaum war auf dem Tisch, und der kleine Junge lag unter dem Wagen, den Kopf an den Hofhund gelehnt.

«Der Hund hieß Bosun», rief sie begeistert aus.

Aber er konnte ihr nicht folgen. «Was für ein Hund? Hattest du einen Hund? Ich erinnere mich an keinen.»

«Nein, nein, ich meine den Hofhund, als du ein kleiner Junge warst.»

Er lachte und klappte die Zigarettendose zu. «So? Weißt du, das hatte ich ganz vergessen. Es ist so lange her. Ich kann gar nicht glauben, daß es erst sechs Jahre sind. Nachdem ich dich heute wiedererkannt habe, mußte ich so viel überspringen – mein ganzes Leben mußte ich überspringen, um zu dieser Zeit zurückzugelangen. Ich war ein so kleiner Junge damals.» Er trommelte auf den Tisch. «Ich habe oft gedacht, wie ich dich gelangweilt haben muß. Und nun verstehe ich völlig, warum du mir geschrieben hast – obwohl dieser Brief damals fast mein Leben zerstört hat. Ich habe ihn neulich wiedergefunden und mußte lachen, als ich ihn las. Er war so gescheit – gab ein so wahres Bild von mir.» Er schaute auf. «Du gehst doch nicht?»

Sie hatte ihren Kragen wieder zugeknöpft und ihren Schleier heruntergezogen.

«Doch, ich muß leider gehen», sagte sie und brachte ein Lächeln zustande. Jetzt wußte sie, daß er sich nur lustig gemacht hatte.

«Ach bitte nicht», flehte er. «Bleib doch noch einen Augenblick», und er nahm einen ihrer Handschuhe vom Tisch und hielt ihn fest, als ob sie das zurückhalten könnte. «Ich treffe jetzt so wenige Menschen, mit denen ich reden kann, daß ich regelrecht ein Barbar geworden bin», sagte er. «Habe ich vielleicht etwas gesagt, das dich verletzt hat?»

«Nicht die Spur», log sie. Doch als sie ihn beobachtete, wie er den Handschuh durch die Finger zog, ganz sacht, da legte sich ihr Ärger, noch dazu sah er in diesem Augenblick aus, wie damals vor sechs Jahren...

«Was ich damals wirklich gern gewollt hätte», sagte er leise, «war, eine Art Teppich zu sein – mich selbst gleichsam in einen Teppich zu verwandeln, auf dem du hättest gehen können und kein spitzer Stein und kein verhaßter Schmutz hätte dich verletzen können. Es war nichts mehr als das. Nichts Egoistischeres. Ich wünschte mir wirklich nur, mich in einen Zauberteppich zu verwandeln und dich fortzutragen in alle jene Länder, die du gerne sehen wolltest.»

Als er so sprach, hob sie den Kopf, als sauge sie etwas in sich hinein; das fremde Tier in ihr begann zu schnurren...

«Ich habe gespürt, daß du einsamer warst als sonst jemand auf der Welt», fuhr er fort, «und daß du doch vielleicht der einzige Mensch auf der Welt warst, der wirklich und wahrhaftig lebendig war. Für eine andere Zeit geboren», flüsterte er, den Handschuh streichelnd. «Schicksalhaft.»

Ach Gott, was hatte sie nur getan! Wie hatte sie ihr Glück so wegwerfen können? Er war der einzige Mann, der sie je verstanden hatte. War es zu spät? Konnte es zu spät sein? *Sie* war der Handschuh, den er in seinen Fingern hielt...

«Und dann die Tatsache, daß du keine Freunde hattest und keine Freundschaften geschlossen hast. Wie konnte ich das verstehen, denn ich hatte ja auch keine. Ist es jetzt auch noch so?»

«Ja», hauchte sie. «Genauso. Ich bin so allein wie eh und je.»

«Ich auch», lachte er leise, «ganz genauso.»

Plötzlich reichte er ihr mit einer raschen Geste den Handschuh und ließ seinen Stuhl über den Boden scharren. «Aber was mir damals so rätselhaft schien, ist mir jetzt völlig klar. Und dir natürlich auch... Wir waren einfach solche Egoisten, von uns so eingenommen, so in uns selbst versponnen, daß wir keinen Winkel im Herzen für andere hatten. – Weißt du», rief er naiv und herzlich und schrecklich ähnlich der andern Seite seines alten Ichs aus, «ich habe angefangen, eine Bewußtseinsmethode zu studieren, als ich in Rußland war, und habe erkannt, daß wir überhaupt nichts Besonderes waren. Es war eine ganz normale Form von...»

Sie war fort. Er saß wie vom Donner gerührt da, unbeschreiblich verblüfft... Und dann rief er die Kellnerin zum Bezahlen.

«Aber die Milch berechnen Sie bitte nicht», sagte er, «die ist nicht angerührt.»

DER FREMDE

Für die kleine Menschenmenge am Kai sah es so aus, als würde der Überseedampfer nie von der Stelle kommen. Er lag da, gewaltig, reglos auf dem sich grau kräuselnden Wasser, einen Rauchring über sich, eine unzählbare Möwenschar um sich, die schreiend auf die Küchenabfälle am Heck herabstieß. Man konnte gerade noch einzelne Paare erkennen – kleine Fliegen, die auf der Schüssel auf dem grau gekräuselten Tischtuch hin und her wanderten. Andere Fliegen drängten sich, schwärmten zum Rand. Jetzt sah man ein weißes Schimmern auf dem Unterdeck – vielleicht die Schürze des Kochs oder der Stewardess. Jetzt stürmte eine winzige schwarze Spinne die Leiter zur Kommandobrücke hinauf.

Vorn in der Menge ging mit festen Schritten ein kräftig aussehender Herr mittleren Alters auf und ab, gut angezogen, mit einem ausgesprochen gut sitzenden grauen Mantel, grauem Seidenschal, warmen Handschuhen und dunklem Filzhut – wobei er seinen aufgerollten Regenschirm kreisen ließ. Er wirkte wie der Anführer der kleinen Gruppe am Kai und schien sie gleichzeitig zusammenzuhalten. Er war irgend etwas zwischen Hirtenhund und Hirte.

Aber was für ein Dummkopf, was für ein Trottel war er gewesen, kein Fernglas mitzubringen! Nicht einer von ihnen hatte ein Fernglas mit.

«Wie merkwürdig, Mr. Scott, daß keiner von uns an ein Fernglas gedacht hat. Wir hätten sie ein bißchen aufmischen können. Wir hätten vielleicht ein kleines Signal zustande gebracht: ‹Keine Angst vor Landung! Eingeborene harmlos.› Oder: ‹Großer Empfang bereit! Alles verziehen!› Nicht wahr?»

Mr. Hammonds rascher, gespannter Blick, so nervös und dennoch freundlich und zuversichtlich, umfaßte den Kai, umfing auch jene alten Kerle, die gegen die Gangways lehnten. Alle, jeder Matrose unter ihnen wußte, daß Mrs. Hammond auf diesem Schiff war, und er war so schrecklich aufgeregt, daß er annahm, auch ihnen hätte diese wunderbare Tatsache etwas zu bedeuten. Das machte ihm das Herz warm. Es war, entschied er, ein anständiger Haufen von Menschen – auch jene alten Kerle drüben bei den Gangways – brave, verläßliche, alte Kerle. Und was für Brustkörbe – Donnerwetter! Und er maß seinen eigenen daran, stopfte seine dick behandschuhten Hände in die Taschen, schaukelte von den Fersen zu den Zehen.

«Ja, meine Frau war in den letzten zehn Monaten in Europa. Zu Besuch bei unserer ältesten Tochter, die voriges Jahr geheiratet hat. Ich habe sie selbst hierhergebracht, bis nach Crawford. Und darum, dachte ich, sollte ich auch lieber herkommen und sie abholen. Ja, ja, ja.»

Die klugen grauen Augen blinzelten wieder und durchsuchten besorgt, rasch, das reglos daliegende Schiff. Wieder wurde sein Mantel aufgeknöpft. Wieder kam die flache buttergelbe Uhr heraus, und zum zwanzigsten – fünfzigsten – hundertsten Mal berechnete er die Zeit.

«Jetzt paßt mal auf. Es war zwei Uhr fünfzehn, als die Barkasse des Doktors abgelegt ist. Zwei Uhr fünfzehn. Jetzt ist es genau achtundzwanzig Minuten nach vier. Das heißt, der Arzt ist seit zwei Stunden und dreizehn Minuten fort. Zwei Stunden und dreizehn Minuten. O je!» Er stieß einen wunderlichen, halben Pfeiflaut aus und klappte seine Uhr wieder zu. «Ich denke aber, man hätte uns informiert, wenn irgend etwas geschehen wäre – meinen Sie nicht auch, Mr. Gaven?»

«O ja, Mr. Hammond! Ich glaube nicht, daß irgend etwas – irgend etwas Besorgniserregendes passiert ist», sagte Mr. Gaven, seine Pfeife am Absatz seines Schuhs ausklopfend. «Trotzdem ...»

«Ja, ja!» sagte Mr. Hammond laut. «Reichlich nervtötend!» Er ging rasch auf und ab und kam wieder zu seinem Standort zwischen Mr. und Mrs. Scott und Mr. Gaven zurück. «Es wird auch schon ganz dunkel.» Und er schwenkte abwehrend seinen zusammengerollten Schirm, so, als hätte die Dämmerung wenigstens den Anstand haben können, ein bißchen auszubleiben. Aber die Dämmerung kam langsam, breitete sich wie ein zerfließender Fleck über dem Wasser aus. Die kleine Jean Scott zerrte ihre Mutter an der Hand. «Ich will meinen Tee, Mami!» jammerte sie.

«Das glaube ich gern», sagte Mr. Hammond. «Ich glaube, all die Damen hier wollen ihren Tee.» Und sein freundlicher, aufgescheuchter, geradezu mitleidiger Blick umfing sie alle miteinander. Er stellte Vermutungen darüber an, ob Janey da draußen, unten im Salon, jetzt wohl eine letzte Tasse Tee trank. Hoffentlich. Doch glaubte er es nicht. Es sähe ihr gleich, an Deck zu bleiben. In diesem Fall würde ihr vielleicht der Steward den Tee dorthin bringen. Wäre er dort, er würde ihn irgendwie für sie auftreiben. Für einen Augenblick war er an Deck; neben ihr stehend, sah er zu, wie sich ihre kleine Hand um die

Tasse legte, wie sie es gewöhnlich tat, während sie die einzige Tasse Tee, die an Bord noch zu kriegen war, trank... Doch jetzt war er wieder hier, und nur der Himmel wußte, wann dieser verfluchte Kapitän aufhören würde, in der Strömung zu treiben. Er nahm seine Wanderung wieder auf, hin und her, hin und her. Er ging bis zum Droschkenstand, um sich zu vergewissern, daß sein Kutscher nicht verschwunden war; und wieder schwenkte er zurück zu seiner kleinen Herde, die sich im Schutze der Bananenkisten zusammengedrängt hatte. Die kleine Jean Scott wollte immer noch ihren Tee. Armes, kleines Ding! Er wünschte, er hätte ein Stück Schokolade bei sich.

«Na, Jean», sagte er, «soll ich dich mal hochheben?» Und leicht, sacht, schwang er das kleine Mädchen auf eine höhere Tonne. Die Anstrengung des Festhaltens, des Stützens, brachte ihm eine wunderbare Erleichterung, löste ihm das Herz.

«Bleib so», sagte er, einen Arm um sie haltend.

«Ach, bemühen Sie sich nicht um Jean, Mr. Hammond», sagte Mrs. Scott.

«Schon recht, Mrs. Scott! Keine Mühe. Es ist ein Vergnügen. Jean ist meine kleine Freundin, nicht wahr, Jean?»

«Ja, Mr. Hammond», sagte Jean und fuhr mit dem Finger durch den Kniff seines Filzhuts.

Doch plötzlich packte sie ihn am Ohr und stieß einen lauten Schrei aus: «Da – da, Mr. Hammond. Es bewegt sich, es kommt rein!»

Bei Gott! Es war so. Endlich. Langsam, langsam wendete das Schiff. Eine Glocke tönte weit über das Wasser, und ein dicker Dampfstrahl zischte in der Luft. Die Möwen flogen auf, flatterten davon wie weiße Papierschnipsel. Ob das dumpfe Pochen von den Schiffsmaschinen oder von seinem Herzen kam, vermochte Mr. Hammond nicht zu sagen. Er mußte sich beherrschen, es erdulden, gleichgültig, was es war. In diesem Augenblick kam der Hafenmeister, der alte Captain Johnson, mit langen Schritten den Kai herunter, eine Ledermappe unter dem Arm.

«Jean steht hier gut», sagte Mr. Scott. «Ich halte sie schon.» Es war gerade noch rechtzeitig. Mr. Hammond hatte Jean ganz vergessen. Er stürzte davon, um Captain Johnson zu begrüßen.

«Na, Captain», schallte seine eifrige, unruhige Stimme wieder, «endlich haben Sie Mitleid mit uns.»

«Mir kann man keine Schuld geben, Mr. Hammond», schnaubte der alte Captain Johnson, auf den Überseedampfer starrend. «Sie haben Mrs. Hammond an Bord, nicht wahr?»

«Ja, ja!» sagte Hammond und blieb dem Hafenmeister zur Seite. «Meine Frau ist dort oben. Hallo! Jetzt haben wir es bald geschafft!»

Das Schiffstelefon klingelte und klingelte, das Geräusch der Schiffsschraube erfüllte die Luft, als der große Passagierdampfer Kurs aufs Ufer nahm, scharf durch das dunkle Wasser schnitt, so daß hoher weißer Schaum zu beiden Seiten aufwallte. Hammond und der Hafenmeister blieben allen anderen voran. Hammond nahm den Hut ab; er überflog die Decks – sie waren gedrängt von Passagieren; er schwenkte seinen Hut und brüllte ein lautes, seltsames «Hal-lo!» über das Wasser; und dann wandte er sich um, brach in Gelächter aus und sagte etwas – sagte nichts – zum alten Captain Johnson.

«Schon gesehen?» fragte der Hafenmeister.

«Nein, noch nicht. Langsam – warte noch einen Moment!» Und plötzlich, zwischen zwei großen, plumpen Idioten hindurch – «Machen Sie Platz da!» –, winkte er mit seinem Schirm: Er sah eine erhobene Hand – einen weißen Handschuh, ein Taschentuch schwingend. Nur noch einen Augenblick, und – Gott sei Dank, Dank sei Gott – da war sie. Da war Janey. Da war Mrs.

Hammond, ja, ja, ja – stand an der Reling, lächelnd, winkend, ließ ihr Taschentuch flattern.

«Na, das ist doch großartig – großartig! Gut, gut, gut!» Er stampfte förmlich auf. Blitzschnell zog er sein Etui mit den Zigarren hervor und bot es dem alten Captain Johnson an. «Nehmen Sie eine Zigarre, Captain! Sie sind ausgezeichnet, nehmen Sie ein paar! Da!» – Und er drängte dem Hafenmeister alle Zigarren in seinem Etui auf – «Ich habe schließlich noch ein paar Kisten oben im Hotel!»

«Danke, Mr. Hammond», schnaubte der alte Captain Johnson.

Hammond verstaute das Zigarrenetui. Seine Hände zitterten, aber er beherrschte sich erneut. Es gelang ihm, Janey abermals zu erblicken. Da war sie, über die Reling gelehnt, sprach zu einer Frau und hielt gleichzeitig Ausschau nach ihm, bereit für ihn, war da für ihn. Als die Wasserrinne verschwand, wunderte er sich, wie klein sie sich auf dem riesengroßen Schiff ausnahm. Sein Herz verkrampfte sich so, daß er hätte schreien mögen. Wie klein sie aussah, und war den ganzen weiten Weg hin und zurück allein gefahren. Aber das sah ihr gleich, ihr, Janey. Sie hatte die Courage eines… Und nun war die Schiffsmannschaft dazwischengekommen und drängte die

Passagiere zur Seite. Sie hatten die Geländer der Gangways heruntergelassen.

Die Stimmen vom Ufer und die Stimmen von Bord flogen einander zu, um sich zu begrüßen: «Alles wohlauf?»

«Alles wohlauf.»

«Wie geht es Mutter?»

«Viel besser.»

«Hallo, Jean!»

«Hallo, Tante Emily!»

«Gute Reise gehabt?»

«Wunderbar!»

«Jetzt bin ich gleich da!»

«Nicht mehr lange!»

Die Maschinen stoppten. Langsam schob sich das Schiff an die Mole.

«Platz machen da – Platz machen – Platz!» Und die Hafenarbeiter brachten die schweren Gangways im Laufschritt heran. Hammond machte Janey Zeichen, zu bleiben, wo sie war. Der alte Hafenmeister ging voran. Er folgte.

«*Ladies first!*»

Er nahm kaum etwas wahr. «Nach Ihnen, Captain», rief er freundlich. Und dem alten Mann auf den Fersen folgend, ging er über die Gangway an Deck, direkt auf Janey zu und umarmte sie. «Gut, gut, gut! Und, und? Da bist du endlich!» stammelte er. Es war alles, was er sagen konnte. Janey tauchte aus seiner Umarmung auf, und ihre kühle, kleine Stimme – die einzige Stimme für ihn auf der Welt – sagte: «Na, Liebling? Hast du lange gewartet?»

Nein; nicht lange. Oder, auf jeden Fall, es machte nichts. Das war jetzt vorbei. Die Frage war nur: Er hatte eine Droschke am Ende des Kais warten lassen, war sie schon fertig, um mitzukommen? Lag ihr Gepäck bereit? In dem Fall konnten sie sofort mit dem Handgepäck losziehen und das übrige bis morgen sich selbst überlassen.

Er neigte sich über sie, und sie blickte mit dem vertrauten leisen Lächeln zu ihm auf. Sie war ganz dieselbe. Nicht einen Tag gealtert. Genauso, wie er sie immer gekannt hatte. Sie legte ihre kleine Hand auf seinen Ärmel. «Wie geht es den Kindern, John?» fragte sie.

(Zum Teufel mit den Kindern!) «Bestens. Es ging ihnen niemals besser.»

«Haben sie dir keine Briefe mitgegeben?»

«Doch, doch – natürlich! Ich habe sie im Hotel gelassen, damit du sie dir später vornehmen kannst.»

«Ganz so schnell können wir hier nicht weg», sagte sie. «Zuerst muß ich noch einigen Leuten auf Wiedersehen sagen – und dann noch dem Kapitän.» Als er enttäuscht dreinblickte, drückte sie verständnisvoll seinen Arm. «Wenn der Kapitän die Kommandobrücke herunterkommt, möchte ich, daß du ihm dafür dankst, daß er sich so nett um deine Frau gekümmert hat.»

Na, er hatte sie wieder. Wenn sie noch zehn Minuten brauchte ... Als er Platz machte, wurde sie sofort umringt. Die ganze Erste Klasse schien sich von Janey verabschieden zu wollen.

«Auf Wiedersehen, liebe Mrs. Hammond! Und wenn Sie wieder in Sydney sind, erwarte ich Sie.»

«Mrs. Hammond, Liebes! Und Sie vergessen auch bestimmt nicht, mir zu schreiben?»

«Ach, Mrs. Hammond, was wäre diese Schifffahrt ohne Sie gewesen!»

Es war sonnenklar, sie war die bei weitem beliebteste Frau an Bord. Und sie nahm es hin – ganz wie gewöhnlich. Absolut gefaßt. Diese kleine Person – ganz und gar Janey eben, wie sie so dastand, mit ihrem zurückgeschlagenem Schleier. Hammond fiel nie auf, was seine Frau trug. Es war ihm gleichgültig, was immer sie auch anhatte. Aber heute bemerkte er, daß sie ein schwarzes «Kostüm» – nannte man das nicht so? – trug, mit weißen Rüschen, Dekoration, nahm er an, an Halsausschnitt und Ärmeln – an all das mußte er denken, während Janey ihn herumreichte.

«John, Liebling» Und dann: «Ich möchte dich bekanntmachen mit ...»

Endlich waren sie entkommen, und sie führte ihn zu ihrer Luxuskabine. Janey die Treppe hinunter zu folgen, die sie so gut kannte – das war merkwürdig für ihn; die grünen Vorhänge hinter ihr auseinanderzuschlagen und ihr nach in die Kabine zu treten, welche die ihre gewesen war, erfüllte ihn mit ungemeinem Glück. Aber – zum Teufel auch! – die Stewardess war dabei, die Teppichvorleger am Fußboden zu verschnüren.

«Das ist der letzte, Mrs. Hammond», sagte die Stewardess, indem sie aufstand und ihre Ärmelschoner abzog.

Wieder wurde er vorgestellt, und dann verschwanden Janey und die Stewardess im Korridor. Er hörte Flüstern. «Sie muß noch die Trinkgeldangelegenheit ins reine bringen», dachte er. Er setzte sich auf das gestreifte Sofa und nahm seinen Hut ab. Da waren die Reisedecken, die sie mitgenommen hatte; sie sahen so gut wie neu aus. Ihr ganzes Gepäck sah neu aus, tadellos. Die Schilder waren in ihrer schönen, zierlichen, klaren Handschrift geschrieben – «Mrs. John Hammond».

«Mrs. John Hammond!» Er stieß einen anhaltenden Seufzer der Befriedigung aus, lehnte sich zurück, die Arme verschränkt. Die Spannung war vorbei. Ihm war, als hätte er für immer dasitzen können, seine Erleichterung ausseufzen – die Erleichterung, dieses schreckliche Zerren, Reißen, Greifen nach seinem Herzen los zu sein. Die Gefahr war vorüber. Das war die Empfindung. Sie waren wieder auf festem Boden. In diesem Augenblick jedoch kam Janeys Kopf um die Ecke.

«Liebling – es macht dir doch nichts aus? Ich will mich nur noch vom Arzt verabschieden.»

Hammond fuhr hoch. «Ich komme mit.»

«Nein, nein!» sagte sie. «Lieber nicht. Bemüh dich nicht. Ich bin ja gleich wieder da.»

Noch bevor er etwas entgegnen konnte, war sie fort. Fast wollte er ihr nachlaufen; stattdessen setzte er sich wieder. Würde sie wirklich nicht lange ausbleiben? Wie spät war es jetzt? Heraus mit der Uhr; er starrte, ohne etwas zu sehen. Das war doch recht sonderbar von Janey, nicht wahr? Warum hatte sie nicht der Stewardess gesagt, sie möge in ihrem Namen adieu sagen? Warum mußte sie jetzt dem Schiffsarzt nachjagen? Sie hätte ihm sogar noch vom Hotel aus eine Zeile senden können, wenn die Angelegenheit dringend war. Dringend? Hieß das – konnte das heißen, daß sie auf der Reise krank gewesen war – sie etwas vor ihm verbarg? Das war es! Er griff nach seinem Hut. Jetzt würde er losgehen, den Herrn ausfindig machen und ihm unter allen Umständen die Wahrheit abringen! Er meinte doch, etwas bemerkt zu haben. Sie war eine Spur zu ruhig gewesen – zu gefaßt. Vom allerersten Augenblick an...

Die Vorhänge raschelten. Janey war zurück. Er sprang auf. «Janey, warst du krank auf dieser Reise? Du warst krank!»

«Krank?»

Ihre schwebende, zarte Stimme machte sich lustig über ihn. Sie stieg über die aufgerollten Vorleger, kam nahe an ihn heran, tippte ihn an die Brust und sah zu ihm auf.

«Liebling», sagte sie, «erschreck mich nicht. Natürlich war ich nicht krank! Wie kommst du denn darauf? Sehe ich krank aus?»

Aber Hammond sah sie nicht. Er spürte nur, daß sie ihn anblickte und daß man sich keine Sorgen zu machen brauchte. Sie war da, um sich um alles zu kümmern. Es war gut so. Alles gut so. Der sanfte Druck ihrer Hand war so beruhigend, daß er seine eigene darüber legte, um sie festzuhalten.

Und sie sagte: «Bleib stehen. Ich möchte dich ansehen. Ich habe dich noch gar nicht angesehen. Du hast deinen Bart fabelhaft gestutzt, und du siehst – jünger aus, finde ich, und entschieden schlanker. Das Junggesellenleben bekommt dir gut!»

«Bekommt mir gut!» Er stöhnte und drückte sie wieder fest an sich. Und wieder, wie immer, hatte er das Gefühl, er umarme etwas, das nie ganz ihm gehörte – ihm. Etwas zu Zartes, zu Kostbares, das fortfliegen würde, sobald er es losließe.

«Gott, laß uns fortfahren zum Hotel, damit wir für uns sein können!» Und er klingelte Sturm, damit sich jemand rasch um das Gepäck kümmerte ...

Als sie zusammen den Kai hinuntergingen, nahm sie seinen Arm. Er hatte sie wieder an seinem Arm. Und wie gleich alles anders war; als er hinter Janey in die Droschke stieg, die rot und gelb gestreifte Decke um sie beide warf und den Kutscher zur Eile antrieb, da beide noch keinen Tee getrunken hatten. Keinen Tee mehr, den er sich selbst einschenken mußte. Sie war zurück. Er wandte sich zu ihr, drückte ihre Hand und sagte, sie zärtlich neckend, mit seiner besonderen, nur ihr vertrauten Stimme: «Froh, wieder zu Hause zu sein, Schatz?» Sie lächelte. Sie gab sich nicht einmal die Mühe, zu antworten, sondern schob sacht seine Hand zurück, als sie in hellere Straßen kamen.

«Wir haben das beste Zimmer im Hotel», sagte er. «Ich hätte mich nicht mit einem anderen zufriedengegeben. Und ich habe dem Zimmermädchen gesagt, sie soll ein kleines Feuer machen, falls dir fröstelig ist. Sie ist ein nettes, aufmerksames Ding. Und ich dachte, jetzt, wo wir hier sind, werden wir doch nicht schon morgen nach Hause fahren, sondern einen Tag hier verbringen, uns umsehen und übermorgen weiterfahren. Paßt dir das? Wir brauchen uns doch nicht zu beeilen, nicht wahr? Die Kinder haben dich schon schnell genug wieder... Ich dachte, ein Tag mit dem Besuch der Sehenswürdigkeiten wäre eine hübsche Unterbrechung deiner Reise – was, Janey?»

«Hast du die Fahrkarte für übermorgen schon gelöst?» fragte sie.

«Das denk' ich doch!» Er knöpfte seinen Mantel auf und nahm seine dicke Brieftasche heraus. «Hier hast du sie! Ich habe ein Abteil Erster Klasse nach Salisbury reserviert. Hier ist sie – Mr. *und* Mrs. Hammond. Ich dachte, wir könnten es uns bequem machen, und wir wollen doch nicht von andern Leuten belästigt werden. Aber wenn du lieber noch etwas länger hierbleiben willst?»

«Aber nein!» sagte Janey rasch. «Um nichts in der Welt! Übermorgen dann also. Und die Kinder...»

Aber sie waren am Hotel angelangt. Der Direktor stand in der strahlend hell erleuchteten, weiträumigen Halle. Er kam auf sie zu, um sie zu empfangen. Ein Hausbursche rannte aus der Halle nach ihrem Gepäck.

«Also, Mr. Arnold, hier ist Mrs. Hammond nun endlich!»

Der Direktor führte sie persönlich durch die Halle und drückte den Fahrstuhlknopf. Hammond wußte, daß Geschäftsfreunde von ihm an den kleinen Tischen der Halle saßen, bei einem Drink vor dem Essen. Aber er wollte sich keiner Unterbrechung mehr aussetzen; er sah weder nach rechts noch links. Mochten sie denken, was sie wollten. Wenn sie das nicht verstanden, dann war es ihre eigene Schuld – und er trat aus dem Aufzug, schloß die Tür zu ihrem Zimmer auf und geleitete Janey hinein. Die Tür war zu. Jetzt, endlich, waren sie allein. Er drehte das Licht an. Die Vorhänge waren zugezogen. Das Kaminfeuer flackerte. Er warf seinen Hut auf das breite Bett und ging auf sie zu.

Aber – war es denn zu glauben? – wieder wurden sie gestört. Diesmal war es der Träger mit den Koffern. Er brachte sie in zwei Schüben, ließ die Tür unterdessen offenstehen, nahm sich Zeit und pfiff auf dem Korridor durch die Zähne. Hammond ging im Zimmer auf und ab, seine Handschuhe abziehend, seinen Schal wegzerrend. Zum Schluß warf er seinen Mantel aufs Bett. Endlich war der Idiot gegangen. Die Tür fiel ins Schloß. Jetzt *waren* sie allein.

«Mir ist, als hätte ich dich nie mehr für mich allein», sagte Hammond, «diese verdammten Menschen alle! Janey» – und er richtete seinen glühend erwartungsvollen Blick auf sie – «laß uns hier oben essen. Wenn wir ins Restaurant hinuntergehen, werden wir unterbrochen, und dann ist dort die verflixte Musik» (das Orchester, das er gestern abend so hoch gelobt und so laut beklatscht hatte). «Wir wären außerstande, zu hören, was der andere sagt. Laß uns hier etwas zu uns nehmen, am Kamin. Für Tee ist es zu spät. Ich bestelle ein kleines Abendessen, ja? Wie gefällt dir der Gedanke?»

«Tu das, Liebling!» sagte Janey. «Und solange du weg bist – die Briefe von den Kindern ...»

«Ach, später ist auch noch Zeit!» sagte Hammond.

«Aber dann hätten wir es erledigt», sagte Janey. «Und dann habe ich das erstemal Zeit, zu ...»

«Oh, ich muß nicht hinuntergehen!» erklärte Hammond. «Ich klingle nur und bestelle ... Du willst mich doch nicht fortschicken, oder?»

Janey schüttelte den Kopf und lächelte.

«Aber du denkst an etwas anderes. Etwas bekümmert dich», sagte Hammond. «Was ist es? Komm und setz dich her – komm und setz dich auf meine Knie – am Kamin.»

«Ich will nur die Nadeln aus meinem Hut nehmen», sagte Janey, und sie ging zum Toilettentisch hinüber. «Aha!» stieß sie laut hervor.

«Was ist denn?»

«Nichts, Liebling. Ich habe nur gerade die Briefe von den Kindern gefunden. Ist schon in Ordnung. Sie bleiben uns ja. Keine Eile jetzt!» Sie drehte sich zu ihm, die Briefe in der Hand haltend. Sie steckte sie in ihre rüschenbesetzte Bluse. Rasch, fröhlich rief sie aus: «Ach, wie typisch dieser Toilettentisch für dich ist!»

«Wieso? Was ist denn Besonderes damit?» sagte Hammond.

«Und wenn er in der Ewigkeit auftauchte, würde ich sagen ‹Der ist von John!›» lachte Janey, indem sie auf die große Flasche Haarwasser schaute, die Korbflasche mit Eau de Cologne, die beiden Haarbürsten und das Dutzend mit rosa Bändchen zusammengehaltenen frischen Kragen. «Ist das dein ganzes Gepäck?»

«Zum Teufel mit meinem Gepäck!» sagte Hammond; aber trotzdem ließ er sich gern von Janey necken. «Laß uns reden. Laß uns zur Sache kommen. Sag mir» – und als Janey sich auf seinen Knien niederließ, lehnte er sich zurück und zog sie in den tiefen, häßlichen Sessel – «sag mir, daß du wirklich froh bist, zurück zu sein, Janey.»

«Ja, Liebling, ich bin froh», sagte sie.

Als er sie aber umarmte, hatte er das Gefühl, sie würde davonfliegen, so daß er nie wußte – nie wirklich sicher wußte, ob sie so froh war wie er. Wie konnte er das wissen? Würde er es je wissen? Würde er immer dieses Nagen in sich haben – dieses dem Hunger ähnliche Verlangen, irgendwie Janey so sehr zu einem Teil von sich selbst zu machen, daß es für sie kein Entrinnen mehr gab? Er wollte alles und jeden auslöschen. Er wünschte nun, er hätte das Licht ausgemacht. Vielleicht hätte das sie ihm nähergebracht. Und jetzt raschelten auch noch diese Briefe von den Kindern in ihrer Bluse. Er hätte sie ins Feuer werfen mögen.

«Janey», flüsterte er.

«Ja, Liebling?» Sie lag an seiner Brust, aber so leicht, so entfernt. Ihrer beider Atem hob und senkte sich gleichzeitig.

«Janey!»

«Was ist denn?»

«Dreh dich her», flüsterte er. Langsam floß eine tiefe Röte in seine Stirn. «Küß mich, Janey! Küß mich!»

Es schien ihm, als zögere sie ganz kurz, doch für ihn lange genug, Qualen zu dulden – ehe ihre Lippen seinen Mund berührten, fest, rasch – ihn so wie immer küssend –, als ob der Kuß – wie konnte er es am besten beschreiben – besiegelte, was die Lippen sagten, oder einen Vertrag bestätigte. Aber das war es nicht, wonach er verlangte; das war es nicht, wonach er dürstete. Er fühlte sich plötzlich furchtbar müde. «Wenn du wüßtest», sagte er, die Augen öffnend, «was ich durchgemacht habe – beim Warten heute. Ich dachte, das Schiff würde nie einlaufen. Da waren wir, trieben uns herum. Was hat euch so lange aufgehalten?»

Sie gab keine Antwort. Sie sah von ihm fort ins Feuer. Die Flammen flackerten – flackerten über die Kohlen, loderten auf, sanken in sich zusammen.

«Du schläfst doch nicht?» sagte Hammond und wiegte sie hin und her.

«Nein», sagte sie. Und dann: «Laß das doch, Liebling. Ich habe überlegt. Die Sache ist die», sagte sie, «einer der Passagiere ist in der vergangenen Nacht gestorben – ein Mann. Das ist es, was uns aufgehalten hat. Wir brachten ihn mit herein – ich meine, er wurde nicht im Meer bestattet. Darum mußten natürlich der Schiffsarzt und der Hafenarzt…»

«Was, was heißt das?» fragte Hammond beunruhigt. Er haßte es, vom Tod zu sprechen. Er haßte, daß dies geschehen war. Seltsamerweise war es, als seien Janey und er einem Leichenzug auf ihrem Weg zum Hotel begegnet.

«Oh, es war bestimmt nichts Ansteckendes!» sagte Janey. Sie sprach kaum hörbar. «Es war das *Herz.*» Eine Pause. «Armer Kerl!» sagte sie. «Noch ganz jung.» Und sie sah zu, wie das Feuer aufzüngelte und zusammenfiel. «Er starb in meinen Armen», sagte Janey.

Der Schlag kam so plötzlich, daß Hammond meinte, er würde ohnmächtig. Er konnte sich nicht rühren; konnte nicht atmen. Er fühlte alle Kraft entrinnen – in den großen dunklen Sessel strömen, und der große dunkle Sessel hielt ihn fest, umklammerte ihn, zwang ihn, standzuhalten. «Was?» sagte er ausdruckslos. «Was sagst du da?»

«Das Ende war ganz friedlich», sagte die leise Stimme. «Er hat nur» – Hammond sah sie ihre sanfte Hand heben – «sein Leben ausgehaucht am Ende.» Und ihre Hand sank.

«Wer war noch dabei?» gelang es Hammond zu fragen.

«Niemand. Ich war allein mit ihm.»

Ach, mein Gott, was sagte sie da! Was tat sie ihm an! Töten würde ihn das. Und die ganze Zeit über redete sie.

«Ich habe das Ende kommen sehen und den Steward zum Arzt geschickt, aber der Arzt kam zu spät. Er hätte ihm sowieso nicht mehr helfen können.»

«Aber – warum *du*, warum *du*?» stöhnte Hammond.

Hier wandte Janey sich rasch ihm zu und suchte sein Gesicht zu ergründen.

«Du nimmst doch keinen Anstoß daran, John, nicht wahr?» fragte sie. «Du kannst – es hat mit mir und dir doch nichts zu tun!»

Irgendwie brachte er eine Art zitterndes Lächeln zustande. Irgendwie stotterte er: «Nein – erzähle weiter, weiter! Ich möchte alles wissen.»

«Aber John, Liebling ...»

«Erzähl's mir, Janey!»

«Da gibt es nichts zu erzählen», sagte sie erstaunt. «Er war einer der Passagiere Erster Klasse. Ich sah, daß er krank war, als er an Bord kam... Aber es schien ihm so viel besser zu gehen bis gestern. Am Nachmittag hatte er einen schweren Herzanfall – die Aufregung, die Nervosität wegen des Ankommens, glaube ich. Und danach hat er sich nicht mehr erholt.»

«Aber warum hat nicht die Stewardess...»

«Ach, Liebling, die Stewardess!» sagte Janey. «Wie wäre ihm denn da zumute gewesen? Und außerdem... Vielleicht hätte er eine Mitteilung hinterlassen wollen – an...»

«Hat er es?» murmelte Hammond. «Hat er etwas gesagt?»

«Nein, Liebling, kein Wort!» Sie schüttelte schwach den Kopf. «Die ganze Zeit über, die ich bei ihm war, war er zu schwach... Er war zu schwach, um nur einen Finger zu rühren...»

Janey war still. Aber ihre Worte, so leicht, so sanft, so kühl, schienen noch in der Luft zu schweben, in sein Herz zu regnen wie Schnee.

Das Feuer war rot geworden. Jetzt fiel es in sich zusammen mit einem lauten Geräusch, und das Zimmer war kälter. Kälte kroch ihm die Arme hoch. Das Zimmer war riesengroß, unermeßlich, verschwimmend. Es enthielt seine ganze Welt. Da war das große, unberührte Bett mit seinem darübergeworfenen Mantel, der wie ein Mann ohne Kopf seine Gebete verrichtete. Da war das Gepäck, fertig, wieder fortgetragen zu werden. Irgendwohin, in Züge geworfen, auf Schiffe gekarrt.

«Er war zu schwach. Er war zu schwach, einen Finger zu rühren.» Und trotzdem, er starb in Janeys Armen. Sie – die nie – nie in all den Jahren – bei keiner einzigen Gelegenheit... Nein; er durfte nicht daran denken. Wahnsinn war es, darüber nachzudenken. Nein, er würde es nicht aushalten. Er konnte es nicht ertragen. Es war zu viel.

Und nun berührte Janey seinen Schlips mit ihren Fingern. Sie drückte die Enden der Schleife zusammen. «Es tut dir doch nicht leid, daß ich dir das erzählt habe, John, Liebling? Es hat dich doch nicht traurig gemacht? Es hat doch unseren Abend nicht verdorben – unser Zusammensein, ganz allein?»

Aber jetzt mußte er sein Gesicht verbergen. Er legte es an ihre Brust und umschlang sie mit den Armen. Ihren Abend verdorben. Ihr Alleinsein verdorben! Sie würden nie wieder allein miteinander sein.

MISS BRILL

Obwohl es strahlend schön war – der blaue Himmel goldbepudert und große Lichtflecken wie Weißwein über die öffentlichen Parks ausgeschüttet –, war Miss Brill froh, daß sie sich zu ihrem Pelz entschlossen hatte. Die Luft stand still, doch wenn man den Mund öffnete, hatte man ein leichtes Kältegefühl wie von einem Glas geeisten Wassers, bevor man zu trinken ansetzt, und hin und wieder kam ein Blatt dahergetrieben – von nirgendwo, vom Himmel. Miss Brill hob die Hand und betastete ihren Pelz. Liebes kleines Tierchen! So schön, es wieder zu fühlen. Sie hatte ihn heute nachmittag aus seiner Schachtel genommen, das Mottenpulver herausgeschüttelt, ihn gut gebürstet und in die trüben kleinen Augen wieder Leben gerieben. «Wie ist mir nur geschehen?» sagten die traurigen kleinen Augen. Ach, wie reizend zu sehen, daß diese sie wieder von der roten Steppdecke her anblitzten! Nur die Nase aus irgendeinem schwarzen Material war nicht besonders stabil. Sie mußte irgendwann einen Stoß abbekommen haben. Tat nichts zur Sache – ein kleiner Klecks von schwarzem Siegellack, wenn es an der Zeit war – wenn es unbedingt nötig wäre…

Kleiner Schlingel! Ja, sie empfand es wirklich so. Ein kleiner Schlingel, der sich in den Schwanz biß, dicht an ihrem linken Ohr. Am liebsten hätte sie ihn abgenommen, auf ihren Schoß gelegt und gestreichelt. Sie fühlte ein Prickeln in ihren Händen und Armen, aber das kam vermutlich vom Laufen. Und wenn sie atmete, hob sich etwas leicht und traurig – nein, nicht wirklich traurig –, etwas Zartes schien sich in ihrem Herzen zu rühren.

Eine ganze Menge Menschen waren heute nachmittag unterwegs, viel mehr als am letzten Sonntag. Die Musikkapelle klang lauter und lustiger. Die Saison hatte nämlich begonnen. Denn obwohl das Orchester das ganze Jahr hindurch an Sonntagen spielte, außerhalb der Saison war es nie dasselbe. Es war, als würde jemand nur für die Familie spielen; so unbekümmert, wie gespielt wurde, wenn keine Fremden da waren. Trug nicht auch der Dirigent eine neue Jacke? Sie war sicher, daß sie neu war. Er kratzte mit dem Fuß und schlug mit den Armen wie ein Gockel, bevor er kräht, und die Orchestermitglieder saßen in dem grünen Musikpavillon, bliesen ihre Bakken auf und starrten auf die Noten. Jetzt kam eine kleine Flötenpassage – sehr hübsch! –, eine kurze Kette glänzender Tropfen. Sie war sicher, das würde noch einmal wiederholt werden. Und tatsächlich. Sie hob den Kopf und lächelte.

Nur zwei Menschen saßen in ihrer Nähe: ein feiner alter Mann in einer Samtjoppe, seine Hände umfaßten einen enormen geschnitzten Spazierstock; und eine dicke alte Frau, aufrecht sitzend, mit dem Strickzeug auf ihrer bestickten Schürze. Sie sprachen nicht. Das war enttäuschend, denn Miss Brill freute sich immer auf die Unterhaltung. Sie war, fand sie, langsam geübt darin, so zuzuhören, als lausche sie nicht; als würde sie nicht für ein paar Minuten in anderer Leute Leben eintauchen, während diese erzählten.

Sie streifte das Paar seitwärts mit einem Blick. Vielleicht gingen sie bald. Vorigen Sonntag war es auch schon nicht so interessant gewesen wie sonst. Ein Engländer und seine Frau, er trug einen scheußlichen Panamahut, und sie geknöpfte Stiefel. Und sie hatte die ganze Zeit genörgelt, daß sie eigentlich eine Brille tragen sollte; sie wußte, sie würde sie brauchen; aber es wäre zwecklos, sie zu kaufen; sie würde bestimmt kaputtgehen und nie fest sitzen. Und er war so geduldig gewesen. Er hatte alles vorgeschlagen – goldene

Fassungen, solche, die sich um die Ohren bogen, kleine Polster innen im Steg. Nein, nichts wollte ihr passen. «Sie wird mir immer die Nase herunterrutschen.» Miss Brill hätte sie schütteln mögen.

Die alten Leutchen saßen auf der Bank, still wie Statuen. Es machte nichts, ihr blieb immer, die Menschen zu beobachten. Hin und her vor den Blumenbeeten und dem Musikpavillon gingen Paare und Gruppen, blieben stehen, um zu reden, zu grüßen, dem alten Kerl, der seine Auslage an einem Gitter festgemacht hatte, eine Handvoll Blumen abzukaufen. Kleine Kinder rannten dazwischen, durcheinanderlaufend und lachend; kleine Jungen mit großen weißen Matrosenschleifen unter dem Kinn; kleine Mädchen, kleine französische Puppen, in Samt und Spitze gekleidet. Und manchmal kam ein winziger Stolperer von den Bäumen her plötzlich ins Freie gewankt, blieb stehen, starrte, und setzte sich – plumps – so plötzlich nieder, daß seine kleine, hochhackige Mutter ihm wie eine junge Henne schimpfend zu Hilfe eilte. Andere Leute saßen auf den Bänken und grünen Stühlen, aber es waren fast immer die gleichen, Sonntag für Sonntag, und – Miss Brill hatte oft bemerkt, daß beinahe an jedem von ihnen etwas Komisches war. Sie waren sonderbar und stumm, fast alle alt, und durch die Art, wie sie blickten und blinzelten, wirkten sie beinahe, als wären sie gerade aus kleinen dunklen Zimmern gekommen, oder sogar – sogar aus Schränken!

Hinter dem Pavillon schlanke Bäume mit niederhängenden gelben Blättern und dahinter gerade nur ein Hauch von Meer und darüber der blaue Himmel mit goldgeäderten Wolken.

«Tum-ta-ta dideldum! Dideldum! Tum dideldum tum tu!» blies die Kapelle. Zwei junge Mädchen in Rot gingen vorbei und trafen auf zwei junge Soldaten in Blau. Sie lachten und gingen paarweise Arm in Arm davon. Zwei Bauersfrauen mit komischen Strohhüten gingen feierlich vorüber und führten schöne rauchgraue Esel. Eine kühle, bleiche Nonne eilte dahin. Eine schöne Frau kam daher und ließ ihr Veilchensträußchen fallen, und ein kleiner Junge rannte ihr nach, es ihr aufzuheben, und sie nahm es und warf es fort, als sei es vergiftet. Meine Güte! Miss Brill wußte nicht, ob sie das nun schätzen sollte oder nicht. Und da begegneten sich gerade vor ihr eine Hermelinkappe und ein Herr in Grau. Er war groß, steif, würdevoll, und sie trug die Kappe, die sie gekauft hatte, als ihr Haar noch blond gewesen war. Jetzt hatte alles, ihr Haar, ihr

Gesicht, selbst ihre Augen, die gleiche Farbe des schäbigen Hermelins, und ihre Hand in den gereinigten Handschuhen, die sich hob, um ihre Lippen zu betupfen, war ein gelbliches Pfötchen. Ach, sie war so erfreut, ihn zu sehen – entzückt! Sie hatte sich schon gedacht, sie würden sich an diesem Nachmittag treffen. Sie beschrieb, wo sie gewesen war – überall, hier, dort, am Meer entlang. Der Tag war so bezaubernd – meinte er nicht auch? Und würde er nicht vielleicht? Aber er schüttelte den Kopf, zündete sich eine Zigarette an, hauchte langsam einen großen tiefen Zug in ihr Gesicht, und während sie noch immer redete und lachte, schnippte er das Streichholz fort und ging weiter. Die Hermelinkappe war allein; sie lächelte strahlender denn je. Sogar die Kapelle schien zu wissen, was sie empfand, und spielte leiser, spielte zärtlich, und die Trommel schlug wieder und wieder: «Der Rüpel! Der Rüpel!» Was würde sie tun? Was geschah jetzt? Doch als Miss Brill sich noch Gedanken machte, drehte sich die Hermelinkappe um, hob die Hand, als hätte sie jemand anderen gesehen, viel netter, gerade dort drüben, und trippelte davon. Und die Kapelle spielte wieder anders und schneller und fröhlicher denn je, und das alte Paar, dicht bei Miss Brills Stuhl, stand auf und ging; und ein komischer alter Herr mit langem Backenbart humpelte im Takt zur Musik und wurde von vier eingehakt laufenden Mädchen fast umgerannt.

Ach, wie bezaubernd es hier war! Wie sie es genoß! Wie gern saß sie hier, beobachtete alles! Es war wie ein Theaterstück, genau wie ein Theaterstück. Wer konnte glauben, der Himmel im Hintergrund sei nicht gemalt? Aber erst, als ein kleiner brauner Hund wichtigtuerisch dahergetrottet kam und dann langsam forttrottete wie ein Theaterhündchen, ein berauschtes Hündchen, entdeckte Miss Brill, was es war, das alles so aufregend machte. Sie waren alle auf der Bühne. Sie waren nicht nur das Publikum, nicht nur zuschauend; sie spielten mit. Auch sie hatte eine Rolle und kam jeden Sonntag. Zweifellos hätte es jemand bemerkt, wenn sie gefehlt hätte; auch sie war schließlich Teil der Vorstellung. Seltsam, daß sie nie darüber nachgedacht hatte! Und doch erklärte es, warum sie solchen Wert darauf legte, jede Woche zur selben Zeit von zu Hause fortzugehen – wie um nicht zu spät zur Aufführung zu kommen –, und es erklärte ferner, warum sie eine ganz sonderbare Scheu empfand, ihren Englischschülern zu erzählen, wie sie ihre Sonntagnachmittage verbrachte. Kein Wunder! Miss Brill lachte beinahe laut heraus. Sie war auf der Bühne. Sie dachte an den alten kranken Herrn, dem sie an vier Nachmittagen der Woche die Zeitung vorlas, während er im Garten sein Nickerchen machte. Sie hatte sich an den zerbrechlichen Kopf auf dem Baumwollkissen gewöhnt, an die tiefliegenden Augen, den offenen Mund und die spitze Nase. Wäre er tot gewesen, sie hätte es wochenlang nicht bemerkt; es wäre nicht anders gewesen. Aber plötzlich erkannte sie, daß er die Zeitung von einer Schauspielerin vorgelesen bekam! «Schauspielerin!» Der alte Kopf hob sich; zwei Lichtpunkte zitterten in den alten Augen. «Eine Schauspielerin – sind Sie?» Und Miss Brill glättete die Zeitung, als sei sie ihr Rollenbuch und sagte sanft: «Ja, ich war lange Zeit Schauspielerin.»

Die Kapelle hatte eine Pause eingelegt. Jetzt begann sie wieder. Und was sie spielte, war warm, sonnig, und doch war ein leichtes Frösteln darin – ein, was war es? – nicht Traurigkeit – nein, nicht Traurigkeit –, ein Etwas, das einem Lust zu singen machte. Die Melodie hob sich, hob sich, das Licht glänzte, und es schien Miss Brill, im nächsten Augenblick müßten alle, die ganze Gesellschaft, zu singen anfangen. Die Jungen, die Lachenden, die Umhergehenden würden beginnen, und die Stimmen der Männer, sehr fest und stark, würden mit einstimmen. Und dann würde sie, auch sie und die anderen auf den Bänken, einfallen wie zur Begleitung – mit etwas Leisem, sich kaum Hebenden oder Senkenden, etwas so Schönem – Ergreifendem ...

Und Miss Brills Augen füllten sich mit Tränen, und sie sah lächelnd auf alle anderen Mitspieler. «Ja, wir verstehen es, wir verstehen es schon», dachte sie, obwohl sie nicht wußte, was.

Gerade in diesem Augenblick kamen ein junger Mann und ein junges Mädchen und setzten sich dorthin, wo das alte Ehepaar gewesen war. Sie waren hübsch angezogen, sie waren verliebt; der Held und die Heldin, wahrscheinlich gerade mit Vaters Jacht angekommen. Und noch lautlos singend, noch mit diesem zitternden Lächeln, bereitete Miss Brill sich vor, zu lauschen.

«Nein, nicht jetzt», sagte das Mädchen. «Nicht hier, ich kann nicht.»

«Aber warum denn? Wegen der dämlichen Alten dort hinten?» fragte der Junge. «Warum kommt die überhaupt her – wer will schon noch was von ihr? Warum läßt sie nicht ihre dumme alte Fratze zu Hause?»

«Ihr P-Pelz», kicherte das Mädchen, «ist so ulkig. Er sieht genau aus wie ein gebackener Weißfisch.»

«Ach, so scheren Sie sich doch fort!» sagte der junge Mann in ärgerlichem Geflüster. Dann: «Sag mir, *ma petite chère* …»

«Nein, nicht hier», sagte das Mädchen. «*Noch* nicht.»

Auf ihrem Nachhauseweg kaufte sie gewöhnlich ein Stück Honigkuchen beim Konditor. Das war ihr Sonntagsvergnügen. Manchmal gab es eine Mandel in ihrem Stück, manchmal nicht. Das spielte eine große Rolle. Fand sie nämlich eine Mandel darin, war es wie das Heimtragen eines winzigen Geschenks – eine Überraschung –, eines Etwas, das ebensogut nicht hätte sein brauchen. An den Mandelsonntagen beeilte sie sich und riß ungestüm das Streichholz für den Teekessel an.

Aber heute ging sie an der Konditorei vorbei, stieg die Treppe hinauf, ging in den kleinen dunklen Raum – ihr Zimmer glich einem Schrank – und setzte sich auf die rote Steppdecke. Sie saß dort eine lange Zeit. Die Schachtel, aus der der Pelz stammte, lag auf dem Bett. Sie hakte den Pelzkragen rasch auf; schnell, ohne ihn anzusehen, legte sie ihn hinein. Aber als sie den Deckel daraufstülpte, meinte sie, etwas weinen zu hören.

Kinder sind unberechenbare kleine Wesen. Warum mußte ein kleiner Junge wie Dicky, gewöhnlich brav, empfindsam, lieb, folgsam und für sein Alter erstaunlich vernünftig, solche Launen haben und ohne den geringsten Anlaß plötzlich «einen Rappel kriegen», wie seine Schwestern es nannten, so daß kein Auskommen mehr mit ihm war?

«Dicky, komm her! Kommen Sie sofort her, mein Herr! Hörst du nicht, die Mutter ruft dich, Dicky!»

Aber Dicky kam nicht. Oh, er hatte es schon gehört. Ein klares, hohes, kleines Gelächter war seine einzige Antwort. Und er stob davon; versteckte sich, rannte durch die ungemähte Wiese, raste am Holzschuppen vorbei, stürmte zum Küchengarten, schlug dort einen Haken und spähte hinter den bemoosten Apfelbaumstämmen nach seiner Mutter und hüpfte umher wie ein wilder Indianer.

Es hatte zur Teezeit angefangen. Während Dickys Mutter und Mrs. Spears, die den Nachmittag bei ihr zubrachte, still über ihrer Näharbeit im Wohnzimmer saßen, geschah nach dem, was das Hausmädchen berichtete, folgendes beim Tee der Kinder: Sie aßen so artig und ruhig, wie man es sich nur wünschen kann, ihr erstes Butterbrot, und das Dienstmädchen hatte gerade Milch und Wasser eingeschenkt, als Dikky plötzlich den Brotteller nahm, ihn sich umgekehrt auf den Kopf stülpte und das Brotmesser packte.

«Schaut mich an!» rief er.

Seine verblüfften Schwestern sahen auf, und noch ehe das Dienstmädchen herbeispringen konnte, wackelte der Brotteller, rutschte herunter, flog zu Boden und sprang entzwei. In diesem schrecklichen Augenblick erhoben die kleinen Mädchen ihre Stimmen und brüllten so laut, wie sie nur konnten: «Mama, guck mal, was er gemacht hat!»

«Dicky hat den großen Teller kaputtgemacht!»

«Halt ihn fest!»

Ihr könnt euch vorstellen, wie die Mutter angeflogen kam. Doch zu spät. Dicky war vom Stuhl aufgesprungen, durch die bis zum Boden reichenden Fenster auf die Veranda gestürmt, und ja – da stand sie nun, zog hilflos ihren Fingerhut auf und wieder ab. Was konnte sie tun?

Sie konnte ihm nicht nachjagen. Sie konnte Dikky nicht zwischen den Apfel- und Pflaumenbäumen nachstellen. Das wäre zu unwürdig gewesen. Es war ärgerlich, ja zum Verzweifeln. Besonders, weil Mrs. Spears, ausgerechnet Mrs. Spears, deren beide Söhne sich stets so vorbildlich verhielten, auf sie im Wohnzimmer wartete.

«Na gut, Dicky», rief sie, «ich werde mir eine Strafe für dich ausdenken!»

«Ist mir gleich», erklang das hohe Stimmchen, und wieder kam das helle Gelächter. Das Kind war ja ganz außer sich...

«Ach, Mrs. Spears, ich weiß nicht, wie ich mich dafür entschuldigen soll, daß ich Sie so lange allein gelassen habe.»

«Macht nichts, Mrs. Bendall», antwortete Mrs. Spears mit ihrer sanften, honigsüßen Stimme und zog die Augenbrauen auf die ihr typische Art hoch. Sie schien vor sich hin zu lächeln, während sie die Falten ihrer Näharbeit glattstrich. «Solche Kleinigkeiten kommen hin und wieder vor; ich hoffe nur, es war nichts Ernstes.»

«Es war Dicky», sagte Mrs. Bendall und suchte ziemlich hilflos nach ihrer einzigen dünnen Nadel. Dann erklärte sie Mrs. Spears den ganzen Vorfall. «Und das Schlimmste daran ist, ich weiß nicht, wie ihn zur Raison bringen. Wenn er in dieser Verfassung ist, scheint wirklich gar nichts auch nur den geringsten Eindruck auf ihn zu machen.»

Mrs. Spears schlug ihre blassen Augen auf. «Auch nicht Schläge?» fragte sie.

Aber Mrs. Bendall, die ihre Nadel einfädelte, verzog den Mund. «Wir haben die Kinder nie geschlagen», sagte sie. «Bei den Mädchen war es nie nötig. Und Dicky ist noch so klein und der einzige Junge. Irgendwie ...»

«Meine Liebe», sagte Mrs. Spears und legte ihre Näharbeit hin. «Ich wundere mich überhaupt nicht, daß Dicky diese kleinen Ausbrüche hat. Verzeihen Sie, daß ich das so einfach ausspreche. Aber ich bin sicher, Sie machen einen großen Fehler bei dem Versuch, Ihre Kinder ohne Schläge zu erziehen. Nichts kann das ersetzen. Und ich spreche aus Erfahrung, meine Liebe. Ich habe es lange mit sanfteren Methoden probiert» – Mrs. Spears zog den Atem mit einem leisen Zischlaut ein – «Die Zungen der Jungen zum Beispiel mit Schmierseife einzureiben oder sie den ganzen Samstagnachmittag auf dem Tisch stehen zu lassen. Aber glauben Sie mir», sagte Mrs. Spears, «nichts, gar nichts wirkt so gut, wie sie dem Vater zu überlassen.»

Mrs. Bendall war bis ins Mark schockiert über

die Schmierseife. Aber Mrs. Spears stellte es als dermaßen selbstverständlich hin, daß auch sie es tat. «Vom Vater», sagte sie. «Dann schlagen Sie sie nicht selbst?»

«Nie.» Mrs. Spears schien ganz empört bei dem Gedanken. «Ich finde, es ist nicht Sache der Mutter, die Kinder zu verhauen. Es ist die Pflicht des Vaters. Und außerdem macht er auf sie viel mehr Eindruck.»

«Ja, das kann ich mir vorstellen», sagte Mrs. Bendall schwach.

«Meine beiden Jungen», lächelte Mrs. Spears ermutigend Mrs. Bendall an, «würden sich sicher genauso benehmen wie Dicky, wenn sie nicht Angst davor hätten. Aber so...»

«Oh, Ihre Jungen sind vollkommene kleine Musterknaben», rief Mrs. Bendall.

Das waren sie. Stillere, artigere kleine Jungen in Gegenwart von Erwachsenen konnte man sich nicht vorstellen. Tatsächlich machten Mrs. Spears' Besucher häufig die Bemerkung, daß man gar nicht bemerkt habe, daß ein Kind im Hause sei. – Oft war auch keins da.

In der vorderen Diele, hinter dem großen Gemälde feister, fröhlicher, alter Mönche, die am Flußufer fischten, steckte eine dicke, dunkle Reitpeitsche, die Mrs. Spears' Vater gehört hatte.

Und aus diesem gewissen Grund spielten die Jungen lieber woanders; hinter der Hundehütte oder im Geräteschuppen oder bei der Mülltonne.

«Es ist doch ein solcher Fehler», seufzte Mrs. Spears, sacht atmend, während sie ihre Arbeit zusammenfaltete, «schwach gegenüber Kindern zu sein, solange sie klein sind. Ein so trauriger Fehler, den man so leicht begeht. Dem Kind gegenüber ist es so ungerecht. Darüber muß man sich im klaren sein. Und Dickys kleiner Streich heute nachmittag schien mir auch Absicht. Es war seine Art, Ihnen zu zeigen, daß ihm Prügel zusteht.»

«Meinen Sie wirklich?» Mrs. Bendall war ein schwaches Persönchen, und dies beeindruckte sie sehr.

«Bestimmt. Da bin ich ganz sicher. Und eine harte Lektion hie und da», tönte Mrs. Spears in ganz berufsmäßiger Weise, «vom Vater erteilt, wird Ihnen in Zukunft viele Sorgen ersparen. Glauben Sie mir, meine Liebe.» Sie legte ihre trockene, kalte Hand über die von Mrs. Bendall.

«Ich werde mit Edward sprechen, sobald er heimkommt», sagte Dickys Mutter fest.

Die Kinder waren zu Bett gegangen, noch bevor die Gartenpforte ging und Dickys Vater sein

Fahrrad tragend die steilen Steinstufen heraufgewankt kam. Er hatte einen schlechten Tag im Büro gehabt. Er war erhitzt, staubig, übermüdet.

Aber gerade jetzt war Mrs. Bendall ganz aufgeregt über die neue Methode und öffnete ihm selbst die Tür.

«Ach, Edward, was bin ich so froh, daß du da bist», rief sie.

«Warum, was ist denn passiert?» Edward setzte das Fahrrad nieder und nahm seinen Hut ab. Ein ärgerlicher roter Streifen zeigte, wo der Rand gedrückt hatte. «Was ist denn los?»

«Komm, komm ins Wohnzimmer», sagte Mrs. Bendall überstürzt. «Ich kann dir gar nicht sagen, wie ungezogen Dicky gewesen ist. Du hast keine Vorstellung – du kannst ja auch keine haben, bist ja den ganzen Tag über im Büro –, wie frech ein Kind in dem Alter sein kann. Er war einfach schlimm. Ich habe einfach keinen Einfluß mehr auf ihn – gar keinen. Edward, ich habe alles versucht, aber es hat keinen Zweck. Das einzige, was übrigbleibt», endete sie atemlos, «sind Schläge – du mußt ihn verhauen, Edward.»

In der Ecke des Wohnzimmers befand sich eine Etagere, und auf dem obersten Bord stand ein brauner Porzellanbär mit einer aufgemalten

Zunge. Er schien Dickys Vater aus dem Schatten heraus anzugrinsen und zu sagen: «Hurra, und dafür bist du nach Hause gekommen!»

«Aber warum in aller Welt sollte ich anfangen, ihn zu schlagen?» sagte Edward, auf den Bären starrend. «Das haben wir doch noch nie getan.»

«Weil», sagte seine Frau, «weil es das einzige ist, was hilft. Begreifst du das nicht? Ich habe das Kind nicht mehr in meiner Gewalt...» Die Worte flogen ihr nur so von den Lippen. Sie umschwirrten ihn, surrten um seinen müden Schädel. «Wir können uns unmöglich ein Kindermädchen leisten. Das Dienstmädchen hat mehr als genug zu tun. Und für seine Ungezogenheit hat man keine Worte. Du kannst das nicht verstehen, Edward; du kannst es nicht, du bist den ganzen Tag über im Büro.»

Der Bär streckte die Zunge heraus. Die schimpfende Stimme fuhr fort. Edward sank auf einen Stuhl.

«Womit soll ich ihn denn schlagen?» fragte er schwach.

«Mit deinem Pantoffel natürlich», sagte seine Frau. Und sie kniete nieder, um ihm die staubigen Schuhe aufzuschnüren.

«Oh, Edward», jammerte sie, «du hast immer

noch deine Fahrradklammern an, und das im Wohnzimmer. Also wirklich...»

«Jetzt langt es mir.» Edward stieß sie förmlich fort. «Gib mir den Pantoffel.» Er ging die Treppe hinauf. Er fühlte sich wie in einem dunklen Netz. Und auf einmal wollte er Dicky auch verhauen, verdammt nochmal, er wollte auf etwas einschlagen. Mein Gott, was für ein Leben! Der Straßenstaub war noch in seinen heißen Augen, die Arme waren ihm schwer.

Er stieß die Tür zu Dickys schmaler Kammer auf. Dicky stand mitten auf dem Fußboden im Nachthemd. Bei seinem Anblick stieg eine heiße Welle des Zorns in ihm hoch. «Dicky, du weißt, weshalb ich komme», sagte Edward.

Dicky gab keine Antwort.

«Ich bin gekommen, um dir ein paar Schläge zu verpassen.»

Keine Erwiderung.

«Zieh dein Nachthemd hoch.»

Jetzt sah Dicky auf. Er wurde dunkelrot. «Muß ich?» flüsterte er.

«Los jetzt, nun mach schon», sagte Edward, und den Pantoffel umkrampfend, gab er Dicky drei harte Klapse.

«So, das wird dich lehren, dich deiner Mutter gegenüber anständig zu betragen.»

Dicky stand da, mit hängendem Kopf.

«Jetzt mach, daß du ins Bett kommst», sagte sein Vater.

Noch immer rührte er sich nicht. Aber eine bebende Stimme sagte: «Ich habe mir die Zähne noch gar nicht geputzt, Daddy.»

«Die was?»

Dicky sah hoch. Seine Lippen zitterten, aber seine Augen waren trocken. Er hatte keinen Laut gegeben oder eine Träne vergossen. Er schluckte nur und sagte heiser: «Ich habe mir die Zähne noch nicht geputzt, Daddy.»

Doch beim Anblick des kleinen Gesichts wandte Edward sich ab, und ohne zu wissen, was er tat, stürzte er aus der Kammer, die Treppen hinunter und hinaus in den Garten. Guter Gott! Was hatte er getan? Er durchmaß den Garten und verbarg sich im Schatten eines Birnbaums an der Hecke. Dicky geschlagen – den kleinen Mann mit einem Pantoffel verhauen – und zum Teufel, weswegen eigentlich? Er wußte es nicht einmal. Er war plötzlich in die Kammer gewankt – und da war der kleine Kerl in seinem Nachthemd. Dickys Vater stöhnte und hielt sich an der Hecke fest. Und er hatte nicht geweint. Keine Träne. Wenn er doch geheult hätte oder aufsässig geworden wäre. Aber dieses «Daddy»!

Und wieder hörte er das zitternde Flüstern. Ohne sich ein Wort zu vergeben! Aber sich selbst würde er das nie verzeihen – nie. Feigling! Dummkopf! Unmensch! Und plötzlich erinnerte er sich daran, wie Dicky einmal von seinen Knien gefallen war und sich beim Spielen mit ihm sein Handgelenk verstaucht hatte. Auch da hatte er nicht geweint. Und diesen kleinen Helden hatte er soeben geschlagen.

«Es muß etwas geschehen», dachte Edward. Er lief zum Haus zurück, die Treppe hinauf zu Dickys Kammer. Der kleine Junge lag im Bett. Im Dämmerlicht hob sich sein dunkler Kopf mit dem gerade geschnittenen Pony deutlich gegen das helle Kissen ab. Er lag ganz still, und auch jetzt weinte er nicht. Edward schloß die Tür und lehnte sich dagegen. Am liebsten hätte er an Dickys Bett gekniet und selbst geheult und ihn um Verzeihung gebeten. Aber natürlich kann man so etwas nicht tun. Er war verlegen, sein Herz krampfte sich zusammen.

«Schläfst du noch nicht, Dicky?» fragte er leichthin.

«Nein, Daddy.»

Edward kam herüber und setzte sich auf das Bett seines Jungen, und Dicky sah ihn durch seine langen Wimpern hindurch an.

«Na, gibt's nichts zu sagen, kleiner Mann?» sagte Edward fast flüsternd.

«N-nein, Daddy», kam es von Dicky.

Edward streckte seine Hand aus und nahm zärtlich Dickys heiße Patschhand.

«Du – du darfst nicht mehr an das denken, was gerade geschehen ist, kleiner Mann», sagte er heiser. «Versteh doch, das ist vorbei. Das ist abgetan. Das wird nie wieder vorkommen. Verstehst du?»

«Ja, Daddy.»

«Als nächstes, Kerlchen, mußt du dich zusammenreißen», sagte Edward, «und jetzt lächeln.» Dabei versuchte er selbst eine ganz zaghafte Entschuldigung mit seinem Lächeln. «Das Ganze vergessen wir – ja? Kleiner Mann... alter Junge...»

Dicky lag genau wie vorhin da. Das war schrecklich anzusehen. Dickys Vater sprang auf und ging ans Fenster. Das Dienstmädchen war draußen und riß und zerrte die weiße Wäsche von den Büschen und stapelte sie auf ihrem Arm. Aber in dem grenzenlosen Himmel leuchtete der Abendstern; und der große Eukalyptusbaum, schwarz gegen den fahlen Schein, regte sanft seine langen Blätter. All das sah er, während er in seiner Hosentasche nach Kleingeld fühlte.

Als er es herausholte, suchte er nach einem neuen Sixpence und ging wieder zu Dicky hinüber. «Da, Kerlchen. Kauf dir was», sagte Edward leise und legte das Sixpence-Stück auf Dickys Kopfkissen. Aber konnte selbst der – ein ganzer Sixpence – auslöschen, was geschehen war?

EINE IDEALE FAMILIE

An diesem Abend, als er durch die Drehtür drängte und die drei breiten Stufen zum Bürgersteig hinunterging, fühlte sich der alte Mr. Neave zum ersten Mal in seinem Leben zu alt für den Frühling. Der Frühling – warm, lebendig, ruhelos – war gekommen, wartete mit seinem goldenen Licht auf ihn, wollte ihn vor aller Welt anspringen, in seinen weißen Bart pusten, sich zärtlich in seinen Arm hängen. Und Mr. Neave konnte ihm nichts entgegnen, nein, er konnte sich nicht noch einmal breitbeinig vor ihn hinstellen und dann mit langen Schritten davonlaufen, flott wie ein junger Mann. Er war müde und trotz des späten Sonnenscheins merkwürdig kalt und völlig benommen. Ganz plötzlich hatte er keine Energie, keinen Mut mehr, dieser Freude, dieser heiteren Lebendigkeit standzuhalten; sie verwirrte ihn. Es verlangte ihn, stillzustehen, sie mit seinem Stock fortzuwischen, zu sagen: «Fort mit dir!» Plötzlich fiel es ihm furchtbar schwer, seinen Schlapphut mit dem Stock anzutippen – die ganzen Menschen, die er kannte, zu grüßen,

Freunde, Bekannte, Ladenbesitzer, Briefträger, Kutscher. Auch den fröhlichen Blick, der die Geste begleitete, das freundliche Zwinkern, das zu sagen schien «Mit euch kann ich es allemal noch aufnehmen», brachte der alte Mr. Neave nicht im geringsten mehr fertig. Er tappte dahin, hob die Knie hoch, als ginge er durch Luft, die irgendwie schwer und fest wie Wasser geworden war. Und die heimwärts strebende Menge eilte vorüber, die Straßenbahnen ratterten, die Waggons schepperten, die großen, sich wiegenden Droschken rollten dahin mit rücksichtsloser, trotziger Gleichgültigkeit, die man nur aus Träumen kennt...

Es war ein Tag wie jeder andere Tag im Büro gewesen. Nichts Besonderes hatte sich ereignet. Harold war vom Lunch erst kurz vor vier zurückgekommen. Wo war er gewesen? Was hatte er vorgehabt? Er wollte es seinen Vater nicht wissen lassen. Der alte Mr. Neave war zufällig im Vestibül, um einen Kunden zu verabschieden, als Harold hereingesprungen kam, wie immer tipptopp angezogen, kühl, verbindlich, das eigentümlich feine Lächeln um den Mund, das Frauen so anziehend fanden.

Harold war attraktiv, viel zu attraktiv. Das war schon immer das Problem gewesen. Keinem

Mann standen solche Augen zu, solche Wimpern und solche Lippen; das ging nicht mit rechten Dingen zu. Was seine Mutter, die Schwestern und die Dienstboten betraf, so konnte man geradezu behaupten, sie vergötterten ihn. Sie verehrten ihn, sie verziehen ihm alles; und er hatte einiges an Verzeihung nötig; schon damals, seit er – gerade dreizehn Jahre alt – das Portemonnaie seiner Mutter gestohlen, das Geld genommen und die Börse in der Schlafkammer der Köchin versteckt hatte. Der alte Mr. Neave schlug heftig mit dem Stock gegen den Gehsteigrand. Aber nicht nur seine Familie verwöhnte Harold, sondern alle. Er brauchte sich nur umzuschauen und zu lächeln, und sie gingen alle vor ihm in die Knie. So war es vielleicht nicht allzu verwunderlich, daß er hoffte, das Unternehmen würde traditionsgemäß weitergeführt werden. Hm! Hm! Aber das war wohl unmöglich. Mit keinem Unternehmen, nicht einmal mit dem erfolgreichsten, etabliertesten, größten, lukrativsten Konzern – durfte man spielen. Ein Mann mußte sich entweder mit Leib und Seele für etwas einsetzen, oder es ging vor seinen Augen zu Bruch ...

Und dann setzten Charlotte und die Töchter ihm beständig zu, er solle einfach in Zukunft alles Harold übertragen, in Rente gehen und seine freie Zeit genießen! Genießen! Der alte Mr. Neave blieb abrupt unter einer Gruppe alter Palmen vor dem Regierungsgebäude stehen. Der Wind entfachte in den Blättern ein dünnes, luftiges Geschwätz. Zu Hause sitzen, Daumen drehen, die ganze Zeit über wissen, daß sein Lebenswerk zerfiel, durch Harolds schlanke Finger glitt, während Harold lächelte...

«Vater, warum mußt du bloß so unvernünftig sein? Es gibt doch absolut keinen Grund für dich, ins Büro zu gehen. Es ist uns peinlich, wenn die Leute immer wieder sagen, wie erschöpft du aussiehst. Hier ist dieses riesengroße Haus und der Garten. Du müßtest doch froh sein, es auch einmal genießen zu können. Oder du könntest dich einem Hobby widmen.»

Und Lola, die Jüngste, hatte erhaben getönt: «Alle Männer sollten ein Hobby haben. Das Leben ist ganz unmöglich, ohne ein Steckenpferd.»

Ja, ja! Da konnte er nur grimmig lächeln, als er mühsam die Höhe zur Harcourt Avenue hinaufzusteigen begann. Wo wären Lola und ihre Schwestern und Charlotte, wenn er sich irgendwelchen Hobbys gewidmet hätte? Das hätte er zu gerne gewußt. Hobbys bezahlten kein Stadthaus und keinen Bungalow am Meer und keine Reitpferde und keine Golfausrüstung und auch nicht das Grammophon im Musiksalon, das sechzig Guineen gekostet hatte, damit sie dazu tanzen konnten. Nicht, daß er ihnen diese Dinge mißgönnen würde. Nein, seine Töchter waren hübsch und munter, und Charlotte war eine beachtliche Frau; es war nur natürlich, daß sie überall gern gesehen waren. Tatsächlich war kein anderes Haus in der Stadt so beliebt wie das ihre. Und wie viele Male hatte der alte Mr. Neave, wenn er die Zigarrenkiste über den Tisch im Raucherzimmer schob, das Lob seiner Frau gehört, das seiner Töchter und das über ihn.

«Sie sind eine ideale Familie, Sir, eine ideale Familie. So wie man es in Romanen liest oder auf der Bühne sieht.»

«Ist schon gut, alter Junge», pflegte der alte Mr. Neave dann zu erwidern. «Probieren Sie eine von diesen, sie schmeckt Ihnen sicher. Und wenn Sie gern im Garten rauchen, so finden Sie die Mädchen vermutlich auf dem Rasen.»

Darum hätten seine Töchter nie geheiratet, sagten die Leute. Sie hätten heiraten können, wen sie wollten. Aber es ging ihnen zu Hause zu gut. Sie waren zu glücklich miteinander, die Töchter und Charlotte. Hm! Hm! Ja, ja! Vielleicht...

Unterdessen war er die vornehme Harcourt

Avenue zu Ende gegangen, war an dem Eckhaus, ihrem Haus, angelangt. Das Tor der Wageneinfahrt war offen; frische Wagenspuren auf dem Fahrweg. Und dann stand er vor dem großen, weißgestrichenen Haus mit den weit geöffneten Fenstern, den nach außen wehenden Tüllgardinen, den blauen Schalen voller Hyazinthen auf den breiten Fensterbrettern. Auf beiden Seiten der Einfahrt begannen ihre Hortensien – in der ganzen Stadt berühmt – zu blühen; die rosafarbenen und bläulichen Dolden leuchteten zwischen den breiten Blättern. Irgendwie war es dem alten Mr. Neave, als sagten das Haus und die Blumen und selbst die frischen Spuren auf dem Fahrweg: «Hier wohnt junges Leben, hier gibt es Mädchen.»

Die Diele war wie immer düster von den Mänteln, Sonnenschirmen, Handschuhen, die sich auf den Eichentruhen türmten. Aus dem Musiksalon klang das Klavier, lebhaft, laut, ungeduldig. Aus der offenen Wohnzimmertür wehten Stimmen herüber.

«Und gab es Eis?» kam es von Charlotte. Dann das Knarren ihres Schaukelstuhls.

«Eis!» rief Ethel. «Meine liebe Mama, solches Eis hast du im Leben nicht gesehen. Nur zwei Sorten. Und das eine war gewöhnliches Erdbeereis aus dem Laden, mit einer triefenden Papierrüsche.»

«Das ganze Essen war entsetzlich», kam es von Marion.

«Immerhin ist es für Eis auch noch ziemlich früh», sagte Charlotte leichthin.

«Aber wenn es nun schon da war...», fing Ethel wieder an.

«Ja, natürlich, Schatz», summte Charlotte.

Plötzlich ging die Tür des Musiksalons auf, und Lola kam herausgestürmt. Sie zuckte zurück und hätte fast aufgeschrieen beim Anblick des alten Mr. Neave.

«Um Gottes willen, Vater, wie hast du mich erschreckt! Bist du gerade nach Hause gekommen? Warum ist Charles nicht da, um dir aus dem Mantel zu helfen?»

Ihre Wangen waren hochrot vom Klavierspiel, ihre Augen glänzten, das Haar fiel ihr in die Stirn. Und sie atmete, als wäre sie durch die Dunkelheit gerannt und fürchtete sich. Der alte Mr. Neave starrte seine jüngste Tochter an; ihm war, als hätte er sie nie zuvor gesehen. Also das war Lola, ja? Doch sie schien ihren Vater vergessen zu haben, sie hatte nicht seinetwegen dort gewartet. Jetzt nahm sie den Zipfel ihres zerknitterten Taschentuchs zwischen die Zähne und riß ärgerlich daran. Das Telefon läutete. Aha! Lola stieß einen Schrei wie einen Schluchzer aus und stürzte an ihm vorbei. Die Tür zum Telefonzimmer schlug zu, und im gleichen Augenblick rief seine Frau Charlotte: «Bist du es, Vater?»

«Du bist wieder müde», sagte Charlotte vorwurfsvoll und hörte zu schaukeln auf und hielt ihm ihre warme, pflaumenzarte Wange hin. Die hellblonde Ethel küßte flüchtig seinen Bart, Marions Lippen streiften sein Ohr.

«Bist du zu Fuß gekommen?» fragte Charlotte.

«Ja, ich bin nach Hause gelaufen», sagte der alte Mr. Neave und sank in einen der riesigen Wohnzimmersessel.

«Aber warum hast du dir keine Droschke genommen?» fragte Ethel. «Man bekommt Hunderte von Droschken um diese Tageszeit.»

«Meine liebe Ethel», rief Marion, «wenn Vater sich unbedingt hetzen will, sehe ich gar nicht ein, warum wir uns da einmischen sollen.»

«Kinder, Kinder!» beschwichtigte Charlotte.

Aber Marion wollte nicht aufhören. «Nein, Mutter, du verwöhnst Vater, und das ist nicht richtig. Du solltest strenger mit ihm sein. Er ist sehr unartig.» Sie lachte ihr hartes, helles Lachen und strich ihr Haar vor einem Spiegel zurecht.

Seltsam! Als sie noch ein kleines Mädchen war, hatte sie eine so sanfte, zögernde Stimme gehabt, ja, gestottert hatte sie; und jetzt klang aber alles – selbst wenn sie bloß sagte «Vater, die Konfitüre, bitte» –, als ob sie auf der Bühne stände.

«Ist Harold vor dir aus dem Büro gegangen?» fragte Charlotte und begann aufs neue mit dem Schaukeln.

«Ich bin nicht sicher», sagte der alte Mr. Neave. «Ich habe ihn nach vier Uhr nicht mehr gesehen.»

«Er hat gesagt...», begann Charlotte.

Aber in diesem Augenblick kam Ethel, die die Seiten irgendeiner Zeitschrift umgeblättert hatte, zu ihrer Mutter gerannt und hockte sich neben ihren Stuhl.

«Da siehst du's!» rief sie aus. «So meine ich es, Mami. Gelb mit zartem Silbermuster. Gefällt dir das nicht auch?»

«Gib mal her, Schatz», sagte Charlotte. Sie kramte nach ihrer schildpattgefaßten Brille, setzte sie auf, strich mit ihren kleinen dicken Fingern über die Seite und spitzte die Lippen. «Ganz süß!» summte sie unbestimmt. Sie sah Ethel über ihre Brillenränder hinweg an. «Aber die Schleppe solltest du weglassen.»

«Keine Schleppe!» jammerte Ethel tief enttäuscht. «Aber die Schleppe ist doch die Hauptsache.»

«Gib her, Mutter, laß mich das entscheiden!» Marion entriß Charlotte im Scherz die Zeitschrift. «Ich stimme Mutter zu!» rief sie triumphierend. «Die Schleppe wirkt zu schwer.»

Der alte Mr. Neave sank – vergessen – in den breiten Schoß seines Sessels, und vor sich hin dösend, nahm er sie wie im Traum war. Es konnte kein Zweifel bestehen, er war am Ende seiner Kraft; er hatte seinen Halt verloren. Selbst Charlotte und die Töchter waren ihm heute abend zu viel. Sie waren zu … zu – aber alles, was sein schläfriges Gehirn denken konnte, war – zu mächtig für ihn. Und irgendwo, hinter allem anderen, sah er einen kleinen, welken, uralten Mann, der endlose Treppenstufen hinaufstieg. Wer war es?

«Ich werde mich heute abend nicht umziehen», murmelte er.

«Was hast du gesagt, Vater?»

«Wie? Was?» Der alte Mr. Neave kam mit einem Ruck zu sich und starrte zu ihnen hinüber. «Ich werde mich heute abend nicht umziehen», wiederholte er.

«Aber Vater, Lucile kommt doch zu uns und Henry Davenport und Mrs. Teddie Walker.»

«Du fällst dann so völlig aus dem Rahmen.»

«Fühlst du dich nicht wohl Liebling?»

«Du hast doch wirklich keine Mühe damit. Wozu ist schließlich Charles da?»

«Aber wenn du wirklich nicht dazu aufgelegt bist», sagte Charlotte unschlüssig.

«Also gut! Also gut!» Der alte Mr. Neave stand auf und ging dem kleinen, alten, treppensteigenden Mann nach, aber nur bis zu seinem Ankleidezimmer ...

Dort wartete der junge Charles auf ihn. Sorgsam, als hinge Gott weiß was davon ab, wickelte er ein Handtuch um die Heißwasserkanne. Den jungen Charles hatte er immer gern gemocht, seit er als kleiner rotbackiger Junge ins Haus gekommen war, um die Kaminfeuer zu besorgen. Der alte Mr. Neave ließ sich auf die Korbliege am Fenster nieder und machte seinen kleinen Abendscherz: «Mach ihn schön, Charles!» Und Charles, der tief Luft holte und die Stirn runzelte, beugte sich vor und zog die Nadel aus seiner Krawatte.

Hm, hm! Gut! Es war angenehm am offenen Fenster, sehr angenehm – ein schöner, milder Abend. Unten wurde das Gras auf dem Tennisplatz geschnitten; er hörte das leise Rattern des Rasenmähers. Bald würden die Töchter ihr Tennisspiel wiederaufnehmen. Und bei dem Gedanken glaubte er, Marions Stimme rufen zu hören: «Nicht schlecht, Partner... gut gespielt, Partner... oh, wirklich sehr gut!» Dann Charlotte, wie sie von der Terrasse rief: «Wo ist denn Harold?», und Ethel: «Hier ist er bestimmt nicht, Mami.» Und Charlottes vages: «Er hat gesagt...»

Der alte Mr. Neave seufzte, stand auf, legte eine Hand unter seinen Bart, und dem jungen Charles den Kamm abnehmend, zog er ihn sorgsam durch den weißen Bart. Charles gab ihm ein gefaltetes Taschentuch, seine Uhr und das Brillenetui.

«Danke, mein Junge.» Sobald die Tür geschlossen war, sank er zurück. Er war allein... Und jetzt stieg dieser uralte, kleine Mann endlose Treppenstufen hinunter, die zu einem hellerleuchteten, lauten Eßzimmer führten. Was für Beine er hatte! Wie die einer Spinne – dünn, verkrümmt.

«Eine ideale Familie, Sir, eine ideale Familie.»

Aber wenn das wahr wäre, warum hielten ihn dann Charlotte und die Töchter nicht zurück? Warum mußte er ganz alleine die Treppen auf und ab steigen? Wo war Harold? Ach, von Harold war nichts zu erwarten. Abwärts, abwärts kroch die kleine alte Spinne, und dann sah sie der alte Mr. Neave zu seinem Schrecken durch das Eßzimmer schlüpfen und auf die Haustür zugehen, dann den dunklen Fahrweg hinunter, zur Auffahrt, zum Büro. Haltet ihn fest! Halte ihn doch jemand fest!

Der alte Mr. Neave fuhr hoch. Es war dunkel in seinem Ankleidezimmer. Das Fenster gab fahlen Schein. Wie lange hatte er geschlafen? Er horchte, und durch das hohe, dämmernde Haus kamen weit entfernte Stimmen, weit entfernte Geräusche. Vielleicht, dachte er benommen, hatte er lange Zeit geschlafen. Man hatte ihn vergessen. Was hatte das alles mit ihm zu tun – dieses Haus und Charlotte, die Töchter und Harold –, was wußte er schon von ihnen? Fremde waren sie für ihn. Das Leben war an ihm vorübergegangen. Charlotte war nicht seine Frau!

... Ein dunkles Portal, halb versteckt unter den Ranken von Passionsblumen, die sich düster trauernd darüberneigten, als verstünden sie. Kleine warme Arme umschlangen seinen Hals. Ein kleines blasses Gesicht hob sich ihm entgegen, und eine Stimme hauchte: «Leb wohl, mein Schatz!»

Mein Schatz! «Leb wohl, mein Schatz!» Wer von ihnen hatte das gesagt? Warum hatten sie sich getrennt? Abschied genommen? Irgendeine schreckliche Verwechslung war passiert. Das war seine Frau, dieses kleine blasse Mädchen – und sein ganzes übriges Leben war ein Traum gewesen.

Da ging die Tür auf, und im Lichtschein stand der junge Charles, legte die Hände an die Hosennaht und meldete wie ein junger Soldat: «Das Abendessen steht schon auf dem Tisch, Sir!»

«Ich komme, ich komme», sagte der alte Mr. Neave.

IN DER BUCHT

I

Erste Frühe. Die Sonne war noch nicht aufgegangen, und die ganze Crescent Bay lag unter weißem Seenebel. Die hohen, buschbestandenen Hügel im Hintergrund waren völlig in Dunst eingehüllt. Man konnte nicht sehen, wo sie endeten und die Weiden und Bungalows begannen. Die sandige Straße war verschwunden, und damit die Weiden und Bungalows auf der anderen Seite; man sah keine der weißen Dünen mit dem rötlichen Gras darauf, keine Trennungslinie von Strand und See. Schwerer Tau war gefallen. Das Gras war blau. Dicke Tropfen hingen an den Büschen, bereit hinabzufallen; die silbrigen, flaumigen Palmlilien hingen schlaff von ihren langen Stengeln, und all die Ringelblumen und Nelken in den Gärten der Bungalows waren von der Nässe zur Erde gedrückt. Tropfnaß waren die kalten Fuchsien, runde Tauperlen lagen auf den breiten Blättern der Kapuzinerkresse. Es war, als ob die See in der Dunkelheit alles sanft überschwemmt hätte, als ob eine ungeheure Welle alles langsam überspült hätte – nur wie weit? Vielleicht hätte man, wäre man mitten in der Nacht aufgewacht, einen großen Fisch zum Fenster hinein- und wieder hinausschnellen sehen.

Ah-Aaaah, machte die schläfrige See. Und aus dem Buschwald kam das Rauschen der kleinen Bäche, die, rasch fließend, flink zwischen den glatten Steinen hindurchströmten, sich in farnbewachsene Mulden ergossen und weiterflossen. Dicke Tropfen platschten auf große Blätter, und noch etwas – was war das? Ein schwaches Sichregen und Rütteln, das Knacken eines Zweigs, und dann eine Stille, als ob jemand lauschte.

Um die Spitze der Crescent Bay, zwischen den aufgetürmten Felsentrümmern, kam eine Schafherde getrappelt. Aneinandergedrängt, eine kleine, sich stoßende, wollige Herde, und ihre dünnen, stöckrigen Beine trotteten so flink, als hätten Kälte und Stille sie erschreckt. Hinter ihnen rannte ein alter Schäferhund, dessen durchnäßte Pfoten voller Sand waren, die Nase am Boden, aber gänzlich unbeteiligt, als beschäftige ihn etwas anderes. Und dann erschien auf dem felsigen Pfad der Hirte selbst. Es war ein hagerer, aufrecht gehender, alter Mann in einem Lodenmantel, der von winzigen Tröpfchen übersprüht war, unter den Knien gebundener Cordhose und einem Schlapphut, um dessen Krempe ein blaues Taschentuch gewunden war. Eine Hand hatte er im Gürtel eingehängt, die andere umgriff einen schön glatten gelben Stock. Und wie er so dahinging, sich Zeit lassend, behielt er ein ganz leichtes, leises Pfeifen bei, ein lustiges, sich entfernendes Flöten, das zart und traurig klang. Der alte Hund machte wie aus Gewohnheit ein, zwei Freudensprünge und stand beschämt über seinen Leichtsinn plötzlich still, ging ein paar würdige Schritte neben seinem Herrn her.

Die Schafe zogen in kleinen, vorandrängenden Rudeln dahin. Sie begannen zu blöken. Und geisterhafte Herden und Hirten antworteten ihnen vom Meer her. «Mäh! Mäh!» Eine Zeitlang schienen sie kaum vom Fleck zu kommen. Vorn, auf dem sandigen Weg, waren seichte Pfützen; zu beiden Seiten tropfnasse Büsche und in gleichen Abständen schattenhafte Zaunpfähle. Dann tauchte etwas Ungeheures auf; ein struppiger Riese mit ausgestreckten Armen. Es war der große Eukalyptusbaum vor Mrs. Stubbs' Einkaufsladen, und als sie vorüberzogen, wehte ein strenger Geruch herüber. Und jetzt glänzten große Lichtflecken im Nebel auf. Der Hirte pfiff nicht mehr; er wischte seine rote Nase und den nassen Bart an seinem nassen Ärmel ab, kniff die Augen zusammen und blickte dorthin, wo das Meer sein mußte. Die Sonne ging auf. Es war wunderbar zu sehen, wie rasch der Nebel dünn wurde, fortstob, sich von der flachen Ebene löste, vom Busch wegdriftete und fort war, wie in Eile zu entkommen; große Wirbel und Spiralen drängten und wanden sich umeinander, als die silbernen Strahlen breiter wurden. Der ferne Himmel – ein strahlend klares Blau – spiegelte sich in den Pfützen, und die Tropfen, die die Telegrafenmasten entlangschwammen, blitzten als Lichtpunkte auf. Jetzt leuchtete die hüpfende, hervorspringende See so strahlend, daß einem die Augen beim Hinsehen wehtaten.

Der Hirte zog eine Pfeife aus seiner Brusttasche, der Kopf so klein wie eine Eichel, und stöberte nach einem Klümpchen fleckigen Tabaks, brach ein paar Stückchen ab und stopfte die Pfeife. Er war ein ernster, gutaussehender Mann. Als er die Pfeife anzündete und der blaue Rauch seinen Kopf umkreiste, sah der Hund, der ihn beobachtete, stolz zu ihm empor.

«Mäh! Mäh!» Die Schafe liefen fächerförmig auseinander. Sie waren soeben an der Feriensiedlung vorbei, als der erste noch Schlafende sich umdrehte und benommen seinen Kopf hob; das Blöken durchzog die Träume von kleinen Kindern … die die Arme hoben und versuchten, die lieben, kleinen, wolligen Lämmchen zu umhalsen. Dann erschien die erste Bewohnerin; es war Florrie, die Katze der Burnells, die viel früher als sonst auf dem Torpfosten hockte und auf das Milchmädchen wartete. Als sie den alten Hirtenhund sah, sprang sie sofort hoch, machte einen Buckel, zog ihren getigerten Kopf ein und schien in ein leichtes genießerisches Schaudern zu verfallen. «Puh! Was für ein grobes, abstoßendes Wesen!» sagte Florrie. Aber der alte Schäferhund trottete ohne aufzusehen vorüber, wobei er nach beiden Seiten mit den Beinen schlenkerte. Nur sein Ohr zuckte, wie zum Beweis, daß er sie gesehen hatte und sie für ein albernes, junges Frauenzimmer hielt.

Die Morgenbrise kam vom Buschwald her, und der Geruch von Blättern und feuchter schwarzer Erde vermischte sich mit dem scharfen Geruch der See. Myriaden von Vögeln zwitscherten. Ein Fink flog über den Kopf des Schäfers und ließ sich auf der äußersten Spitze eines Zweigs nieder, kehrte sich zur Sonne und plusterte seine kleinen Brustfedern auf. Und nun waren sie an der Kate des Fischers und an der rauchgeschwärzten Maori-Hütte vorbei, wo das Milchmädchen Leila mit ihrer alten Großmutter wohnte. Die Schafe streunten über einen gelben Sumpf, und Wag, der Hirtenhund, trottete ihnen nach, kreiste sie ein und lief voraus zu dem steileren, engeren Felsenpaß, der von der Crescent Bay hinüberführte zur Daylight Cove. «Mäh! Mäh!» hörte man sie schwach blöken, als sie den schnell trocknenden Weg entlangwackelten. Der Schäfer steckte seine Pfeife weg, verstaute sie so in seiner Brusttasche, daß der kleine Kopf herausguckte. Und gleich begann wieder sein leises, unbekümmertes Pfeifen. Wag rannte davon, an einem Felsgrat entlang, irgendeinem Geruch nach, und lief, angeekelt, wieder zurück. Dann schoben, stießen, drängelten die Schafe um eine Biegung, und der Schäfer folgte – sie waren nicht mehr zu sehen.

II

Wenige Augenblicke später ging die Hintertür von einem der Bungalows auf, und eine Gestalt im breitgestreiften Badeanzug flog die Wiese hinunter, setzte über einen Zauntritt, stürmte über das Buschgras in die Senke, taumelte den kleinen Sandhügel hinauf und sprang über die großen porösen Steine, über die kalten nassen Kiesel, weiter auf den harten Sand, der wie Öl glänzte. Plitsch-platsch schäumte das Wasser Stanley Burnell um die Beine, während er triumphierend hinauswatete. Der erste, wie immer! Er hatte sie alle geschlagen. Und er stürzte sich hinein, Kopf und Nacken eintauchend.

«Heil dir, Bruder! Heil dir, o Mächtiger!» schallte eine samtene Baßstimme über das Wasser.

Allmächtiger! Zur Hölle mit ihm! Stanley kam hoch und sah weit draußen einen dunklen Kopf und einen winkenden Arm auftauchen. Es war Jonathan Trout – vor ihm!

«Herrlicher Morgen!» sang die Stimme.

«Ja, sehr schön!» sagte Stanley kurz. Warum, zum Teufel, hielt sich der Bursche nicht an sein eigenes Stück Ufer? Warum mußte er ausgerechnet auf diese Stelle zuhalten? Stanley gab sich einen Ruck, machte einen Satz, legte los, kraulte. Aber Jonathan war ihm durchaus gewachsen. Er kam heran, sein schwarzes Haar naß, sein kurzer Bart glatt. «Ich hatte heute nacht einen merkwürdigen Traum!» schrie er.

Was war los mit dem Mann? Sein Fimmel zu reden irritierte Stanley stets über alle Maßen.

Und es war immer dasselbe – immer irgendein Unsinn über einen Traum, den er gehabt hatte, oder eine verschrobene Idee, die ihm gekommen war, oder irgendeinen Unsinn, den er gelesen hatte. Stanley warf sich auf den Rücken und strampelte mit den Beinen, bis er ein lebendiger Wasserspeier war. Aber auch jetzt...

«Ich habe geträumt, ich hing an einer schrecklich hohen Klippe und rief nach jemandem, unten.»

«Sieht dir ähnlich», dachte Stanley. Er konnte es wirklich nicht mehr hören und sagte, während er aufhörte zu spritzen: «Weißt du, Trout, ich bin heute früh ziemlich in Eile.»

«Du bist *was*?» Jonathan war so verblüfft – oder tat so, als wäre er es –, daß er untertauchte, dann prustend wieder heraufkam.

«Ich meine bloß», sagte Stanley, «ich habe keine Zeit zum – zum Herumalbern. Ich habe etwas vor. Ich bin in Eile. Ich muß heute morgen arbeiten – verstehst du?»

Jonathan war fort, noch ehe Stanley ausgeredet hatte.

«Zieh ab, mein Freund», sagte die Baßstimme sanft, und er glitt durch das Wasser fort, fast ohne es aufzurühren... Ach, verflixter Kerl! Er hatte Stanley sein Morgenbad verdorben. Was für ein nervtötender Dummkopf der Mann doch war! Stanley warf sich noch einmal ins Meer und schwamm dann, so schnell er konnte, wieder zurück und stürmte den Strand hinauf. Er fühlte sich betrogen.

Jonathan blieb ein wenig länger im Wasser. Er trieb dahin, bewegte die Hände sacht wie Flossen und ließ die See seinen langen, knochigen Körper wiegen. Seltsam, trotz allem konnte er Stanley Burnell gut leiden. Sicher hatte er gelegentlich ein teuflisches Vergnügen daran, ihn aufzuziehen; doch im Grunde bedauerte er den Mann. Sein Drang, aus allem und jedem eine Rekordleistung machen zu wollen, hatte geradezu etwas Rührendes. Man konnte das Gefühl nicht loswerden, daß er eines Tages dabei versagen würde – und wie belämmert stände er dann da! Eine ungeheure Welle hob Jonathan an und spülte über ihn hinweg und brach sich am Ufer mit einem freudigen Laut. Herrlich! Und jetzt noch eine. So sollte man immer leben – sorglos, leichtsinnig, sich hingebend. Er kam auf die Füße und watete langsam zum Ufer, drückte dabei seine Zehen in den festen, runzligen Sand. Die Dinge leichtnehmen, nicht gegen Ebbe und Flut des Lebens ankämpfen, sondern nachgeben – das wäre es doch. Diese ganze Anspannung war verkehrt. Leben – leben! Und die vollkommene Frühe, so frisch und schön, sonnenbeschienen, als ob sie über ihre eigene Schönheit lachen würde, schien zu wispern: «Warum nicht?»

Jetzt, nachdem Jonathan aus dem Wasser war, wurde er vor Kälte blau. Alles tat ihm weh. Als ob jemand ihm alles Blut entziehen würde. Zitternd ging er mit langen Schritten, jeden Muskel angespannt, den Strand hinauf, und auch er hatte die Empfindung, daß ihm sein Bad verdorben war. Er war zu lange im Wasser geblieben.

III

Beryl saß allein im Wohnzimmer, als Stanley Burnell auftauchte, in seinem blauen Sergeanzug, mit steifem Kragen und gepunkteter Krawatte. Er sah geradezu unheimlich sauber und gekämmt aus; er wollte tagsüber in die Stadt fahren. Auf seinen Stuhl fallend, zog er die Uhr heraus und legte sie neben seinen Teller. «Ich habe noch genau fünfundzwanzig Minuten», sagte er. «Könntest du wohl nachsehen, ob das Porridge fertig ist, Beryl?»

«Mutter ist deswegen schon hinausgegangen», sagte Beryl. Sie setzte sich an den Tisch und goß ihm den Tee ein.

«Danke!» Stanley nahm einen Schluck. «Nanu?» sagte er, Erstaunen in der Stimme. «Du hast ja den Zucker vergessen.»

«Entschuldige!» Aber auch jetzt tat Beryl nicht mehr, als ihm die Zuckerdose herüberzuschieben. Was sollte das? Während Stanley sich bediente, weiteten sich seine blauen Augen, schienen zu zucken. Er warf einen raschen Blick auf seine Schwägerin und lehnte sich zurück. «Hier ist doch alles in Ordnung?» fragte er unbekümmert und befühlte seinen Kragen.

Beryl hielt den Kopf gesenkt; sie drehte ihren Teller in den Fingern. «Ja», sagte sie mit ihrer hellen Stimme. Dann blickte auch sie auf und lächelte Stanley an. «Wieso auch nicht?»

«Ach, aus keinem speziellen Grund. Ich fand nur, du schienst ziemlich ...»

In diesem Augenblick ging die Tür auf, und drei kleine Mädchen erschienen, jedes trug einen Teller Porridge. Sie waren alle mit den gleichen blauen Wolljacken und kurzen Hosen gekleidet, hatten nackte braune Beine, und jede hatte das Haar geflochten und zu einem Pferdeschwanz gebunden. Hinter ihnen kam Mrs. Fairfield mit dem Tablett. «Vorsichtig, Kinder!» mahnte sie.

Aber sie sahen sich bereits mächtig vor. Sie genossen die Erlaubnis, etwas zu tragen. «Habt ihr eurem Vater schon guten Morgen gesagt?»

«Ja, Großmama.» Sie ließen sich auf der Bank Beryl und Stanley gegenüber nieder.

«Guten Morgen, Stanley!» Die alte Mrs. Fairfield gab ihm seinen Teller.

«Morgen, Mutter! Wie geht's dem Jungen?»

«Ausgezeichnet! Er ist heute nacht nur einmal wach gewesen. Was für ein wunderbarer Morgen!» Die alte Frau hielt inne, ihre Hand auf dem Brotlaib, und schaute durch die offene Tür hinaus in den Garten. Das Meer rauschte. Durch das weit geöffnete Fenster strömte die Sonne auf die gelbgetünchten Wände und den blanken Fußboden herein. Alles auf dem Tisch blinkte und blitzte. In der Mitte stand eine alte Salatschüssel, mit gelber und roter Kapuzinerkresse gefüllt. Mrs. Fairfield lächelte, und eine tiefe Zufriedenheit leuchtete aus ihren Augen.

«Du könntest mir eine Scheibe Brot abschneiden, Mutter», sagte Stanley. «Ich habe nur noch zwölfeinhalb Minuten, bis die Postkutsche kommt. Hat jemand meine Schuhe dem Mädchen zum Putzen gegeben?»

«Ja, sie sind fertig.» Mrs. Fairfield blieb völlig gelassen.

«Oh, Kezia, was bist du für ein Schmierfink!» rief Beryl verzweifelt.

«Ich, Tante Beryl?» Kezia starrte sie an. Was hatte sie nun schon wieder getan? Sie hatte doch bloß eine Rinne zur Mitte vom Porridge gelöffelt, sie aufgefüllt und aß jetzt die Ufer ab. Aber das machte sie doch jeden Morgen, und bisher hatte keiner einen Ton gesagt.

«Warum kannst du deine Mahlzeit nicht anständig essen, so wie Isabel und Lottie?»

Wie ungerecht Erwachsene doch immer sind! «Lottie macht immer eine schwimmende Insel – tust du doch, nicht, Lottie?»

«Ich nicht», sagte Isabel schnippisch. «Ich bestreue meinen Porridge bloß mit Zucker und gieße die Milch drauf und esse ihn dann. Nur Babys spielen mit ihrem Brei.»

Stanley schob seinen Stuhl zurück und stand auf. «Würdest du mir meine Schuhe bringen, Mutter? Und Beryl, wenn du fertig bist: Tust du mir den Gefallen, zum Tor zu laufen, um die Postkutsche anzuhalten? Isabel, lauf zu deiner Mutter und frag sie, wo mein steifer Hut hingekommen ist. Moment! Habt ihr Kinder mit meinem Spazierstock gespielt?»

«Nein, Vater!»

«Aber ich habe ihn hierhergelegt», brauste

Stanley nun auf. «Ich erinnere mich genau, daß ich ihn in diese Ecke gestellt habe. Also, wer hat ihn gehabt? Ich habe jetzt keine Zeit. Schnell, sucht mit, wir müssen den Stock finden.»

Selbst Alice, das Küchenmädchen, wurde in die Jagd einbezogen. «Du hast ihn doch nicht etwa gebraucht, um im Herdfeuer zu stochern?»

Stanley stürmte in das Schlafzimmer, wo Linda lag.

«Nicht zu fassen! Kann nicht ein einziges meiner Sachen mal an seinem Platz sein! Jetzt haben sie meinen Stock verbummelt!»

«Deinen Stock, Liebling? Welchen Stock?» Lindas Unbestimmtheit bei derlei Anlässen war einfach unmöglich, fand Stanley. Konnte ihn denn keiner verstehen?

«Die Postkutsche, die Post, Stanley!» rief Beryls Stimme vom Tor her.

Stanley winkte Linda mit erhobenem Arm zu. «Keine Zeit, mich zu verabschieden!» rief er. Und das meinte er als Strafe. Er griff nach seinem steifen Hut und stürzte aus dem Haus und den Gartenweg hinunter. Ja, die Postkutsche wartete schon, und Beryl, über das offene Tor gelehnt, lachte jemandem zu, als ob nichts geschehen wäre. Die Herzlosigkeit der Frauen! Diese Art, es als ganz selbstverständlich zu nehmen, daß man sich für sie abschuftete, und sie machten sich nicht einmal die Mühe, seinen Spazierstock zu suchen. Kelly ließ seine Peitschenschnur über die Rücken der Pferde spielen.

«Auf Wiedersehen, Stanley», rief Beryl süß und fröhlich. Es war ja auch einfach, «Auf Wiedersehen» zu sagen! Da stand sie nun, faul, müßig, die Augen mit der Hand abschattend. Das Schlimmste war, daß Stanley auch «Auf Wiedersehen» sagen mußte, um den Schein zu wahren. Dann sah er, wie sie sich umdrehte, einen kleinen Hüpfer machte und ins Haus zurücklief. Sie war froh, ihn los zu sein!

Ja, sie war dankbar. Sie stürmte ins Wohnzimmer und rief: «Er ist fort!»

Linda rief aus ihrem Zimmer: «Beryl, ist Stanley weg?»

Die alte Mrs. Fairfield erschien mit dem Jungen im Flanellkittelchen auf dem Arm. «Fort?»

«Fort!»

Ach, welche Erleichterung! Wie anders es war, ohne Mann im Haus! Ihre Stimmen klangen ganz verändert, wenn sie einander riefen; sie klangen warm und liebevoll und so, als teilten sie ein Geheimnis miteinander. Beryl ging zum Tisch hinüber. «Trink noch eine Tasse Tee, Mutter; er ist noch warm.» Irgendwie wollte sie die

Tatsache feiern, daß sie jetzt tun konnten, was sie wollten. Kein Mann störte sie mehr, der ganze wunderbare Tag gehörte ihnen.

«Nein danke, mein Kind», sagte die alte Mrs. Fairfield, aber die Art, wie sie in diesem Augenblick den Kleinen hochnahm und «Duzi, duzi!» machte, ließ erkennen, daß sie es genauso empfand. Die kleinen Mädchen rannten auf die Weide hinaus wie Hühner, die man aus einem Stall gelassen hatte. Sogar Alice, das Hausmädchen, das in der Küche Geschirr abwusch, wurde angesteckt und verbrauchte das heiße Wasser aus dem Kessel auf ganz unverantwortliche Weise.

«Oh, diese Männer!» sagte sie und tauchte die Teekanne in die Schüssel und hielt sie unter Wasser, selbst als es längst aufgehört hatte, Blasen zu werfen, so, als sei auch die Kanne ein Mann, und selbst ertränkt zu werden, sei noch zu gut für ihn.

IV

«Warte auf mich, Isabel! Kezia, wartet doch auf mich!»

Die arme kleine Lottie war wieder einmal hinter ihnen zurückgeblieben, weil es ihr so schrecklich schwerfiel, allein über den Zauntritt zu klettern. Als sie auf der ersten Sprosse stand, fingen ihre Knie an zu zittern; sie umklammerte den Pfahl. Dann mußte man ein Bein oben drüber bringen. Aber welches Bein? Sie konnte sich nie entscheiden. Und als sie glücklich ein Bein mit einem verzweifelten Aufstampfen darübersetzte, war das ein schreckliches Gefühl. Halb war sie noch auf der Weide und halb schon im Buschgras. Sie hielt den Pfahl verzweifelt umklammert und erhob ihre Stimme: «Wartet auf mich!»

«Nein, du wartest nicht auf sie, Kezia!» sagte Isabel. «Sie ist so ein Dummchen. Sie macht immer solch ein Theater. Komm schon!» Und sie zerrte an Kezias Jacke. «Du darfst auch meinen Eimer nehmen, wenn du jetzt kommst», sagte sie freundlich. «Er ist größer als deiner.»

Aber Kezia konnte Lottie nicht sich selbst überlassen. Sie lief zu ihr zurück. Unterdessen war Lottie puterrot im Gesicht geworden und keuchte.

«Hier, setz deinen Fuß hier hin», sagte Kezia.

«Wo?»

Lottie sah auf Kezia hinunter wie von einer Bergkuppe.

«Hier, wo meine Hand ist.» Kezia klopfte auf die besagte Stelle.

«Ach *dahin* meinst du?» Lottie seufzte tief auf und setzte ihren anderen Fuß hinüber.

«Jetzt dreh dich ein bißchen und setz dich hin und schlitter», sagte Kezia.

«Aber da ist doch nichts, wo ich mich draufsetzen kann, Kezia», sagte Lottie.

Endlich brachte sie es doch noch fertig, und als es geschafft war, schüttelte sie sich zurecht und strahlte. «Ich kann schon viel besser über Zauntritte klettern, nicht, Kezia?»

Lottie hatte ein sehr hoffnungsvolles Gemüt. Das rosa und das blaue Sonnenhütchen folgten Isabels leuchtend rotem den rutschigen, nachgebenden Hügel hinauf. Oben angelangt, machten sie eine Pause, um sich zu entschließen, wohin sie gehen sollten, um gut erkennen zu können, wer schon alles da war. So, von hinten, gegen den Himmel stehend gesehen und großartig mit ihren Schippen gestikulierend, wirkten sie wie winzige, verdutzte Eroberer.

Samuel Josephs ganze Familie war schon unten mit ihrer Hausdame, die auf einem Klappstuhl saß und Ordnung mit Hilfe einer Pfeife hielt, die sie um den Hals gebunden trug, und einem kleinen Rohrstock, womit sie ihre Anordnungen dirigierte. Die Samuel-Joseph-Kinder spielten nie alleine, erfanden nie ein eigenes

Spiel. Und wenn es doch dazu kam, endete es damit, daß die Jungen den Mädchen Wasser in den Hals schütteten, oder die Mädchen versuchten, den Jungen kleine schwarze Krebse in die Taschen zu schmuggeln. Darum entwarfen Mrs. Samuel Joseph und die arme Hausdame jeden Morgen das, was sie ein «Programm, um sie zu beschäftigen und von Unfug abzuhalten» nannten. Es waren immer Wettspiele, Wettrennen oder Kreisspiele. Jedes begann mit einem durchdringenden Pfiff aus der Trillerpfeife des Fräuleins und endete auch damit. Sogar Preise gab es – große, ziemlich dreckige Papierpäckchen, welche das Fräulein mit einem süßsauren Lächeln aus einer bauchigen Netztasche zog. Die Samuel-Joseph-Kinder kämpften fürchterlich um diese Preise, mogelten und kniffen sich gegenseitig in den Arm – sie waren durch die Bank alle große Kneifer. Ein einziges Mal, als die Burnell-Kinder mit ihnen spielten, hatte Kezia einen Preis bekommen, und als sie drei Papierstücke auseinandergefaltet hatte, fand sie einen winzigen, rostigen Stiefelknöpfer. Sie konnte nicht begreifen, warum sie solches Aufhebens darum machten.

Jetzt spielten sie weder mit den Samuel-Joseph-Kindern, noch gingen sie zu deren Kinderfesten. Die Samuel-Joseph-Kinder gaben andauernd Kindergesellschaften in der Bucht, und es gab immer dasselbe zu essen: eine große Handwaschschüssel voll mit schon ganz braunem Obstsalat, Rosinenbrötchen, in vier Teile geschnitten, und einen Waschwasserkrug voll von etwas, das das Fräulein «Limonada» nannte. Und abends ging man wieder, die Rüschen halb vom Kleid gerissen, die ganze Vorderseite der Hohlsaumschürze verkleckert, während die Samuel-Joseph-Kinder, wie die Wilden über ihre Wiese tanzend, zurückblieben. Nein! Sie waren einfach gräßlich.

Am anderen Ende des Strandes, nahe beim Wasser, staksten zwei kleine Jungen mit hochgekrempelten Hosen wie Spinnen herum. Einer war gerade beim Schaufeln, der andere trippelte ins Wasser hinein und wieder heraus und füllte einen kleinen Eimer. Das waren die Söhne der Familie Trout, Pip und Rags. Aber Pip schaufelte so eifrig und Rags ging ihm so geschäftig zur Hand, daß sie ihre kleinen Cousinen gar nicht bemerkten, bis diese ganz nahe herangekommen waren.

«Guckt mal!» rief Pip. «Guckt mal, was ich gefunden habe.» Und er zeigte ihnen einen alten, durchweichten, zerdrückten Schuh.

Die drei kleinen Mädchen starrten ihn aufmerksam an.

«Und was wollt ihr damit machen?» fragte Kezia.

«Behalten natürlich!» Pip tat sehr verächtlich. «Es ist Strandgut – verstehst du?»

Ja, Kezia verstand schon – aber trotzdem...

«Es gibt viele Sachen, die im Sand vergraben sind», erklärte Pip. «Sie werden von den Wracks hergeschwemmt. Schätze. Sieh mal, du könntest...»

«Aber warum muß Rags denn jetzt immer noch Wasser reinschütten?» fragte Lottie.

«Oh, das ist zum Feuchthalten», sagte Pip, «damit er sich leichter verarbeiten läßt. Mach nur weiter, Rags.»

Und der gute kleine Rags rannte hin und her und goß das Wasser hinein, das braun wie Kakao wurde.

«Soll ich euch zeigen, was ich gestern gefunden habe?» sagte Pip geheimnisvoll und stieß seine Schippe in den Sand. «Versprecht mir aber, es nicht weiterzusagen.»

Sie versprachen es.

«Sagt: ‹Hand aufs Herz, auf Ehre und Gewissen!›»

Die kleinen Mädchen wiederholten es.

Pip holte etwas aus seiner Tasche, rieb es lange Zeit vorne an seinem Pullover, hauchte es an und rieb es wieder. «Und jetzt dreht euch um!» befahl er.

Sie drehten sich um.

«Guckt alle in die gleiche Richtung! So bleiben. Jetzt!» Und seine Hand öffnete sich; er hielt etwas ins Licht, etwas, das blinkte, blitzte, etwas wunderhübsch Grünes.

«Das ist ein Smaragd», sagte Pip feierlich.

«Wirklich, Pip?» Sogar Isabel war beeindruckt.

Das hübsche grüne Ding schien in Pips Fingern zu tanzen. Tante Beryl hatte einen Smaragd an einem Ring, aber nur einen ganz kleinen. Dieser hier war so groß wie ein Stern und viel schöner.

V

Im Laufe des Morgens tauchten ganze Gruppen in den Dünen auf und kamen zum Strand herunter zum Baden. Es war selbstverständlich, daß die Frauen und Kinder der Feriensiedlung um elf Uhr das Meer für sich hatten. Erst kleideten sich die Frauen aus, zogen ihre Badeanzüge an und steckten ihre Köpfe in häßliche Badekappen, die Kulturbeuteln ähnelten, dann wurden die Kinder ausgezogen. Am Strand lagen Häufchen von Kleidern und Schuhen verstreut; große Sommerhüte, mit Steinen beschwert, damit sie nicht fortgeweht wurden, sahen aus wie riesige Muscheln. Merkwürdigerweise schien auch das Meer anders zu rauschen, wenn all die hüpfenden, lachenden Gestalten in die Wellen stürmten. Die alte Mrs. Fairfield, in einem lila Baumwollkleid und einem schwarzen, unter dem Kinn gebundenen Hut, versammelte ihre kleine Brut um sich und achtete darauf, daß sie alles hatten. Die kleinen Trout-Jungen zerrten ihre Hemden über die Köpfe, und fort eilten die fünf, während ihre Großmutter dasaß, eine Hand in ihrem Strickbeutel, bereit, ein Wollknäuel herauszuziehen, sobald sie die Kleinen mit Befriedigung sicher im Wasser wußte.

Die robust gebauten kleinen Mädchen waren nicht halb so mutig wie die zarten, zierlich wirkenden, kleinen Jungen. Pip und Rags zögerten nie; obwohl sie zitterten, hockten sie sich hin und patschten auf das Wasser. Isabel indessen, die schon zwölf Stöße schwimmen konnte, und Kezia beinahe acht, folgten nur nach der strikten Vereinbarung, daß sie nicht bespritzt werden würden. Lottie kam gar nicht erst mit. Sie wollte lieber auf ihre eigene Art und Weise hineingehen. Und diese war, sich mit ausgestreckten Beinen und aneinandergedrückten Knien am Wasserrand niederzulassen und unbestimmte Armbewegungen zu vollführen, als erwarte sie, aufs Meer hinausgetragen zu werden. Kam aber mal eine größere Welle als die gewöhnlichen, eine Art Riesenschlange auf sie zugerollt, krabbelte sie mit erschrecktem Gesicht auf die Füße und floh wieder zum Strand hinauf.

«Mutter, bewahrst du das für mich auf?»

Zwei Ringe und eine dünne Goldkette fielen Mrs. Fairfield in den Schoß.

«Sicher, Schatz, aber willst du denn nicht hier baden?»

«Neeein», sagte Beryl gedehnt. Es klang unschlüssig. «Ich ziehe mich weiter oben aus. Ich gehe mit Mrs. Harry Kember schwimmen.»

«Wie du willst.» Aber Mrs. Fairfield bekam einen schmalen Mund. Sie mißbilligte diesen Umgang. Beryl wußte das.

«Armes, altes Muttchen», lächelte sie, als sie über die Steine flitzte. «Armes, altes Muttchen! Alt! Ach, was für eine Freude, was für ein Glück, jung zu sein!»

«Du siehst glücklich aus», sagte Mrs. Harry Kember. Sie kauerte auf den Steinen, die Arme um die Knie, und rauchte.

«Es ist so ein herrlicher Tag», sagte Beryl und lächelte zu ihr hinunter.

«Ach, Liebes!» Mrs. Harry Kembers Stimme klang, als wüßte sie es besser. Im übrigen klang ihre Stimme immer so, als wüßte sie mehr über einen, als man selbst. Sie war eine große, dünne, sonderbar wirkende Frau mit schmalen Händen und Füßen. Auch ihr Gesicht war lang und schmal und wirkte ausgelaugt. Selbst ihre blonden, krausen Ponyfransen sahen versengt und welk aus. Sie war die einzige Frau in der Bucht, die rauchte, unaufhörlich rauchte; sie behielt die Zigarette beim Rauchen zwischen den Lippen und nahm sie nur heraus, wenn die Asche lang geworden war und unverständlicherweise doch nicht herunterfiel. Wenn sie nicht gerade Bridge spielte – und das spielte sie Tag für Tag –, verbrachte sie ihre Zeit in der blendenden Sonne liegend. Sie vertrug jedes Maß an Sonnenlicht; konnte nie genug bekommen. Und trotzdem schien sie nie aufzuwärmen. Ausgedörrt, verwittert, kalt, lag sie ausgestreckt auf den Steinen wie ein Stück angeschwemmtes Treibholz.

Die Frauen in der Bucht fanden sie allesamt zu freimütig. Ihr Mangel an Eitelkeit, ihr Umgangston, die Art, mit Männern umzugehen, als sei sie ihresgleichen, und die Tatsache, daß sie sich nicht im geringsten um ihren Haushalt kümmerte und das Dienstmädchen «Liebchen» nannte, waren schändlich. Wenn sie auf der Verandatreppe stand, konnte Mrs. Kember mit ihrer gleichgültigen, müden Stimme rufen: «Bitte, Liebchen, könntest du mir ein Taschentuch hochreichen, wenn ich überhaupt eins habe, ja?» Und Liebchen, mit roter Schleife im Haar statt eines Häubchens und weißen Schuhen, kam dreist lächelnd angerannt. Es war schlichtweg skandalös. Gewiß, sie hatte keine Kinder, und ihr Mann... Hier wurden die Stimmen stets lauter, hitziger. Wie hat er sie bloß heiraten können? Wie konnte er, wie konnte er nur? Natürlich muß es das Geld gewesen sein, aber selbst dann!

Mrs. Kembers Mann war mindestens zehn Jahre jünger als sie und so unglaublich gutaussehend, daß er eher wie eine Maske wirkte als wie ein Mann, oder wie eine perfekte Illustration in einem amerikanischen Roman. Schwarzhaarig, mit dunkelblauen Augen, roten Lippen, einem schwachen, schläfrigen Lächeln; ein guter Tennisspieler, ein ausgezeichneter Tänzer, und bei alledem ein Rätsel. Harry Kember glich einem Schlafwandler. Männer konnten ihn nicht ausstehen, konnten kein Wort aus dem Kerl herausbringen; er ignorierte seine Frau, genau so wie sie ihn unbeachtet ließ. Wie er wohl so lebte? Natürlich gingen Gerüchte um, und was für welche! Man konnte sie schlicht nicht weitererzählen! Die Frauen, mit denen er gesehen worden war, die Örtlichkeiten, wo er gesehen worden war... Aber nichts war sicher, nichts definitiv. Manche Frauen in der Bucht dachten im stillen, er würde irgendwann einmal einen Mord begehen. Sogar während sie mit Mrs. Kember sprachen und den scheußlichen Mischmasch, den sie wieder trug, musterten, sahen sie sie hingestreckt am Strand liegen; kalt, blutbefleckt, und noch immer eine Zigarette im Mundwinkel.

Mrs. Kember stand auf, gähnte, hakte die Gürtelschnalle auf und zerrte an ihrem Blusenbändchen. Und Beryl stieg aus ihrem Rock, warf ihren Pullover ab und stand in ihrem kurzen weißen Petticoat und dem Hemd mit den Trägerschleifen auf den Schultern da.

«Meine Güte», sagte Mrs. Kember, «was für eine kleine Schönheit du bist!»

«Nicht», sagte Beryl leise; aber als sie erst den einen Strumpf und dann den andern abzog, fühlte sie sich wie eine kleine Schönheit.

«Liebes – warum denn nicht?» sagte Mrs. Harry Kember und trat dabei auf ihren eigenen

Unterrock. Also wirklich – diese Unterwäsche! Blaue Baumwollhosen und ein leinenes Korsett, das einen irgendwie an einen Kissenbezug erinnerte …

«Du trägst kein Korsett, was?»

Sie befühlte Beryls Taille, und Beryl hüpfte fort mit einem leisen, gekünstelten Schrei. Dann sagte sie bestimmt: «Nie!»

«Beneidenswertes, kleines Geschöpf», seufzte Mrs. Kember und hakte ihr eigenes auf.

Beryl kehrte ihr den Rücken zu und begann die komplizierten Handgriffe einer, die gleichzeitig ihre Sachen aus- und den Badeanzug anziehen will.

«Ach, Liebes – nimm doch auf mich keine Rücksicht», sagte Mrs. Harry Kember. «Warum so schüchtern? Ich freß' dich nicht. Ich werde schon nicht so schockiert sein wie diese anderen Gänse.» Und sie brach in ihr seltsam wieherndes Lachen aus und schnitt den übrigen Frauen eine Grimasse.

Aber Beryl schämte sich. Sie zog sich nie vor jemand anderem aus. War das albern? Mrs. Harry Kember gab ihr das Gefühl, es sei lächerlich, sich wegen irgend etwas zu schämen. Tatsächlich, warum eigentlich? Sie warf einen raschen Blick auf ihre Freundin, die so verwegen in ihrem zerrissenen Hemd dastand und sich eine neue Zigarette ansteckte; und ein plötzliches, verwegenes, verdorbenes Gefühl stieg in ihr auf. Leichtsinnig lachend zog sie den schlaffen, sandigen Badeanzug, der noch nicht ganz trocken war, über und machte die Zwirnknöpfe zu.

«So ist's schon besser», sagte Mrs. Harry Kember. Sie gingen zusammen zum Strand hinunter. «Es ist wirklich eine Sünde, daß du überhaupt Kleider trägst, Liebes. Irgend jemand muß dir das ja mal sagen.»

Das Wasser war ganz warm. Es war von wunderbar durchsichtiger Bläue, silberbetupft; doch der Sand auf dem Grund schien golden. Stieß man mit den Zehen hinein, erhob sich eine kleine Wolke aus Goldstaub. Jetzt reichten die Wogen gerade bis an ihre Brust. Beryl stand mit ausgebreiteten Armen, blickte unverwandt hinaus und hüpfte bei jeder ankommenden Welle ganz leicht, so daß es aussah, als würde die Welle sie sanft heben.

«Ich finde, hübsche Mädchen sollten das Leben genießen», sagte Mrs. Harry Kember. «Warum auch nicht? Grüble nicht, Liebes. Amüsier dich einfach!»

Und plötzlich warf sie sich auf den Rücken, tauchte und schwamm rasch, so rasch davon, wie eine Ratte. Dann schnellte sie herum und schwamm zurück. Sie wollte wohl noch etwas sagen. Beryl war, als würde sie von diesem kalten Weib vergiftet werden, aber sie wollte es trotzdem hören. Doch, iiih, wie merkwürdig, wie gräßlich! Als Mrs. Harry Kember näher kam in ihrer schwarzen Gummibadehaube mit ihrem schläfrigen Gesicht – sie reckte es gerade so weit aus dem Wasser, daß nur ihr Kinn benetzt wurde –, da sah sie wie eine scheußliche Karikatur ihres Mannes aus.

VI

In einem Liegestuhl unter einem Manukabaum, der in der Mitte des Vorgartens wuchs, verträumte Linda Burnell den Morgen. Sie tat gar nichts. Sie schaute hinauf in die dunklen, dichten, trokkenen Blätter des Manuka, auf die Ritzen von Bläue dazwischen; und hin und wieder fiel eine winzige gelbliche Blüte auf sie herunter. Hübsch – wenn man eine dieser Blüten auf der Handfläche hielt und sie aus der Nähe betrachtete, war es ein wunderbares kleines Etwas. Jedes blaßgelbe Blatt glänzte, als sei jedes einzelne die sorgsame Arbeit einer liebenden Hand. Die winzige Zunge in der Mitte gab ihr das Aussehen einer Glocke. Und wenn man sie umdrehte, zeigte die Außenseite einen tiefen Bronzeton. Aber sobald sie blühten, fielen sie ab und flogen umher. Man strich sie vom Kleid, während man redete. Die schrecklichen kleinen Dinger verfingen sich im Haar. Ja, warum blühten sie überhaupt? Wer machte sich die Mühe – oder die Freude –, diese ganzen Dinge zu schaffen, die sich verschwendeten, verschwendeten ... Es war zu rätselhaft.

Im Gras neben ihr lag zwischen zwei Kissen ihr kleiner Sohn. Fest schlafend lag er da, den Kopf von der Mutter abgewandt. Sein feines dunkles Haar sah mehr wie ein Schatten als wie wirkliches Haar aus, aber sein Ohr war kräftig korallenrot. Linda verschränkte die Hände über ihrem Kopf, legte die Füße übereinander. Es war sehr angenehm zu wissen, daß all die Bungalows leer waren, daß alle Bewohner unten am Strand weilten, außer Sicht- und Hörweite. Sie hatte den Garten ganz für sich; sie war allein.

Blendend weiß strahlten die Gartennelken; die goldäugigen Ringelblumen glitzerten; Kapuzinerkresse umrankte die Verandapfosten grün und goldflammig. Hätte man doch Zeit, all diese Blumen lange genug anzuschauen, Zeit, über den

Reiz des Neuen und seine Besonderheit hinwegzukommen, Zeit, sie kennenzulernen! Aber sobald sie sich daranmachte, die Blütenblätter auseinanderzubiegen, um die Unterseite zu ergründen, da forderte einen das Leben wieder mit irgend etwas, und man wurde abermals herausgerissen. Wie sie so in ihrem Korbstuhl lag, fühlte sich Linda schwerelos; wie ein Blatt. Das Leben wehte daher wie ein Wind, sie wurde ergriffen und geschüttelt und mußte wieder gehen. Ach, würde es immer so sein? Gab es kein Entrinnen?

Sie saß wieder auf der Veranda ihres Elternhauses in Tasmanien, lehnte sich an die Knie ihres Vaters. Und er versprach: «Linny, sobald du und ich alt genug sind, werden wir irgendwohin ausbrechen, durchbrennen. Wie zwei Jungen. Am liebsten würde ich einen Fluß in China hinaufsegeln.» Linda sah diesen Fluß vor sich, er war sehr breit, kleine Flöße und Kähne zogen auf ihm dahin. Sie sah die gelben Hüte der Schiffer und hörte ihre hohen, dünnen Stimmen rufen ...

«Ja, Papa.»

Aber gerade da spazierte ein kräftiger junger Mann mit auffällig ingwerfarbenem Haar langsam an ihrem Haus vorbei, und langsam, ja feierlich, zog er den Hut.

Lindas Vater zupfte sie scherzhaft am Ohr, wie es seine Art war.

«Linnys *Beau*», flüsterte er.

«Oh, Papa, stell dir mal vor, mit Stanley Burnell verheiratet zu sein!»

Nun war sie mit ihm verheiratet. Und außerdem liebte sie ihn. Nicht den Stanley, den jeder sah, nicht den alltäglichen; sondern den scheuen, sensiblen, unschuldigen Stanley, der sich jeden Abend hinkniete, um zu beten, und der danach strebte, gut zu sein. Stanley war von Natur aus eher schlicht. Wenn er jemandem vertraute, wie ihr zum Beispiel – dann aus vollem Herzen. Er konnte nicht untreu sein; er konnte nicht lügen. Und wie schrecklich er litt, wenn er glaubte, irgendwer – sie – wäre nicht wirklich aufrichtig, nicht absolut ehrlich ihm gegenüber! «Das ist mir zu raffiniert!» Er warf diese Worte hin, aber sein offener, zitternd erregter Blick war der eines gefangenen Tieres.

Doch das Schlimme war – und hier hätte Linda fast gelacht, obwohl es weiß Gott nicht zum Lachen war –, sie sah *ihren* Stanley so selten. Es gab Augenblicke, Momentbilder, Atemzüge der Ruhe, aber in der ganzen übrigen Zeit war es, als lebte sie in einem Haus, das dauernd Feuer fing, oder auf einem Schiff, das täglich kenterte.

Und immer war es Stanley, der sich dabei in Gefahr befand. Ihre ganze Zeit verbrachte sie damit, ihn zu retten, ihn immer wieder aufzubauen, ihn zu beruhigen und seine Geschichten anzuhören. Und die Zeit, die ihr noch übrigblieb, verging in der Furcht davor, Kinder zu kriegen.

Linda runzelte die Stirn. Sie setzte sich in ihrem Liegestuhl auf und umfaßte ihre Knöchel. Ja, das war ihr eigentlicher Groll im Leben, das war es, was sie einfach nicht begreifen konnte. Die Frage, die sich immer wieder aufs neue stellte und auf die sie stets vergeblich eine Antwort erwartete. Es war gut und schön, zu behaupten, es sei das allgemeine Los der Frau, Kinder zu bekommen. Es stimmte bloß nicht. Sie war der Beweis. Sie war daran zerbrochen, geschwächt, hatte ihren Lebensmut verloren – vom Kinderkriegen. Und was es doppelt schwer auszuhalten machte, war, daß sie ihre Kinder nicht liebte. Es war zwecklos, so zu tun, als ob. Selbst wenn sie die Kraft gehabt hätte, so hätte sie die kleinen Mädchen trotzdem nie gestillt oder etwas mit ihnen gespielt. Nein, es war, als hätte ein kalter Hauch sie durch und durch erfrieren lassen auf jeder dieser schrecklichen Reisen; sie hatte keine Wärme mehr für sie übrigbehalten. Was den

Jungen anging... Gott sei Dank hatte ihre Mutter sich seiner angenommen; er gehörte zu ihrer Mutter oder zu Beryl oder zu sonst jemandem, der ihn wollte. Sie hatte ihn nur selten in den Armen gehalten. Sie war ihm gegenüber so gleichgültig, daß, wenn er so dalag... Linda sah auf ihn herab.

Der Junge hatte sich umgedreht. Er lag, ihr zugewandt, und schlief nicht mehr. Seine dunkelblauen Babyaugen waren offen; er sah aus, als würde er seine Mutter verstohlen anschauen. Und plötzlich bekam sein Gesicht Grübchen; es verzog sich zu einem breiten, zahnlosen Lachen, ja einem vollkommenen Strahlen.

«Ich bin hier!» schien dieses Glückslächeln zu sagen. «Warum magst du mich nicht?»

Es war etwas so Drolliges, so Überraschendes in diesem Lächeln, daß Linda selbst lächeln mußte. Aber sie beherrschte sich und sagte kalt zu dem Kleinen: «Ich kann Babys nicht leiden.»

«Babys nicht leiden?» Der Kleine konnte es nicht glauben. «*Mich* nicht leiden?»

Er zappelte närrisch mit den Ärmchen nach seiner Mutter. Linda ließ sich aus dem Stuhl ins Gras fallen. «Warum lächelst du noch immer?» fragte sie streng. «Wenn du wüßtest, was ich gerade gedacht habe, tätest du's nicht.»

Aber er drückte nur schelmisch die Augen zusammen und drehte den Kopf auf dem Kissen. Er glaubte ihr kein Wort. «Kennen wir doch alles!» lächelte das Kind.

Linda war von dem Vertrauen dieses kleinen Wesens verblüfft... Ach nein, sei ehrlich! Das war es nicht, was sie empfand; es war etwas ganz anderes, etwas so Neues, so... Tränen sprangen ihr in die Augen; sie hauchte leise flüsternd dem Jungen zu: «Hallo, mein kleiner Schelm.»

Aber jetzt hatte der Kleine seine Mutter vergessen. Er war wieder ernst geworden. Etwas Rosiges, Zärtliches bewegte sich vor ihm. Er griff danach, und es verschwand sogleich. Doch als er zurücksank, erschien es wieder. Diesmal entschloß er sich, es einzufangen. Mit ungeheurer Anstrengung drehte er sich ganz zu ihr herum.

VII

Es war Ebbe; der Strand verlassen. Träge glucksend schlug die warme See ans Ufer. Die Sonne prallte heiß und feurig auf den feinen Sand, glühte auf die grauen, blauen und schwarz und weißgeäderten Kiesel. Sie sog die kleinen Wassertropfen in den gewölbten Muschelschalen auf. Sie bleichte die rosa Ackerwinden, die überall die Sandhügel durchzogen. Nichts schien sich zu regen, nur die kleinen Sandflöhe. Hüpf-hüpf-hüpf. Sie saßen nie still.

Auf den mit Seegras bewachsenen Felsen, die bei Ebbe wie zottelige Biester aussahen, die zum Wasser gekommen waren, um zu trinken, trudelte das Sonnenlicht herum wie Silbermünzen, die manchmal in die kleinen felsigen Wasserlachen geworfen wurden. Sie tanzten, sie taumelten, und winzige Wellenkräusel benetzten dann die porösen Ufer. Nach vorne übergebeugt, von oben betrachtet erschien jedes Felsbecken wie ein See mit blauen und rosafarbenen Häusern, die die Ufer umstanden, oh, und dann erst die gewaltige, gebirgige Umgebung hinter diesen Häusern – die Schluchten, die Pässe, die gefährlichen Sturzbäche und die schwindelerregenden Pfade, die zum Ufer führten. Unter der Oberfläche wogte der Unterwasserwald – flaumige, rosafarbene Bäume, samtige Anemonen und orangefarbenes Seegras mit kleinen Beeren darin. Jetzt bewegte sich am Grund ein Stein, schüttelte sich, und ein winziges Stück schwarzen Fühlers wurde sichtbar, ein gezwirbeltes Wesen schwebte vorbei und verschwand wieder. Dann geschah etwas bei den rosafarbenen, sich wiegenden Bäumen, sie verfärbten sich zu kaltem Mondscheinblau. Und jetzt konnte man ein hauchzartes «plop» hören. Was war das? Was ging da unten vor? Und wie stark, wie dumpf das Seegras in der heißen Sonne roch ...

Die grünen Rollos an den Bungalows der Feriensiedlung waren heruntergelassen. Auf den Veranden, auf den Grasflächen, über die Zäune geworfen, lagen erschöpft aussehende Badeanzüge und breitgestreifte Handtücher. An jedem Fenster schienen auf dem Sims ein Paar Strandschuhe zu stehen, daneben ein paar Steine, oder ein Eimer oder ein Häufchen Pawamuscheln. Der Buschwald flimmerte im Hitzedunst. Der sandige Weg war menschenleer, nur der Hund der Trouts, Snooker, lag ausgestreckt genau in der Mitte. Sein blaues Auge war nach oben gewandt, seine Beine waren steif ausgestreckt; gelegentlich gab er ein verzweifeltes Schnauben von sich, wie um zu sagen, er habe beschlossen, sich ein Ende zu machen, und warte nur auf ein freundlich daherkommendes Fuhrwerk.

«Was schaust du denn so, Großmama? Warum hörst du immer wieder auf und starrst die Wand an?»

Kezia und ihre Großmutter hielten zusammen ihre Mittagsruhe. Das kleine Mädchen, das nur seine kurzen Höschen und ein Leibchen anhatte, lag mit nackten Armen und Beinen auf einem der bauschigen Kissen auf Großmutters Bett, und die alte Frau saß in einem weißen, mit Rüschen besetzten Morgenrock in einem Schaukelstuhl am Fenster und hatte eine lange Bahn rosa Maschen auf dem Schoß. Dieses Zimmer, das sie miteinander teilten, hatte, wie auch die andern Räume in ihrem Bungalow, hellackierte Holzwände, der Fußboden war blank, ohne Teppich. Die Möbel waren armselig, vom allereinfachsten. Der Frisiertisch zum Beispiel war eine Umzugskiste in einem mit Reißzwecken befestigten Musselinunterrock, und der Spiegel darüber war sehr merkwürdig; als ob ein kleines Stück gezackten Blitzes darin eingefangen wäre. Auf dem Tisch stand ein Krug mit Strandnelken, die so fest zusammengefaßt worden waren, daß sie wie ein samtenes Nadelkissen aussahen, und eine besondere Muschel, die Kezia ihrer Großmutter als Nadelschälchen gegeben hatte, und eine noch viel merkwürdigere, die sie als niedlichen Behälter für eine Uhr gedacht hatte, die sich da hineinschmiegen könnte.

«Sag doch, Großmama», sagte Kezia.

Die alte Frau seufzte, schlug den Wollfaden

zweimal um den Daumen und zog die beinerne Nadel hindurch. Sie nahm die ersten Maschen auf. «Ich habe an deinen Onkel William gedacht, Schätzchen», sagte sie leise.

«An meinen Onkel William in Australien?» fragte Kezia. Sie hatte noch einen anderen.

«Ja natürlich.»

«Den, den ich noch nie gesehen habe?»

«Ja, den.»

«Und was ist mit dem passiert?» Kezia wußte genau Bescheid, aber sie wollte es noch einmal erzählt bekommen.

«Er ging in die Goldmine, und er bekam einen Hitzschlag dort und starb», sagte die alte Mrs. Fairfield.

Kezia blinzelte und betrachtete das Bild wieder … Ein kleiner Mann, vornübergefallen wie ein Zinnsoldat, neben einem großen schwarzen Loch. «Macht es dich traurig, an ihn zu denken, Großmama?» Es war schrecklich für sie, ihre Großmutter traurig zu sehen.

Jetzt war es an der alten Frau, nachzudenken. Machte es sie traurig? Weit, weit zurückzuschauen, über die Jahre hinwegzustarren, so wie sie es getan hatte, als Kezia sie beobachtet hatte. Ihnen nachzusehen, wie eine Frau es tut, nachdem sie schon lange ihrem Blick entschwunden sind. Machte sie das traurig? Nein. Das Leben war nun einmal so. «Nein, Kezia.»

«Aber warum?» fragte Kezia. Sie hob den nackten Arm und fing an, Figuren in die Luft zu malen. «Warum mußte Onkel William sterben? Er war doch noch nicht alt.»

Mrs. Fairfield begann die Maschen in Dreiergruppen abzuzählen. «Es geschah eben so», sagte sie, in Gedanken vertieft.

«Muß eigentlich jeder sterben?» fragte Kezia.

«Jeder!»

«*Ich auch?*» Es klang furchtbar ungläubig.

«Irgendwann einmal, mein Schatz.»

«Aber Großmama». Kezia schwenkte das linke Bein auf und ab und bewegte die Zehen. Sie spürte Sand. «Was ist, wenn ich einfach nicht will?»

Die alte Frau seufzte erneut und zog einen langen Faden vom Knäuel. «Wir werden nicht gefragt, Kezia», sagte sie traurig. «Es steht jedem von uns bevor, früher oder später.»

Kezia lag still und überlegte. Sie wollte nicht sterben. Das bedeutete, daß sie von hier fort müßte, alles für immer verlassen müßte – ihre Großmutter verlassen müßte. Sie kehrte sich ihr rasch zu. «Großmama», sagte sie nun mit bestürzter Stimme.

«Was, Schätzchen?»

«*Du* mußt aber nicht sterben!» Kezia war sich ganz sicher.

«Ach, Kezia.» Ihre Großmutter sah auf, lächelte und schüttelte den Kopf. «Laß uns nicht darüber reden.»

«Aber du darfst nicht. Du kannst mich doch nicht allein lassen. Es geht nicht, daß du nicht da bist.» Das war schlimm. «Versprich mir, daß du das nie tust, Großmama», bat Kezia.

Die alte Frau strickte weiter.

«Versprich es mir! Sag: ‹Nie!›»

Aber noch immer blieb Großmutter stumm.

Kezia rollte sich aus dem Bett; sie konnte es nicht länger aushalten, kletterte ihrer Großmutter auf den Schoß, schlang ihre Hände der alten Frau um den Hals und begann sie zu küssen, unter das Kinn, hinter das Ohr, und blies ihr in den Nacken. «Sag nie... sag nie... sag niemals...», keuchte sie zwischen den Küssen. Und ganz zart und sacht fing sie an, die Großmutter zu kitzeln.

«Kezia!» Die alte Frau ließ ihre Strickerei sinken. Sie schwang in ihrem Schaukelstuhl zurück und kitzelte Kezia zurück.

«Sag nie, sag nie, sag niemals», gluckste Kezia, während sie einander lachend in den Armen lagen.

«So, jetzt ist's genug, mein Eichhörnchen! Genug, mein wildes, kleines Pony!» sagte die alte Mrs. Fairfield und rückte ihre Haube zurecht. «Heb mir mein Strickzeug auf.»

Beide hatten sie vergessen, was mit dem «Nie» eigentlich gemeint war.

VIII

Die Sonne schien noch voll auf den Garten, als die Hintertür bei den Burnells mit einem Knall zugeschlagen wurde und eine sehr vergnügte Erscheinung den Gartenweg hinunter zum Tor lief. Es war Alice, das Dienstmädchen, herausgeputzt für seinen freien Nachmittag. Sie trug ein weißes Kattunkleid mit großen roten Punkten, so vielen, daß es einen schaudern ließ, mit weißen Schuhen und einem italienischen Strohhut mit Klatschmohn an der aufgeschlagenen Krempe. Natürlich trug sie weiße Handschuhe, an den Druckknöpfen waren Spuren von Rostflecken, und in einer Hand hielt sie einen sehr mitgenommen aussehenden Sonnenschirm, von dem sie als ihrem «*Parapluie*» sprach.

Beryl, die am Fenster saß und ihr frischgewaschenes Haar trockenfächelte, meinte, nie eine solche Vogelscheuche gesehen zu haben. Wenn Alice ihr Gesicht noch mit einem Korken geschwärzt hätte, ehe sie ausgegangen wäre, so wäre das Bild vollkommen gewesen. Und wohin ging denn ein Mädchen wie dieses an einem Ort wie diesem? Der herzförmige Fidschi-Fächer schlug verächtlich auf ihre hübsche, glänzende Mähne. Sie vermutete, Alice habe irgendeinen ordinären Draufgänger aufgegabelt, und sie würden zusammen in den Buschwald verschwinden. Dumm nur, daß Alice sich so auffallend zurechtgemacht hatte; so ausstaffiert, würde es schwerfallen, sich zu verbergen.

Aber nein, das war ungerecht von Beryl. Alice ging zum Tee zu Mrs. Stubbs, die ihr eine «Einladung» durch den kleinen Laufburschen geschickt hatte. Sie hatte schon immer eine Vorliebe für Mrs. Stubbs gehabt, vom ersten Tag an, als sie in den Laden ging, um etwas gegen Mückenstiche zu kaufen. «Mein liebes Herz!» Mrs. Stubbs hatte ihre Hand in die Hüften gestützt. «Nie habe ich jemanden so verstochen gesehen. Als hätten Kannibalen Sie gebissen!»

Alice wünschte, die Straße wäre ein bißchen belebter. Es war seltsam, daß hinter ihr niemand ging. Machte sie ganz weich im Rückgrat. Kaum zu glauben, daß niemand ihr nachsah. Trotzdem wäre es dumm gewesen, sich umzudrehen; das verriet einen. Sie zog ihre Handschuhe hoch, summte vor sich hin und sagte zu dem Eukalyptusbaum in der Ferne: «Ich bin bald da», aber dieser war auch keine wirkliche Gesellschaft.

Mrs. Stubbs' Laden thronte auf einem flachen Hügel, nicht weit von der Straße. Er hatte zwei große Fenster als Augen, eine breite Veranda als Hut; und das Schild auf dem Dach, beschriftet mit «Mrs. Stubbs'», erschien wie eine kleine Karte, flott an ein Hutband gesteckt.

Auf der Veranda hing eine lange Leine voller Badesachen, die so aneinanderhafteten, als seien sie gerade aus dem Meer gerettet worden, und nicht, als warteten sie darauf, ins Wasser zu kommen; daneben hing ein Haufen von Strandschuhen, so durcheinander, daß, hätte man ein Paar herausziehen wollen, man mindestens fünfzig hätte herauszerren müssen. Selbst dann noch wäre es noch ganz unmöglich gewesen, den linken, der zum rechten gehörte, herauszufinden. Viele Leute schon hatten die Geduld verloren und waren mit einem passenden Schuh losgegangen und einem, der etwas zu groß war... Mrs. Stubbs setzte ihren Ehrgeiz darein, von allem etwas zu führen. Die beiden Schaufenster waren so vollgestopft, so hoch getürmt wie unsichere Pyramiden, daß nur ein Zauberer sie davor hätte bewahren können, vornüber zu kippen. In der linken Ecke eines Fensters, mit vier Kaubonbons an die Scheibe geklebt, stand eine Bekanntmachung, seit undenklichen Zeiten konnte man dort lesen:

«Verloren!
Hübsche Goldbrosche, massives Gold,
am oder nächst dem Strand verloren.
Finderlohn!»

Alice stieß die Tür auf. Das Glöckchen bimmelte, die roten Sergevorhänge teilten sich und Mrs. Stubbs erschien. Mit ihrem breiten Lächeln und dem langen Schinkenmesser in der Hand sah sie wie ein freundlicher Bandit aus. Alice wurde so herzlich willkommen geheißen, daß es ihr schwerfiel, ihr gutes Benehmen aufrechtzuerhalten. Dieses bestand in dauerndem Hüsteln und Räuspern, Zupfen an den Handschuhen, Zurechtziehen des Rocks und in der Schwierigkeit, mitzubekommen, was geschah, oder zu verstehen, was gesagt wurde. Der Teetisch war in der guten Stube gedeckt – mit Schinken, Sardinen, einem ganzen Pfund Butter und einem so großen Johnny Cake, daß er wie aus einer Reklame für eine Backpulverfirma wirkte. Aber der Primuskocher rauschte so laut, daß es zwecklos war, etwas sagen zu wollen. Alice setzte sich auf den Rand eines Korbstuhls, während Mrs. Stubbs die Spiritusflamme noch höher schraubte. Plötzlich warf sie ein Kissen von einem Stuhl und enthüllte ein großes in Packpapier eingewickeltes Paket. «Ich habe gerade ein paar neue Fotos von mir machen lassen, meine Liebe», schrie sie Alice fröhlich zu. «Sagen Sie mir, was Sie von ihnen halten.»

Alice befeuchtete auf sehr gezierte feine Weise ihren Finger und schlug das Seidenpapier des ersten zurück. Himmel! Wie viele das waren! Mindestens drei Dutzend. Und sie hielt das erste ins Licht:

Mrs. Stubbs saß gänzlich zur Seite gedreht in einem Sessel. Ein Ausdruck milder Verblüffung lag auf ihrem breiten Gesicht, und das zu Recht. Denn obwohl der Sessel auf einem Teppich stand, war links davon, wunderbarerweise genau an den Teppichrand grenzend, ein schäumender Wasserfall. Ihr zur Rechten stand eine griechische Säule zwischen zwei Riesenfarnen, und im Hintergrund türmte sich ein unheimlicher, schneebedeckter Berg.

«Herrliche Dekoration, nicht?» schrie Mrs.

Stubbs herüber; und Alice schrie gerade «Entzückend», als der bullernde Primuskocher erlosch, verpuffte, ausging, und sie sagte «Wirklich hübsch» in die erschreckende Stille.

«Rücken Sie Ihren Stuhl heran, meine Liebe», sagte Mrs. Stubbs und fing an, einzuschenken. «Ja», sagte sie nachdenklich, als sie ihr die Teetasse hinüberreichte, «aber ich kann das Format nicht leiden. Ich lasse eine Vergrößerung machen. Vielleicht ganz schön für Weihnachtskarten, aber ich für meinen Teil war nie für kleine Fotos. Man hat nichts davon. Um die Wahrheit zu sagen: Ich finde sie trostlos.»

Alice verstand genau, was sie meinte.

«Größe», sagte Mrs. Stubbs. «‹Man gebe mir Größe› – Das war es, was mein seliger Mann immer sagte. Er konnte alles, was klein war, nicht leiden. Machte ihn kribbelig. Und so komisch, wie es klingt, Liebes» – hier knarrte Mrs. Stubbs' Stuhl, und sie schien sich aufzublähen bei der Erinnerung –, «es war ein Wasserbauch, der ihn am Ende hinweggerafft hat. Viele Male haben sie ihm halbe Liter abgezapft im Krankenhaus ... Es war wie zur Strafe.»

Alice brannte darauf, zu erfahren, was genau es war, das sie ihm abgezapft hatten. Sie riskierte ein «Ich nehme an, es war Wasser».

Aber Mrs. Stubbs fixierte Alice und erwiderte bedeutungsvoll: «Meine Liebe, es war *Liquid.*»

«Liquid!» Alice sprang vor dem Wort davon wie eine Katze und kehrte zu ihm zurück, schnuppernd und auf der Hut.

«Das ist er!» sagte Mrs. Stubbs und deutete dramatisch auf den lebensgroßen Kopf und die Schultern eines stämmigen Mannes mit einer künstlichen weißen Rose im Jackettknopfloch, die einen an das Gekräusel von kaltem Hammelfett denken ließ. Direkt darunter stand in silbernen Buchstaben auf der roten Pappe: «Fürchte dich nicht, ich bin es.»

«Er hat ein sehr nettes Gesicht», sagte Alice schwach.

Die blaßblaue Schleife hoch oben auf Mrs. Stubbs' blondem Kraushaar zitterte. Sie bog ihren feisten Nacken vor. Was für einen Nacken! Am Ansatz war er hellrosa, dann wechselte er zu einer warmen Aprikosenfarbe, die in die Farbe eines braunschaligen Eies überging und dann zu einem dunklen Cremeton wurde.

«Trotzdem, Liebes», sagte sie plötzlich. «Das Beste ist doch die Freiheit!» Ihr leises Vorsichhinkichern hörte sich wie ein Schnurren an. «Das Beste ist die Freiheit!» sagte Mrs. Stubbs noch einmal.

«Freiheit!» Alice gab ein lautes, kleines, dummes Kichern von sich. Es war ihr unbehaglich zumute. Ihre Gedanken flogen zurück in ihr Küchenreich. Wirklich seltsam! Sie wäre am liebsten schon wieder zurück gewesen.

IX

Im Waschhaus der Burnells versammelte sich nach dem Tee eine merkwürdige Gesellschaft. Um den Tisch saßen ein Bulle, ein Hahn, ein Esel, der dauernd vergaß, daß er ein Esel war, ein Schaf und eine Biene.
Das Waschhaus war der ideale Ort für eine solche Versammlung, denn man konnte so viel Lärm machen, wie man wollte, und keiner kam dahinter. Es war ein kleiner Wellblechschuppen, abseits des Bungalows. An der Wand stand eine tiefe Bütte und in der Ecke ein Kupferkessel mit einem Korb Wäscheklammern oben drauf. Das kleine von Spinnweben überzogene Fenster beherbergte auf seinem staubigen Sims einen Kerzenstumpf und eine Mausefalle; unter der Decke des Raumes waren kreuzweise Wäscheleinen gespannt. Und an einem Haken an der Wand hing ein besonders großes, rostiges Hufeisen.

Der Tisch stand in der Mitte, eine Bank an jeder Seite.

«Du kannst keine Biene sein, Kezia. Eine Biene ist kein Tier. Sie ist ein Insäck!»

«Och, ich möchte aber so schrecklich gern eine Biene sein!» jammerte Kezia... Eine winzige, gelbpelzige Biene mit gestreiften Beinen. Sie zog ihre Beine unter sich und lehnte sich über den Tisch. Sie fühlte sich wie eine Biene. «Ein Insäck muß aber auch ein Tier sein», sagte sie beharrlich. «Es macht ein Geräusch. Es ist nicht wie ein Fisch.»

«Ich bin ein Bulle, ich bin ein Bulle», schrie Pip und stieß ein so fürchterliches Gebrüll aus – wie machte er das nur? –, daß Lottie ganz verängstigt dreinschaute.

«Ich will ein Schaf sein», sagte der kleine Rags. «Heute früh ist eine ganze Schafherde vorbeigekommen.»

«Woher weißt du das?»

«Daddy hat sie gehört. Mäh!» Es klang wie ein Lämmchen, das hinterdrein trottet und darauf zu warten scheint, daß man es trägt.

«Kikeriki!» krähte Isabel. Mit ihren roten Wangen und den glänzenden Augen sah sie wirklich wie ein Hahn aus.

«Was soll ich denn sein?» fragte Lottie in die

Runde und saß lächelnd da, in der Erwartung, daß jemand für sie entscheiden möge. Es mußte etwas Leichtes sein.

«Sei doch ein Esel, Lottie!» Das war Kezias Vorschlag. «‹Iii-ah!› Das kannst du doch.»

«Iii-ah!» sagte Lottie ernst. «Und wann muß ich das sagen?»

«Ich erkläre es, ich», sagte der Bulle. Er hatte die Karten und schwenkte sie über dem Kopf. «Alles still sein! Alles herhören!» Er wartete. «Guck mal, Lottie.» Er drehte eine Karte um. «Sie hat zwei Punkte – siehst du? Wenn du diese Karte in die Mitte legst, und noch jemand anders hat auch eine mit zwei Punkten, dann sagst du ‹Iii-ah›, und die Karte gehört dir.»

«Mir?» sagte Lottie mit runden Augen. «Zum Behalten?»

«Nein, Dummchen. Bloß für das Spiel, ja? Nur so lange, wie wir spielen.» Der Bulle war sehr ärgerlich auf sie.

«Oh, Lottie, du bist manchmal auch zu dämlich», sagte der stolze Hahn.

Lottie sah beide an. Dann ließ sie den Kopf hängen; ihr Mund zitterte. «Ich will nicht mehr spielen», flüsterte sie.

Die anderen sahen sich wie Verschworene an. Alle wußten, was das bedeutete. Sie würde wegrennen und dann irgendwo gefunden werden, ihre Schürze über den Kopf gezogen, in einer Ecke stehend, an einer Wand oder sogar hinter einem Stuhl.

«Doch, du spielst mit, Lottie, es ist ganz einfach», sagte Kezia.

Und Isabel sagte schuldbewußt, aber trotzdem genau wie ein Erwachsener: «Guck zu, wie ich es mache, Lottie, und du hast es bald.»

«Kopf hoch, Lot», sagte Pip, «ich weiß was. Ich gebe dir zuerst; es ist in Wirklichkeit meine Karte, aber ich gebe sie dir. So.» Und er knallte Lottie die Karte hin.

Lottie faßte wieder Mut. Aber jetzt hatte sie etwas anderes. «Ich habe kein Taschentuch», sagte sie. «Und ich brauch' dringend eins.»

«Hier, Lottie, nimm meins.» Rags faßte in seine Matrosenbluse und holte ein naß aussehendes, zusammengeknotetes Tuch daraus hervor. «Paß aber auf», mahnte er, «daß du nur die eine Ecke benutzt! Mach es nicht auseinander; ich habe einen kleinen Seestern drin; den möcht' ich gerne zähmen.»

«Also, los jetzt, Mädels», sagte der Bulle. «Und hört mal, ihr dürft nicht in die Karten sehen. Ihr müßt die Hände unterm Tisch behalten, bis ich ‹Los› sage.»

Klatsch! Die Karten wurden ausgeteilt. Sie versuchten auf alle mögliche Weise darunter zu sehen, aber Pip war zu schnell. Es war sehr aufregend, dort im Waschhaus zu sitzen; nur mühsam hielten sie sich zurück, um nicht in den kleinen Tierstimmenchor auszubrechen, ehe Pip die Karten gegeben hatte.

«Lottie, du fängst an.»

Schüchtern streckte Lottie die Hand aus, nahm die oberste Karte von ihrem Häufchen, musterte sie aufmerksam – es war klar, daß sie die Punkte zählte – und legte sie ab.

«Nein, Lottie, so nicht. Du darfst nicht zuerst reinsehen. Du mußt sie umgedreht hinlegen.»

«Aber dann sieht sie doch jeder zur selben Zeit wie ich», sagte Lottie.

Das Spiel ging weiter.

«Muuuh!» Der Bulle war einfach fürchterlich. Er griff über den Tisch hinweg an und schien die Karten förmlich zu fressen.

«Bsss!» machte die Biene.

«Kikeriki!» Isabel stand im Eifer des Gefechts auf und bewegte die Ellbogen wie Flügel.

«Määäh!» Der kleine Rags legte den Karo-König ab und Lottie den, den sie den Pieks-König nannten. Sie hatte fast keine Karten mehr.

«Warum schreist du nicht los, Lottie?»

«Ich habe vergessen, was ich bin», sagte der Esel schmerzerfüllt.

«Dann tauschst du eben! Sei ein Hund stattdessen! ‹Wau, wau!›»

«O ja. Das ist *viel* leichter.» Lottie lächelte wieder. Aber als sie und Kezia gleichzeitig eine Eins hatten, wartete Kezia absichtlich. Die andern machten Lottie Zeichen und deuteten auf sie, Lottie wurde puterrot; sie sah verwirrt aus und sagte endlich: «Iii-ah! Kezia.»

«Bsss! Warte mal!» Sie waren mitten drin, als der Bulle sie anstieß und seine Hand hob: «Was ist das? Das Geräusch?»

«Was für ein Geräusch? Was meinst du denn?» fragte der Hahn.

«Bsss! Ruhe! Horcht mal!» Sie waren mucksmäuschenstill.

«Ich dachte, ich hätte was gehört, so was wie – Klopfen», sagte der Bulle.

«Wie hat es sich denn angehört?» fragte das Schaf schwach.

Keine Antwort.

Die Biene zitterte. «Warum haben wir denn bloß die Tür zugemacht?» sagte sie leise.

Ach warum, warum hatten sie die Tür zugemacht? Über ihrem Spiel war der Tag vergangen. Der prächtige Sonnenuntergang war aufgeflammt und erloschen. Und jetzt kam die rasche Dunkelheit über das Meer gejagt, über die Dünen, die Weide herauf. Man fürchtete sich, in die Ecken des Waschhauses zu schauen, und doch mußte man's mit aller Gewalt immer wieder tun. Und irgendwo, weit weg, zündete Großmutter die Lampe an, wurden die Rollos heruntergelassen; das Herdfeuer spiegelte sich in dem Zinnzeug auf dem Kaminsims.

«Wäre das eklig, wenn jetzt eine Spinne von der Decke auf den Tisch fallen würde, was?» sagte der Bulle.

«Spinnen fallen nicht von Decken.»

«Doch, das tun sie. Unsere Minna hat uns erzählt, sie hat eine Spinne gesehen, so groß wie eine Untertasse, mit langen Haaren drauf wie eine Stachelbeere.»

Schnell fuhren alle kleinen Köpfe zusammen; die kleinen Körper drückten und drängten sich aneinander.

«Warum kommt uns denn keiner holen?» weinte der Hahn.

Ach, diese Erwachsenen! Die sitzen gemütlich beim Lampenschein, lachen und trinken Tee! Und hatten sie ganz vergessen. Nein, nicht richtig vergessen. Ihr Lächeln sagte etwas anderes.

Sie hatten nur beschlossen, sie sich selbst zu überlassen.

Plötzlich stieß Lottie einen so durchdringenden Schrei aus, daß alle von ihren Bänken aufsprangen und mitbrüllten. «Ein Gesicht – ein Gesicht guckt rein!» kreischte Lottie.

Es war tatsächlich so. Gegen die Scheibe preßte sich ein blasses Gesicht, schwarze Augen, ein schwarzer Bart.

«Großmama! Mutter!»

Aber sie waren noch nicht an der Tür angelangt, einer stolperte über den anderen, als sie geöffnet wurde und Onkel Jonathan vor ihnen stand. Er war gekommen, um seine kleinen Jungen nach Hause zu holen.

X

Er hatte schon vorher da sein wollen, aber im Vorgarten hatte er Linda getroffen, die auf dem Rasen hin und her ging, innehielt, um eine verwelkte rosa Nelke abzupflücken oder einer vornüberhängenden Nelke ein Stöckchen als Stütze beizupflichten, oder einfach nur, um irgendeinen Geruch tief einzuatmen und dann in ihrer leicht verträumten Art weiterzugehen. Über ihrem weißen Kleid trug sie einen gelbrosa Fransenschal aus einem Chinaladen.

«Guten Tag, Jonathan!» rief Linda. Und Jonathan riß seinen schäbigen Panamahut herunter, drückte ihn gegen seine Brust, fiel aufs Knie und küßte Linda die Hand. «Sei gegrüßt, meine Schöne, gegrüßt, göttliche Pfirsichblüte!» dröhnte seine Baßstimme zärtlich. «Wo sind die anderen edlen Damen?»

«Beryl ist zum Bridge, und Mutter badet den Kleinen ... Bist du gekommen, um dir etwas auszuleihen?»

Den Trouts gingen beständig irgendwelche Dinge aus, und immer wandten sie sich im letzten Augenblick an die Burnells.

Aber Jonathan antwortete nur: «Nur ein wenig Liebe, ein wenig Zuneigung», und ging neben seiner Schwägerin her.

Linda ließ sich in Beryls Hängematte unter dem Manukabaum fallen, und Jonathan legte sich neben sie ins Gras, riß einen langen Halm aus und kaute daran. Sie kannten einander gut. Kinderstimmen klangen aus den benachbarten Gärten. Der leichte Karren eines Fischers ruckelte den sandigen Weg entlang, und von weither hörten sie einen Hund bellen, so gedämpft, als hätte der Hund seinen Kopf in einem Sack. Hörte man genau hin, so konnte man gerade so das leise Rauschen der See vernehmen, die bei Flut über die Kiesel strömte. Die Sonne ging gerade unter.

«Am Montag wirst du also wieder ins Kontor gehen, nicht wahr, Jonathan?» fragte Linda.

«Am Montag öffnet sich die Tür des Käfigs und fällt hinter dem Opfer wieder mal für elf Monate und eine Woche zu», erwiderte Jonathan.

Linda schaukelte ein wenig. «Das muß ja gräßlich sein», sagte sie langsam.

«Willst du, daß ich lache oder weine, meine schöne Schwester?»

Linda war an Jonathans Art zu reden so gewöhnt, daß sie nicht darauf einging.

«Ich denke», sagte sie unbestimmt, «man gewöhnt sich dran. Man gewöhnt sich an alles.»

«Wirklich? Hm!» Das «Hm» klang so tief, als käme es tief aus der Erde. «Ich frage mich, wie man das macht», brütete Jonathan. «Ich habe es nie fertiggebracht.»

Als Linda ihn anschaute, wie er so dalag, dachte sie wieder, wie anziehend er doch war. Seltsam, daß er nur ein gewöhnlicher Buchhalter war und daß Stanley doppelt soviel Geld verdiente wie er. Was hatte es mit Jonathan auf sich? Er hatte keinen Ehrgeiz; sie glaubte, das sei es.

Trotzdem spürte man, daß er ungewöhnlich begabt war. Er begeisterte sich leidenschaftlich für Musik; jeder Spargroschen ging für Bücher drauf. Immer war er voller neuer Ideen, Pläne, Entwürfe. Aber es kam nie etwas dabei heraus. Frisches Feuer loderte in Jonathan; fast hörte man es knistern, wenn er erklärte, beschrieb, sich über eine neue Sache ausließ; aber gleich darauf war es in sich zusammengefallen, und nur Asche blieb zurück, und Jonathan lief mit einem hungrigen Ausdruck in seinen schwarzen Augen umher. In solchen Zeiten übertrieb er seine absurde Sprechweise und sang in der Kirche – er war der Chorleiter – mit so unheimlich dramatischer Hingabe, daß das einfachste Kirchenlied eine gänzlich unheilige Pracht annahm.

«Am Montag ins Kontor zu müssen», sagte Jonathan, «scheint mir genauso blödsinnig, genauso höllisch, wie es immer war und immer sein wird. Die besten Jahre seines Lebens von neun bis fünf auf einem Hocker zu sitzen und mit der Feder in jemandes Hauptbuch zu kritzeln! Es ist schon seltsam, was man aus seinem – seinem einzigen Leben macht, nicht? Oder bilde ich mir das nur ein?» Er drehte sich im Gras um und sah zu Linda auf. «Sag mir mal, was der Unterschied zwischen meinem Leben und dem eines gewöhnlichen Strafgefangenen ist! Der einzige Unterschied ist meiner Meinung nach, daß ich mich selbst ins Gefängnis einliefere und niemand mich je wieder herausläßt. Das ist noch unerträglicher. Denn wäre ich gegen meinen Willen – selbst mit Gewalt – hineingestoßen worden, so hätte ich, wenn erst einmal die Tür verschlossen wäre, oder meinetwegen in fünf Jahren oder so, die Tatsache vielleicht akzeptiert und hätte angefangen, mich für das Schwirren der Fliegen zu interessieren oder die Schritte des Wärters den Korridor entlang zu zählen, unter besonderer Berücksichtigung möglicher Veränderungen seines Ganges, und so weiter. Aber so bin ich wie ein Insekt, das nach eigenem Belieben in ein Zimmer hineingeflogen ist. Ich klatsche gegen die Wände, knalle gegen die Fenster, schlage an die Decke, tue wirklich alles auf Gottes Erdboden, außer wieder hinauszufliegen. Und die ganze Zeit über denke ich wie eine Motte oder ein Schmetterling, oder was es auch immer sei, das Leben ist so kurz! Das Leben ist so kurz! Ich habe nur eine Nacht oder einen Tag, und dort draußen wartet der weite, gefährliche Garten, unentdeckt, unerforscht.»

«Aber wenn du das so empfindest», begann Linda rasch, «warum ...»

«Aha!» Jonathan überschlug sich förmlich. Und das «Aha» klang geradezu triumphierend. «Du hast mich ertappt. Warum nur? Das ist die rasend machende, rätselhafte Frage. Warum fliege ich nicht wieder hinaus? Da ist ja das Fenster oder die Tür, oder was immer es war, wodurch ich hineingekommen bin. Sie sind schließlich nicht hoffnungslos verschlossen – oder? Warum finde ich es nicht und fliege hinaus? Antworte mir darauf, kleine Schwester.» Aber er gab ihr keine Zeit zum Antworten. «Ich bin auch hierin genau wie ein kleines Insekt. Aus irgendeinem Grund» – Jonathan hielt zwischen den Worten inne – «ist es nicht erlaubt, ist es gegen das Gesetz der Insekten, auch nur für einen Augenblick mit dem Gegen-die-Scheibe-Fliegen, Herunterplumpsen, Hochkrabbeln aufzuhören. Warum verlasse ich nicht das Kontor? Warum mache ich mir in diesem Augenblick zum Beispiel nicht ernsthaft klar, was mich daran hindert, es zu verlassen? Ich bin niemandem streng verpflichtet. Ich habe zwar für zwei Jungen zu sorgen, aber schließlich sind es Jungen. Ich könnte zur See gehen oder eine Stelle landeinwärts annehmen, oder …»

Plötzlich lächelte er Linda an und sagte mit veränderter Stimme, als ob er ein Geheimnis preisgäbe: «Schwach ... schwach. Keine Ausdauer. Kein Anker. Keine Grundsätze – wollen wir es so nennen.» Aber dann schmetterte die volle Samtstimme wieder: «Sie hörten eine Geschichte, die sich selbst erklärt ...»

Und sie schwiegen.

Die Sonne war untergegangen. Am westlichen Himmel standen haufenweise zerfaserte, rosige Wolken. Breite Lichtbündel durchstießen sie, als wollten sie den ganzen Himmel einnehmen. Das Blau verblaßte; es ging in fahles Gold über, und der Buschwald hob sich dagegen dunkel glühend und wie Metall glänzend ab. Manchmal können solche Lichtbündel am Himmel unheimlich sein. Sie erinnern daran, daß dort oben Jehova sitzt, der eifersüchtige Gott, der Allmächtige, dessen Auge auf dir ruht, immer wachsam, nimmermüde. Du entsinnst dich, daß bei seiner Ankunft die ganze Erde erzittern und zu einem Totenacker zusammenstürzen wird; die kalten, leuchtenden Engel werden dich hierhin und dorthin treiben, und es wird keine Zeit zur Erklärung dessen sein, was so einfach zu erklären wäre ... Doch heute abend schien es Linda, als sei etwas unendlich Freundliches und Liebevolles in diesen Silberstrahlen. Und jetzt kam auch kein Laut mehr vom Meer, es atmete sanft, als ob es diese zarte, freudige Schönheit in sein eigenes Inneres einsaugen wollte.

«Es ist alles, alles falsch», kam Jonathans schattenhafte Stimme. «Das ist kein Schauplatz, das ist keine Kulisse für ... drei Hocker, drei Schreibpulte, drei Tintenfässer und ein Drahtgazefenster.»

Linda wußte, er würde sich nie ändern, und sagte dennoch: «Ist es denn wirklich zu spät?»

«Ich bin alt – alt», intonierte Jonathan. Er wendete ihr den Kopf zu und fuhr sich mit der Hand durch die Haare. «Da schau!» Sein schwarzes Haar war voller Silbersträhnen wie das Brustgefieder eines schwarzen Vogels.

Linda war erstaunt. Sie hatte nie gedacht, daß er schon grauhaarig war. Und als er jetzt aufstand, seufzte und sich reckte, sah sie ihn zum ersten Mal nicht resolut, nicht ritterlich, nicht unbekümmert, sondern schon vom Alter berührt. Er wirkte sehr groß auf der dunkelnden Wiese, und der Gedanke «Er sieht aus wie ein Grashalm» kam ihr in den Sinn.

Jonathan verneigte sich noch einmal und küßte ihre Finger. «Der Himmel vergelte Euch Eure zarte Geduld, meine Herrin», murmelte er. «Ich muß die Erben meines Ruhms und Reichtums suchen ...» Und er war fort.

XI

Licht glänzte in den Fenstern des Bungalows. Zwei goldene Vierecke fielen auf die Nelken und die nun geschlossenen Ringelblumen. Florrie, die Katze, kam auf die Veranda und hockte sich auf die oberste Treppenstufe, ihre weißen Pfoten dicht nebeneinander, den Schwanz darumgelegt. Sie sah zufrieden aus, so, als hätte sie auf diesen Augenblick den ganzen Tag gewartet.

«Gott sei Dank, es wird spät», sagte Florrie. «Gott sei Dank ist der lange Tag vorbei.» Ihre Augen, grün wie Reneklodenfrüchte, öffneten sich.

Auf einmal hörte man das Rattern der Postkutsche, das Knallen von Kellys Peitsche. Es kam so nahe, daß man die Stimmen der aus der Stadt heimkehrenden Männer, die laut miteinander sprachen, hören konnte. Die Postkutsche hielt vor dem Tor der Burnells.

Stanley war schon auf der Mitte des Wegs, als er Linda bemerkte. «Bist du es, Liebling?»

«Ja, Stanley.»

Er sprang über das Blumenbeet und riß sie in seine Arme. Sie wurde ganz von einer vertrauten, ungeduldigen, starken Umarmung eingenommen.

«Vergib mir, Liebling, vergib mir», stammelte

Stanley und legte seine Hand unter ihr Kinn und hob ihr Gesicht empor.

«Dir vergeben?» lächelte Linda. «Aber was denn bloß?»

«Guter Gott, das kannst du doch nicht vergessen haben», rief Stanley Burnell. «Den ganzen Tag habe ich an nichts anderes gedacht. Ich hatte einen höllischen Tag. Ich hatte mich schon entschlossen, zu telegrafieren, und dann dachte ich, das Telegramm würde dich nicht vor mir erreichen. Ich habe Qualen gelitten, Linda.»

«Aber Stanley», sagte Linda, «was hätte ich dir denn zu vergeben?»

«Linda!» – Stanley war tief verletzt – «Hast du nicht gemerkt – du mußt es gemerkt haben, daß ich heute früh fortgegangen bin, ohne dir ‹Auf Wiedersehen› zu sagen? Ich kann nicht begreifen, wie ich so etwas fertiggebracht habe. Mein verflixtes Temperament, natürlich. Na» – und er seufzte und nahm sie wieder in die Arme – «ich habe heute genug deshalb ausgestanden.»

«Was hast du da in der Hand?» fragte Linda. «Neue Handschuhe? Zeig her!»

«Oh, nur ein Paar billige, aus Waschleder», sagte Stanley bescheiden. «Ich sah, daß Bell heute morgen in der Postkutsche solche trug, und als ich dann an dem Geschäft vorbeikam, bin ich hinein und habe ein Paar gekauft. Worüber lächelst du? Du denkst doch nicht, ich hätte es nicht tun sollen, oder?»

«Aber im Gegenteil, Liebling», sagte Linda. «Ich finde, das war sehr vernünftig.»

Sie streifte einen der großen hellen Handschuhe über ihre eigenen Finger und betrachtete ihre Hand, sie dabei drehend und wendend. Sie lächelte noch immer.

Stanley hätte gerne gesagt: «Ich mußte an dich denken, als ich sie gekauft habe.» Es stimmte, aber aus irgendeinem Grund brachte er es nicht über die Lippen. «Komm, gehen wir hinein!» sagte er.

XII

Warum empfindet man so anders bei Nacht? Warum ist es so aufregend, wach zu liegen, wenn alle anderen schlafen? Spät – es ist sehr spät! Und doch weiß man sich mit jedem Augenblick wach und wacher, so als würde man langsam, fast mit jedem Atemzug, empfänglicher für eine neue, wunderbare, viel spannendere und aufregendere Welt als die des Tages. Und was ist das für ein sonderbares Gefühl, sich als Eingeweihter zu wissen! Leichtfüßig, heimlich, bewegt man sich in seinem Zimmer, nimmt etwas vom Frisiertisch und legt es lautlos wieder hin. Alles und jedes, sogar der Bettpfosten kennt dich, antwortet dir, teilt dein Geheimnis ...

Bei Tage bist du gar nicht besonders glücklich über dein Zimmer; denkst nie daran, gehst aus und ein, die Tür wird aufgemacht und knallt wieder zu, und der Schrank knarrt. Du setzt dich auf die Bettkante, ziehst andere Schuhe an und stürmst wieder hinaus; beugst dich zum Spiegel hinunter, zwei Nadeln ins Haar, Puder auf die Nase und wieder weg. Aber jetzt ist es dir plötzlich – lieb. Es ist ein liebes, schönes, kleines Zimmer. Es ist deins. Ach, was für eine Freude, Dinge zu besitzen! Meins – mein eigenes!

«Die Meine für immer?»

«Ja.»

Ihre Lippen trafen sich.

Nein, das hatte natürlich gar nichts damit zu tun. Das war alles Schund und Unsinn. Aber gegen ihren Willen sah Beryl ganz genau zwei Menschen in ihrem Zimmer vor sich. Ihre Arme waren um seinen Hals gelegt; er hielt sie an sich gepreßt und flüsterte: «Meine Schöne, meine Allerschönste!»

Sie sprang aus ihrem Bett und stürzte zum Fenster und kniete sich hin, die Ellbogen auf dem

Fensterbrett. Aber die schöne Nacht, der Garten, jeder Strauch, jedes Blatt, selbst der weiße Bretterzaun, sogar die Sterne waren Mitwissende. So strahlend war der Mond, daß die Blumen wie bei Tag leuchteten; die Schatten von Kapuzinerkresse, von seltenen, lilienförmigen Blättern und aufgeblühten Blumen lagen auf der silbrigen Terrasse. Der Manukabaum, von den Südwinden gebeugt, wie ein Vogel auf einem Bein, der einen Flügel ausbreitet.

Als Beryl aber zum Buschwald hinübersah, war ihr, als sei dieser traurig. «Wir sind stumme Bäume, die sich in die Nacht emporrecken und nicht wissen, was sie erflehen sollen», sagte der trauervolle Buschwald.

Ja, wenn du allein bist und über das Leben nachdenkst, ist es immer traurig. Die Aufregung und alles andere verläßt dich plötzlich, und es ist, als riefe jemand in der Stille deinen Namen, und du hörtest deinen Namen zum ersten Mal. «Beryl!»

«Ja, ich bin hier, ich bin Beryl. Wer ruft mich?»

«Beryl!»

«Laß mich zu dir kommen.»

Es ist einsam, so allein zu leben. Natürlich gibt es haufenweise Verwandte und Freunde, aber das war nicht das, was sie meinte. Sie sucht jemanden, der die Beryl entdeckt, die keiner von ihnen kennt, der erwartet, daß sie diese Beryl für immer bliebe. Sie sucht einen, der sie liebt.

«Bring mich weg von all diesen Leuten, Liebster. Laß uns weit fort gehen. Laß uns unser Leben leben, ganz neu, ganz unser eigenes, von Anfang an. Laß uns ein Feuer machen, uns hinsetzen und zusammen essen. Laß uns lange Gespräche am Abend führen.»

Und der Gedanke dahinter war: «Rette mich, Liebster, rette mich!»

«Nun mach schon! Spiel nicht die Spröde, Liebes. Genieß das Leben, solange du jung bist, rat' ich dir.» Und ein hell herausplatzendes, dummes Gekicher mischte sich in das laute, gleichgültige Wiehern von Mrs. Harry Kember.

Weißt du, es ist so schrecklich schwer, wenn man niemanden hat. Man ist den Dingen so ausgeliefert. Man kann zum Beispiel nicht einfach grob sein. Und man hat immer diese Angst, so unerfahren und steif zu scheinen wie die anderen Gänschen in der Bucht. Und – und es ist reizvoll, zu wissen, daß man Macht über jemanden hat. Ja, das ist verlockend ... Ach warum, weshalb kommt «er» nicht bald?

«Wenn ich weiter hier leben würde», dachte Beryl, «könnte alles mögliche passieren.»

«Aber woher weißt du, ob er überhaupt kommen wird?» mokierte sich eine leise Stimme tief in ihr.

Aber Beryl wies sie ab. Sie konnte doch nicht übrigbleiben. Andere vielleicht, aber nicht sie. Eine unmögliche Vorstellung, daß Beryl Fairfield, dieses hübsche, bezaubernde Mädchen nicht heiraten würde.

«Erinnerst du dich an Beryl Fairfield?»

«Erinnern! Als ob ich sie je vergessen könnte! Es war in einem Sommer in der Bucht, als ich sie sah. Sie stand am Strand. In einem blauen» – nein, rosa – «Musselinkleid und hielt einen großen cremefarbenen» – nein, schwarzen – «Strohhut in den Händen. Aber das ist Jahre her.»

«Sie ist heute womöglich noch reizender.»

Beryl lächelte, biß sich auf die Lippe und starrte unverwandt in den Garten hinaus. Während sie so hinabstarrte, sah sie jemanden, einen Mann, von der Straße abbiegen und den Zaun an der Koppel entlanggehen, als käme er geradewegs auf sie zu. Ihr Herz schlug. Wer war es? Wer konnte es sein? Doch kein Dieb? Bestimmt kein Einbrecher, denn er schlenderte rauchend näher. Beryls Herz hüpfte; es schien sich einmal ganz herumzudrehen und dann stillzustehen. Jetzt erkannte sie ihn.

«Guten Abend, Miss Beryl», sagte die Stimme sanft.

«Guten Abend.»

«Mögen Sie nicht auf einen kleinen Spaziergang mitkommen?» sagte die Stimme gedehnt.

Zu einem Spaziergang – mitten in der Nacht? «Ich kann nicht. Alle sind zu Bett gegangen. Alles schläft schon.»

«Ach», sagte die Stimme leichthin, und ein Hauch aromatischer Tabakqualm drang zu ihr herüber. «Was liegt uns denn schon an ‹allen›? Komm! Es ist eine wunderbare Nacht. Keine Menschenseele unterwegs.»

Beryl schüttelte den Kopf. Aber es regte sich etwas in ihr. Etwas rührte sich, erhob sein Haupt.

Die Stimme sagte: «Angst?» Und spottete: «Armes, kleines Mädchen.»

«Keine Spur!» antwortete sie. Als sie sprach, schien sich das schwache Etwas in ihr plötzlich zu entfalten und sie zu überwältigen; sie wollte gerne mitkommen!

Und als sei dies für ihn selbstverständlich, sagte seine Stimme zärtlich und sanft, doch bestimmt: «Komm mit!»

Beryl stieg aus dem niedrigen Fenster, überquerte die Terrasse, rannte über den Rasen zum Tor hinunter. Er war schon vor ihr dort.

«So ist's gut», hauchte die Stimme und neckte sie. «Fürchtest du dich? Du fürchtest dich doch nicht?»

Doch jetzt, da sie hier war, war sie ganz panisch, denn alles schien auf einmal verändert. Das Mondlicht stierend und gleißend; die Schatten wie Gitterstäbe. Sie wurde bei der Hand genommen.

«Keine Spur», sagte sie leichthin. «Warum sollte ich auch?»

Ihre Hand wurde sanft gedrückt, heftig gepreßt. Sie wehrte ab. «Nein, weiter komme ich nicht mit», sagte Beryl.

«Ach, Blödsinn!» Harry Kember glaubte ihr nicht. «Komm schon! Wir gehen nur bis zum Fuchsienstrauch. Komm!»

Der Fuchsienstrauch war hoch. Er überschüttete den Zaun mit Blüten und bildete eine kleine Höhle voll Dunkelheit.

«Nein, wirklich, ich will nicht», sagte Beryl.

Einen Augenblick erwiderte Harry Kember nichts. Dann kam er nahe an sie heran, kehrte sich ihr zu, lächelte und sagte rasch: «Sei nicht albern, sei doch nicht so albern!»

Es war etwas in seinem Lächeln, das sie nie zuvor gesehen hatte. Ob er betrunken war? Dieses blinde, erschreckende Lächeln ließ sie vor Furcht erstarren. Worauf hatte sie sich da eingelassen? Wie war sie hierher gekommen? Der strenge Garten stellte ihr diese Fragen, als das Tor aufgestoßen wurde und Harry Kember sich flink wie eine Katze hereinwand und sie an sich riß.

«Kleiner, kalter Teufel! Kleiner, kalter Teufel!» sagte die abstoßende Stimme.

Aber Beryl war stark. Sie entwand und duckte sich, riß sich los.

«Du bist abscheulich, abscheulich», sagte sie.

«Warum, bei allen guten Göttern, bist du dann mitgekommen?» stotterte Harry Kember.

Niemand antwortete ihm.

Eine Wolke, klein, heiter, schwebte am Mond vorüber. In dem Augenblick der Dunkelheit rauschte die See schwer und beunruhigt. Dann segelte die Wolke davon, und das Rauschen der See wurde zu einem unbestimmten Murmeln, als erwache sie aus einem schwarzen Traum. Alles war still.

ÜBER PAT

In den Tagen unserer Kindheit wohnten wir in einem großen, alten, verwinkelten Haus, das einsam inmitten von ausgedehnten Gärten, Obst- und Weideland hockte.

Damals war unser alter irischer Gärtner unser Idol. Er hieß Patrick Sheehan. Sonntags trug er Handschuhe mit echtem Glacélederrücken und eine Krawattennadel, aus einem Eberzahn gefertigt. Jeden Morgen ging ich hinüber zur Futterküche, wo er Vaters Stiefel putzte, und an einer bestimmten Stelle des Verfahrens sagte ich immer: «Ach, bitte, Pat, tu's nicht!» Und er antwortete regelmäßig, daß nichts sonst sie so glänzend machen würde. Gewöhnlich hob er mich auf den Tisch und erzählte mir Geschichten der Grafen von Irland, die er gesehen und sogar gesprochen hatte. Wir waren überaus stolz auf unseren Gärtner, der mit Irlands Hochadel auf vertrautem Fuße stand, und abends, wenn Pat in der Küche bei seinem Tee saß, stahlen wir uns hin und baten ihn, uns die Tischsitten der Iren zu zeigen. Während wir Hand in Hand in einer Reihe standen, sahen wir Pat zu, wie er Salz auf sein Messer streute, es mit der Gabel abklopfte, den kleinen Finger seiner rechten Hand hübsch abgespreizt in einer Manier, die uns kunstvoll genug für die obersten Herren des Landes schien.

Pat konnte mich nie recht leiden. Ich glaube, er fand meinen Charakter unsympathisch. Ich zeigte keine Freude, einen Vogel in einem Käfig zu halten; und eines Tages beging ich das unverzeihliche Vergehen, eine Kürbisblüte zu pflükken. Von diesem Schock der letzten Barbarei hat er sich nie erholen können. Noch jetzt kann ich sehen, wie er den Kopf schüttelte, sobald ich auftauchte, und sagte: «Stell dir mal vor, das hätte der schönste Kürbis dieses Jahres werden können, und wir hätten wochenlang davon gegessen.»

Pat hatte verwirrend häufig Geburtstag. Wir gaben ihm immer die gleichen Geschenke: drei Stränge Juno-Tabak und drei Becher Eiscreme. Die Bescherung fand im Hinterhof statt, und er sang uns ein wunderbares irisches Lied vor, wovon wir niemals mehr mitbekamen als den Satz: «Auf warf ich meinen Hut.» Es schien das einzig Verständliche darin.

Er hielt es für seine Pflicht, jeder der Köchinnen, die ins Haus kamen, einen Heiratsantrag zu machen, indem er ihnen sich selbst mitsamt Glacéhandschuhen und Eberzahnnadel offerierte. Sie haben ihn aller Wahrscheinlichkeit nach nie erhört, was er – dessen bin ich sicher – auch bestimmt nie erwartet hat.

Jeden Nachmittag bürstete er seine alte braune Melone, schirrte die Stute an und fuhr in die Stadt; und jeden Abend, wenn er nach Hause kam, wartete ich mit Freuden darauf, daß er die Stute ausspannte und mich dann auf ihren Rükken hob; und schwerfällig begann sie durch das große weiße Tor den stillen Weg hinab zur Koppel zu traben. Dort wartete ich, bis Pat mit den Milcheimern angeschlenkert kam.

An solch langen Abenden konnte er wunderbare Geschichten von einem kleinen alten Mann erzählen, der nicht größer als sein Daumen war, mit einem Hut so hoch wie der Stacheldrahtzaun, und der nachts aus dem Bach gekrochen kam und den blauen Eukalyptusbaum hinaufkletterte, einige Blätter von den allerobersten Zweigen abbrach und wieder herunterkletterte.

«Weißt du», sagte Pat dann, und sein gutes, wettergegerbtes Gesicht war so ernst wie nur möglich, «aus dem blauen Saft gewinnt man Eukalyptusöl, und der alte Mann litt an Erkältung, weil er in solcher Feuchtigkeit hauste.»

An solchen Abenden hatte ich auch meinen ersten Unterricht in der Geheimkunst des Melkens, aber wie sehr ich mich auch bemühte, nie bekam ich mehr als eine Teetasse voll heraus. Manchmal brachte mich diese Schande zum Weinen, und Pat sagte dann: «Weißt du, das ist eine kluge alte Kuh, die Daisy. Sie hat selbst so viele Kinder gehabt, daß sie weiß, wieviel Milch du haben sollst, und daß mehr dir nur Bauchweh machen würde.» Ich war dann immer sehr getröstet.

Pat hatte ein herrlich junges Herz. Er nahm an unseren Vergnügungen mit der gleichen Hingabe teil wie wir selbst. Ich spielte gerne ein Spiel, das keinen Anfang und kein Ende hatte, das «Jenseits der blauen Berge» hieß. Im allgemeinen war der Schauplatz jenseits der Rhabarberbeete, und Pat mimte den Bösewicht, den Helden und den ausgefuchsten Schurken mit unfehlbarem Charme.

Um es noch zünftiger zu machen, aßen wir manchmal zusammen Mittag, saßen auf der umgekippten Schubkarre und teilten uns ein Stück Knackwurst und ein süßes Milchbrötchen.

Sonntag morgens nahm uns Pat im Hochglanz seines blauen Hemdes und der Cordhosen mit auf einen Spaziergang zu der großen Kiefernpflanzung. Wie ein Kind sammelte er gewöhnlich Harz und knotete es in einen Zipfel seines Taschentuchs ein. Noch Jahre danach glaubte ich, daß diese Bäume nur wegen der alten Waldhexen wuchsen; die ihre Nadeln brauchten, um den großen, großen Schirm über unseren Köpfen zu machen und um für die Blumen all die Kleider zu nähen, deren zartblauen Stoff sie mit dem dafür vorgesehenen Harz zusammenhefteten.

Als wir dieses Haus auf dem Lande verließen und in die Stadt zogen, verließ uns auch Pat, um sein Glück in den Goldminen zu versuchen. Wir schieden unter heißen Tränen voneinander. Er schenkte jeder meiner Schwestern einen Goldfink und mir ein Paar weiße Porzellanvasen, die lustig mit Vergißmeinnicht und rosa Rosen bemalt waren. Zum Abschied gab er mir den Rat, auf der Hut zu sein in dieser Welt und niemals Blüten aus dem Gemüsegarten zu pflücken, nur weil ich ihre Farbe gern mochte.

Seit jenem Tag habe ich nichts mehr von ihm gehört. Ich würde ihm liebend gern die Sehenswürdigkeiten von London zeigen und ihn ins «Carlton» einladen zu einem Stück Knackwurst und süßen Milchbrötchen und noch einmal zuschauen, wie die Grafen von Irland Salz auf ihren Messern balancierten.

DAS PUPPENHAUS

Als die gute alte Mrs. Hay nach ihrem Besuch bei den Burnells in die Stadt zurückgekehrt war, schickte sie den Kindern ein Puppenhaus. Es war so groß, daß der Fuhrmann und Pat es zusammen in den Hof tragen mußten, und dort blieb es abgestellt auf zwei Holzkisten neben der Tür zur Futterküche. Nichts konnte ihm geschehen, es war Sommer. Und vielleicht würde sich der Farbgeruch verloren haben, wenn es hereingenommen werden mußte. Denn wirklich, der Geruch von Farbe, der von diesem Puppenhaus ausging («Reizend von der alten Mrs. Hay, ganz reizend und so großzügig!»), wäre ausreichend gewesen, um jemanden ernstlich krank zu machen, fand Tante Beryl. Sogar noch bevor die Sacktuchverpackung abgenommen worden war. Und als sie dann erst ab war…

Da stand das Puppenhaus, in dunklem, öligem Spinatgrün mit hellem Gelb abgesetzt. Seine beiden kleinen, auf das Dach geklebten Schornsteine waren rot und weiß bemalt, und die Tür, glänzend gelb lackiert, sah aus wie ein Karamellbonbon. Vier Fenster, richtige Fenster, waren durch breite grüne Sprossen in Scheiben aufgeteilt. Und dann gab es tatsächlich eine winzige Veranda, auch gelb gestrichen, mit Klümpchen geronnener Farbe, die an ihrem Rand klebten. Dennoch: ein makelloses, vollkommenes kleines Haus! Wer könnte da an dem Geruch Anstoß nehmen? Er war Teil der Freude, Teil des Neuen.

«Jemand soll es endlich aufmachen!»

Der Haken an der Seite saß fest. Pat brachte ihn mit seinem Taschenmesser auf, und die gesamte Hausfront schwang auf – und man konnte gleichzeitig in Wohnzimmer und Eßzimmer, in die Küche und zwei Schlafzimmer schauen. So sollte sich jedes Haus öffnen lassen! Warum ist das nicht bei allen Häusern möglich? Wieviel aufregender, als durch den Schlitz einer Tür auf eine ärmliche kleine Diele mit einem Hutständer und zwei Schirmen zu gucken! Das – oder etwa nicht? – das ist es, was man gerne von einem Haus wissen möchte, wenn man die Hand auf den Türklopfer legt. Vielleicht öffnet der liebe Gott Häuser mitten in der Nacht auf diese Art, wenn er mit einem Engel seine stumme Runde macht...

«Aaah!» Die Burnell-Kinder hörten sich fast

verzweifelt an. Es war zu märchenhaft; es war zu viel für sie. Nie in ihrem Leben hatten sie so etwas gesehen. Alle Zimmer tapeziert. Bilder an den Wänden, auf die Tapete gemalt, komplett in goldene Rahmen gefaßt. Roter Teppich bedeckte alle Böden außer die Küche; rote Plüschstühle im Wohnzimmer und grüne im Eßzimmer; Tische, Betten mit richtigem Bettzeug, eine Wiege, ein Ofen, eine Anrichte mit winzigen Tellern und einem großen Krug. Aber was Kezia mehr als alles andere gefiel, war die Lampe. Sie stand mitten auf dem Eßzimmertisch, eine bezaubernde kleine Bernsteinlampe mit einer weißen Glocke. Sie war wie zum Anzünden gefüllt, obwohl man sie natürlich nicht anmachen konnte. Aber innen war etwas, das wie Öl aussah und sich bewegte, wenn man es schüttelte.

Puppenvater und Puppenmutter, die so steif ihre Glieder von sich streckten, als seien sie im Eßzimmer ohnmächtig geworden, und ihre beiden kleinen Kinder, die im ersten Stock schliefen, waren bereits zu groß für das Puppenhaus. Sie sahen nicht aus, als gehörten sie hinein. Aber die Lampe war perfekt. Sie schien Kezia zuzulächeln und zu sagen: «Ich wohne hier.» Die Lampe war wahrhaftig.

Am nächsten Morgen konnten die Burnell-Kinder nicht schnell genug zur Schule kommen. Sie brannten darauf, jedem zu erzählen, mitzuteilen, na, einfach anzugeben mit ihrem Puppenhaus, ehe die Schulglocke läutete.

«Ich werd' es erzählen», sagte Isabel, «ich bin die Älteste. Und ihr könnt nachher mitreden; aber ich darf anfangen.»

Darauf gab es keinen Widerspruch. Isabel war zwar herrisch, aber sie hatte immer recht, und Lottie und Kezia kannten die Vorrechte genau, die sich aus dem Ältersein ergaben. Sie streiften durch die dichten Butterblumen am Wegrand und sagten nichts.

«Und ich darf bestimmen, wer kommt und es sich zuerst ansieht. Mama hat gesagt, ich darf.»

Es war nämlich ausgemacht worden, daß sie, solange das Puppenhaus noch im Hof stand, ihre Schulfreundinnen, immer zwei zusammen, einladen dürften, um es anzuschauen. Nicht zum Teetrinken, natürlich, oder um durchs Haus zu stromern, sondern einfach, um still im Hof zu stehen, während Isabel die Feinheiten vorführte und Lottie und Kezia zufrieden danebenstanden ...

Aber wie sehr sie auch rannten, als sie an den Bretterzaun vom Schulhof der Jungen gelangten, hatte die Schulglocke schon zu läuten begonnen. Sie hatten gerade noch Zeit, ihre Kappen herunterzureißen und sich einzureihen, ehe ihre Namen aufgerufen wurden. Machte nichts. Isabel versuchte, überaus wichtig und geheimnisvoll auszusehen und hinter vorgehaltener Hand den umstehenden Mädchen zuzuflüstern: «Hab' euch was zu erzählen in der Pause.»

Die Pause kam, und Isabel wurde umringt. Die Mädchen aus ihrer Klasse schlugen sich fast, bloß um den Arm um sie zu legen, mit ihr ein Stück davonzuspazieren, sie schmeichlerisch anzustrahlen, ihre besondere Freundin zu sein. Sie hielt förmlich Hof unter den riesigen Fichten am Rande des Schulhofs. Kichernd umdrängten sie die kleinen Mädchen. Und die einzigen beiden, die abseits des Kreises blieben, waren die zwei, die immer abseits standen, die kleinen Kelvey-Mädchen. Sie hüteten sich, den Töchtern der Burnells zu nahe zu kommen.

Denn die Schule, in die die Burnell-Kinder gingen, war keine, die ihre Eltern gewählt hätten, wenn sie die Wahl gehabt hätten. Aber das hatten sie nicht. Es war die einzige Schule meilenweit. Und die Folge war, daß alle Kinder der Gegend, die kleinen Mädchen des Richters, die Töchter des Arztes, die Kinder des Kaufmanns, die des Milchmanns, unweigerlich miteinander auskommen mußten. Von der gleichen Anzahl ebenso grober, roher kleiner Jungen ganz zu schweigen.

Aber irgendwo mußte schließlich eine Grenze gezogen werden. Sie wurde bei den Kelvey-Kindern gezogen. Viele Kinder, auch die der Burnells, durften nicht einmal mit ihnen sprechen. Sie gingen an den Kelveys mit erhobenen Köpfen vorbei – und da sie meist vorgaben, wie man sich zu verhalten hatte, wurden die Kelveys von allen gemieden. Sogar die Lehrerin sprach mit einer anderen Stimme mit ihnen und lächelte auf gewisse Art und Weise den anderen Kindern zu, wenn Lil Kelvey zum Pult mit einem Strauß furchtbar gewöhnlich wirkender Blumen vorging.

Sie waren die Kinder einer flinken, schwer arbeitenden kleinen Waschfrau, die reihum zu den Häusern kam. Das war schlimm genug. Aber wo war Mr. Kelvey? Keiner wußte etwas Genaues darüber. Aber jeder sagte, er säße im Gefängnis. Dann wären sie die Kinder einer Waschfrau und eines Zuchthäuslers. Eine schöne Gesellschaft für anderer Leute Kinder! Und man sah es ihnen auch an. Warum Mrs. Kelvey das so deutlich machen mußte, war schwer zu begreifen. Sie kleidete sie nämlich mit den übriggebliebenen Stoffen ihrer Arbeitgeber. Lil zum Beispiel, die ein dikkes, gewöhnliches Mädchen mit vielen Sommersprossen war, kam in einem Kleid zur Schule, das aus einem grünen Tischtuch der Burnells genäht war, mit roten Samtärmeln aus den Vorhängen der Familie Logan daran. Ihr viel zu hoch sitzender Hut war der Hut einer Erwachsenen, einst das Eigentum von Miss Lecky, der Postbeamtin. Er war hinten hochgeschlagen und mit einer großen scharlachroten Feder dekoriert. Wie eine Vogelscheuche sah sie damit aus! Man mußte einfach lachen. Und ihre kleine Schwester, «unsere Else» genannt, trug ein langes weißes Kleid, einem Nachthemd ähnlich, und dazu ein Paar Jungenstiefel. Aber was auch immer unsere Else trug, sie hätte immer merkwürdig ausgesehen. Sie war ein schwaches, dünnes Kind mit kurzem Haar und übergroßen ernsthaften Augen – eine kleine weiße Eule. Niemand hatte sie je lächeln sehen; sie sprach kaum. Sie ging, sich stets an Lil haltend, durchs Leben, einen Rockzipfel von Lil in der Hand. Wo Lil hinging, folgte unsere Else. Auf dem Schulhof und auf dem Schulweg hin und zurück marschierte Lil voran und unsere Else hinterdrein. Nur wenn sie etwas wollte oder außer Atem war, zupfte und zerrte sie an Lil, und Lil blieb stehen und sah sich nach ihr um. Die Kelveys verstanden sich bestens untereinander.

Jetzt gerade hielten sie sich wieder abseits, aber man konnte nicht verhindern, daß sie zuhörten. Als die kleinen Mädchen sich umwandten und spöttisch grinsten, erschien bei Lil wie üblich ihr dummes, beschämtes Lächeln, doch unsere Else guckte nur.

Und Isabels Stimme fuhr stolz zu erzählen fort. Der Teppich erregte großes Aufsehen, ebenso die Betten mit richtigen Bezügen und der Ofen mit einer Ofentür. Sobald sie geendet hatte, fiel Kezia ein: «Du hast die Lampe vergessen, Isabel.»

«Ach ja», sagte Isabel, «ein winziges Lämpchen, ganz aus gelbem Glas gemacht, mit einer weißen Glocke, steht auf dem Eßtisch. Ihr könntet es von einem wirklichen nicht unterscheiden.»

«Die Lampe ist das schönste von allem», rief Kezia. Sie fand, Isabel machte viel zu wenig Aufhebens darum.

Aber niemand achtete darauf. Isabel wählte die beiden aus, die an diesem Nachmittag mit ihnen kommen sollten und «es» ansehen durften. Sie bestimmte Emmie Cole und Lena Logan dazu. Als aber die anderen erfuhren, daß ihnen allen dieses Angebot offenstehen sollte, konnten sie gar nicht nett genug zu Isabel sein. Eine nach der anderen umschlang Isabel und zog sie mit sich fort. Sie hatten ihr etwas zuzuflüstern, ein Geheimnis. «Isabel ist *meine* Freundin.»

Bloß die kleinen Kelvey-Mädchen zogen vergessen ab; es gab nichts mehr für sie zu hören.

Tage vergingen, und da immer mehr Kinder das Puppenhaus anschauen kamen, verbreitete sich seine Berühmtheit bald. Es wurde regelrecht Furore darum gemacht. Die einzige Frage überhaupt war: «Hast du das Puppenhaus der Burnells schon gesehen? Ach, ist es nicht fabelhaft? Du hast es nicht gesehen? Ja, wie ist denn das möglich?»

Sogar die Mittagspause diente zur Unterhaltung darüber. Die kleinen Mädchen saßen unter den Fichten, aßen ihre dick mit Hammelfleisch belegten Sandwiches und dicke, mit Butter bestrichene Johnny-Cake-Scheiben, während wie immer die Kelveys, so nah sie eben durften, bei ihnen saßen, unsere Else sich dicht bei Lil haltend, und zuhörten, wobei sie ihre Marmeladenbrote aus Zeitungspapier wickelten, das über und über mit roten Flecken besprenkelt war.

«Mutter», sagte Kezia, «kann ich nicht ein einziges Mal die Kelveys einladen?»

«Natürlich nicht, Kezia.»

«Aber warum nicht?»

«Hör schon auf, Kezia, du weißt genau, warum nicht.»

Endlich hatten es außer den beiden alle gesehen. An jenem Tag erlahmte das Interesse. Es war Mittagspause. Die Kinder standen zusammen unter den Fichten und als sie die Kelveys sahen, wie sie dort, abseits wie immer, aus ihrem Papier aßen und lauschten, bekamen sie Lust, sie zu ärgern. Emmie Cole fing mit dem Gezischel an. «Lil Kelvey wird bestimmt Dienstmagd, wenn sie groß ist.»

«Ach, wie gräßlich», sagte Isabel Burnell und sah Emmie groß an.

Emmie schluckte bedeutsam und nickte Isabel zu, wie sie es von ihrer Mutter bei derlei Gelegenheiten gesehen hatte. «Hach, hach, hach!» sagte sie.

Dann klimperte Lena Logan mit den Augen. «Soll ich sie mal fragen?» wisperte sie.

«Wetten, daß du's nicht tust», sagte Jessie May.

«Pah, ich hab' doch keine Angst», sagte Lena. Plötzlich quiekte sie auf und sprang vor den anderen Mädchen herum. «Guckt mal, guckt mal, jetzt seht her!» rief Lena. Und langsam, gleitend, einen Fuß nachziehend, hinter vorgehaltener Hand kichernd, ging Lena zu den Kelveys hinüber.

Lil sah vom Essen auf. Schnell packte sie den Rest fort. Unsere Else hielt im Kauen inne. Was kam denn jetzt?

«Lil Kelvey, stimmt es, daß du Dienstmagd wirst, wenn du erwachsen bist?» kreischte Lena.

Totenstille. Doch statt einer Antwort zeigte Lil bloß ihr dümmliches, beschämtes Lächeln. Sie schien ihr die Frage überhaupt nicht übelzunehmen. Was für ein Reinfall für Lena! Die Mädchen fingen zu kichern an.

Das ertrug Lena nicht. Sie stemmte ihre Hände in die Hüften und schoß vor. «Pfui, dein Vater sitzt ja im Gefängnis!» zischte sie gehässig.

Das ausgesprochen zu haben, war so unerhört, daß die kleinen Mädchen alle zugleich davonstoben, aufgeregt und wild vor Schadenfreude. Eine fand eine lange Schnur, und sie spielten Seilspringen. Und nie hüpften sie so hoch, rannten sie so geschickt in das Seil und wieder hinaus, trieben sie so tolle Dinge wie an jenem Morgen.

Am Nachmittag holte Pat die Burnell-Kinder mit dem Einspänner ab, und sie fuhren nach

Hause. Es war Besuch da. Isabel und Lottie, die Besuch gerne hatten, gingen hinauf, um frische Schürzen umzubinden. Aber Kezia stahl sich aus der Hintertür hinaus. Draußen war niemand; sie schaukelte ein bißchen auf dem großen weißen Gittertor zum Hof hin und her. Plötzlich, als sie den Weg hinunterschaute, entdeckte sie zwei kleine Punkte. Sie wurden größer, bewegten sich auf sie zu. Nun konnte sie einen vorn und einen dicht dahinter sehen. Jetzt konnte sie die Kelveys erkennen. Kezia hörte zu schaukeln auf. Sie schlüpfte aus der Einfahrt, als wollte sie fortlaufen. Dann zögerte sie. Die Kelveys kamen näher, und neben ihnen her liefen ihre Schatten, lang, sich quer über den Weg streckend mit den Köpfen in den Butterblumen. Kezia kletterte zurück auf das Tor; sie hatte sich anders entschieden. Sie schwang vor.

«Hallo», sagte sie zu den vorbeigehenden Kelveys.

Die waren so verblüfft, daß sie stehen blieben. Lils dummes Lächeln erschien. Das Starren unserer Else.

«Ihr könnt reinkommen und unser Puppenhaus ansehen, wenn ihr wollt!» sagte Kezia, wobei sie einen Zeh auf den Boden brachte. Aber da wurde Lil rot und schüttelte rasch den Kopf.

«Warum nicht?» fragte Kezia.

Lil holte tief Luft und sagte dann: «Deine Mama hat unsrer Mama gesagt, daß du nicht mit uns sprechen sollst.»

«Na ja», sagte Kezia. Sie wußte nicht, was sie darauf erwidern sollte. «Macht ja nichts. Ihr könnt trotzdem reinkommen und unser Puppenhaus ansehen. Los doch. Es sieht schon keiner.»

Aber Lil schüttelte noch energischer den Kopf.

«Wollt ihr denn nicht?» fragte Kezia.

Plötzlich zog und zerrte es an Lils Rock. Sie drehte sich um. Unsere Else sah sie mit großen flehenden Augen an; sie runzelte die Stirn, sie wollte gerne mitkommen. Einen Augenblick sah Lil unsere Else unentschlossen an. Aber dann zupfte unsere Else sie wieder am Rock und setzte sich in Bewegung. Kezia ging voran. Wie zwei kleine streunende Katzen folgten sie ihr durch den Hof dorthin, wo das Puppenhaus stand.

«Das ist es», sagte Kezia.

Es entstand eine Pause. Lil atmete keuchend, schnaubte fast; unsere Else war stumm wie ein Stein.

«Ich mach' es euch auf», sagte Kezia freundlich. Sie löste den Haken, und sie guckten hinein.

«Hier, das ist der Salon, und das ist das Eßzimmer, und das ist die ...»

«Kezia!»

Ach, wie sie erschraken!

«Kezia!»

Es war Tante Beryls Stimme. Sie drehten sich um. An der Hintertür stand Tante Beryl, staunend, als könnte sie ihren Augen nicht trauen. «Was unterstehst du dich, die kleinen Kelveys in den Hof zu lassen!» sagte ihre kalte, empörte Stimme. «Du weißt so gut wie ich, daß du nicht mit ihnen sprechen sollst. Ab, ab, Kinder – sofort! Und daß ihr ja nicht wiederkommt», sagte Tante Beryl. Und sie betrat den Hof und scheuchte sie hinaus, als ob sie Hühner wären. «Fort mit euch, sofort!» rief sie kalt und hochmütig.

Das brauchten sie nicht zweimal gesagt zu bekommen. Brennend vor Scham, in sich zusammengekrochen, ganz wie ihre Mutter, stahl sich Lil eilig davon, unsere Else war wie betäubt; irgendwie überquerten sie den großen Hof und zwängten sich durch das weiße Gittertor.

«Du böses, ungehorsames Kind!» sagte Tante Beryl bitter zu Kezia und warf die Tür zum Puppenhaus zu. Der Nachmittag war schlimm für sie gewesen. Ein Brief von Willie Brent war gekommen, ein schrecklicher Brief mit der Drohung, falls sie ihn heute abend nicht in Pulman's Buschhain treffen würde, käme er einfach zur

Haustür und würde sie nach dem Grund fragen! Aber jetzt, nachdem sie diese kleinen Ratten von Kelveys ordentlich erschreckt und Kezia tüchtig angefahren hatte, war ihr leichter ums Herz. Der entsetzliche Druck hatte aufgehört. Sie ging vor sich hinsummend ins Haus zurück.

Als die Kelveys ganz außer Sichtweite waren, setzten sie sich auf ein großes rotes Kanalrohr am Wegrand, um sich auszuruhen. Lils Gesicht glühte noch; sie nahm den Hut mit der Feder ab und legte ihn auf die Knie. Ganz versunken sahen sie über die Weiden, über den Bach zu der Gruppe von Akazienbäumen, wo Logans Kühe standen und auf das Melken warteten. Was sie wohl dachten?

Plötzlich rückte unsere Else nahe an ihre Schwester heran. Denn jetzt hatte sie die empörte Lady vergessen. Sie streckte einen Finger aus und streichelte die Feder ihrer Schwester; sie lächelte ihr seltenes Lächeln. «Ich hab' die kleine Lampe gesehen», sagte sie weich. Dann waren sie beide wieder stumm.

(Eine Dame und ihr Ehemann sitzen beim Frühstück. Er, ganz ruhig, liest die Zeitung und ißt. Sie hingegen ist merkwürdig aufgeregt, reisefertig angezogen und tut nur so, als ob sie essen würde.)

Sie: Übrigens, falls du deine Flanellhemden brauchst: Sie sind im rechten unteren Fach des Wäscheschranks.

Er (bei einem Sitzungsbericht der «Meat Export Company»): Nein.

Sie: Du hast nicht zugehört. Ich sagte, falls du deine Flanellhemden brauchst, sie sind im rechten unteren Fach des Wäscheschranks.

Er (entschieden): Damit bin ich völlig einverstanden.

Sie: Es ist doch reichlich merkwürdig, daß du an einem solchen Morgen, an dem ich fortgehe, deine Zeitung nicht für fünf Minuten weglegen kannst.

Er (versöhnlich): Meine liebe Frau, ich will ja gar nicht, daß du fortgehst. Im Gegenteil, ich habe dich gebeten zu bleiben. Bei allen guten Geistern kann ich nicht einsehen…

Sie: Du weißt ganz genau, daß ich nur gehe, weil es unbedingt sein muß. Ich habe es aufgeschoben und aufgeschoben, und der Zahnarzt sagte das letzte Mal…

Er: Gut, gut! Wir wollen nicht noch einmal von vorne anfangen. Wir haben es doch alles gründlich durchgedroschen – oder?

Das Dienstmädchen: Die Droschke ist da, Madam.

Sie: Bitte verstauen Sie mein Gepäck.

Das Dienstmädchen: Jawohl, Madam. (Die Frau seufzt hörbar.)

Er: Du hast nicht allzuviel Zeit, wenn du diesen Zug erreichen willst.

Sie: Ich weiß. Ich gehe schon. (In verändertem Ton:) Liebling, wir wollen uns doch nicht so trennen. Das macht mich ganz krank. Warum scheinst du bloß immer so hellauf begeistert zu sein, wenn du mir ein Vergnügen verderben kannst?

Er: Ich finde nicht, daß zum Zahnarzt gehen so hellauf vergnüglich ist.

Sie: Du weißt, das meine ich nicht. Du sagst das doch nur, um mich zu kränken. Du willst ja nur recht haben.

Er (lachend): Und du verpaßt deinen Zug. Du bist dann Donnerstagabend wieder zurück, nicht wahr?

Sie (mit schwacher, verzweifelter Stimme): Ja, am Donnerstagabend. Dann auf Wiedersehen. (Sie kommt zu ihm herüber und nimmt seinen Kopf in ihre Hände.) Stimmt denn etwas nicht? Sieh mich wenigstens an. Bin ich dir denn – ganz gleichgültig?

Er: Mein liebes Kind, das ist ja wie der Abgang einer Filmdiva.

Sie (läßt die Hand sinken): Na, also schön. Auf Wiedersehen. (Sie umfaßt mit raschem, tragischem Blick das Eßzimmer und geht.)

(Auf dem Weg zum Bahnhof)

Sie: Wie seltsam das Leben doch ist! Ich hätte nicht gedacht, daß es mir mal so zusetzen würde. Irgendwie ist der ganze Zauber weg. Oh, was würde ich darum geben, wenn die Droschke umkehrte und zurückführe. Das Merkwürdigste ist: Hätte er mir wirklich zu verstehen gegeben, er liebe mich, dann wäre es mir viel leichter gefallen, ihn zu verlassen. Absurd. – Wie stark das Heu riecht. Es wird ein sehr heißer Tag werden. Diese Felder werde ich nie mehr sehen. Nie!

Nie! Andererseits bin ich froh, daß es so vonstatten ging; es setzt mich endgültig, unwiderruflich, völlig ins Recht. Er braucht überhaupt keine Frau. Eine Frau bedeutet ihm nichts. Er ist nicht der Typ Mann, der irgendwen lieben kann – keinen, außer sich selbst. Ich bin nur dazu da, seine Manschettenknöpfe aus seinen Hemden zu nehmen, bevor sie in die Wäsche kommen – das ist alles! Und das ist mir nicht genug. Ich bin jung – Ich bin zu stolz. Ich bin nicht der Typ Frau, der auf dem Lande vor sich hinvegetiert und über «unseren» Salat in Entzücken ausbricht ...

Seit wir verheiratet sind, hast du versucht, mich zu unterdrücken, mich in deinen Schatten zu verwandeln; du willst dich so sehr auf mich verlassen können, daß du bloß aufzuschauen brauchst und die aktuelle Zeit auf mir irgendwie angezeigt findest, als wäre ich eine Uhr. Nie warst du auf mich neugierig; nie hast du versucht, meine Seele zu erforschen. Nein; du wolltest mich an deine friedliche Existenz ketten. Oh, wie deine Blindheit mich beleidigt hat – wie ich dich deswegen hasse! Ich bin froh – dankbar, dankbar, daß ich dich verlassen habe. Ich bin keine junge Gans. Ich bin nicht eingebildet, aber ich kenne meine Stärken. Nicht grundlos habe ich mich immer nach Reichtum und Leidenschaft und Freiheit gesehnt und sie als mir rechtmäßig zustehend empfunden. (Sie lehnt sich an das Knopfpolster der Droschke und murmelt:) Du bist eine Königin. Gewähre mir die Freude, dir dein Königreich zu geben. (Sie lächelt auf ihre kleinen königlichen Hände nieder.)

Ich wollte, mein Herz würde nicht so sehr klopfen. Es tut mir wirklich weh. Es erschöpft mich so und regt mich so auf. Es ist, als sei jemand in furchtbarer Eile und schlage gegen die Tür... Diese Droschke kriecht nur so dahin; bei dem Tempo werden wir nie zum Bahnhof kommen. Schnell! Schnell! Liebling, ich komme, so schnell ich nur kann. Ja, ich leide ebenso wie du. Es ist entsetzlich, ist unerträglich – diese letzte halbe Stunde ohne einander... O Gott! Das Pferd ist wieder in Schritt gefallen. Warum schlägt er die Bestie denn nicht?... Unser wunderschönes Leben! Wir werden durch die ganze Welt zusammen reisen. Die ganze Welt wird unser sein, weil wir uns lieben. Oh, gedulde dich! Ich komme, so schnell ich nur irgend kann... Ah, jetzt geht es bergab; jetzt fahren wir wirklich schneller. (Ein alter Mann versucht die Straße zu überqueren.) Geh aus dem Weg, alter Dummkopf! Er verdient es, überfahren zu werden... Liebling – Liebling, ich bin fast da. Habe nur Geduld!

(Am Bahnhof)

Sie: Tragen Sie es in ein Abteil Erster Klasse, Raucher!... Schließlich ist noch viel Zeit. Ganze zehn Minuten, bis der Zug abfährt. Kein Wunder, daß er noch nicht da ist. Ich darf nicht aussehen, als hielte ich nach ihm Ausschau. Aber ich muß sagen, daß ich enttäuscht bin. Nie habe ich mir träumen lassen, als erste hier zu sein. Ich dachte, er wäre hier und hätte ein Abteil reserviert und Zeitungen und Blumen gekauft... Wie merkwürdig! Ich habe mir rosafarbene, in Papier eingewickelte Nelken vorgestellt... Er weiß, wie gern ich Nelken habe. Aber rosafarbene sind nicht mein Fall. Dunkelrote oder blaßgelbe habe ich lieber. Er wird tatsächlich zu spät kommen, wenn er jetzt nicht eintrifft. Der Schaffner hat angefangen, die Türen zu schließen – was kann denn bloß passiert sein? Etwas Furchtbares. Vielleicht hat er sich im letzten Augenblick erschossen... Ich könnte den Gedanken nicht ertragen, dein Leben zerstört zu haben... Aber du zerstörst mein Leben nicht. Ach, wo bist du? Ich muß jetzt einsteigen... Wer ist denn das? Das ist doch nicht er? Das kann doch nicht sein – doch, er ist es. Was, um Himmels willen, hat er auf dem Kopf? Eine schwarze Mütze. Wie gräßlich.

Er ist ja ganz verändert. Weswegen mag er eine schwarze Mütze aufhaben? Ich hätte ihn nicht erkannt. Wie albern er aussieht, wie er so auf mich zukommt, lächelnd, mit dieser schauderhaften Mütze.

Er: Liebling, ich werde es mir nie verzeihen. Aber das Blödeste, Absurdeste ist mir passiert. (Sie steigen ein.) Ich habe meinen Hut verloren. Er ist einfach verschwunden. Das halbe Hotel hat mitgesucht. Keine Spur. So habe ich endlich in Verzweiflung *dies* von jemandem, der dort wohnte, borgen müssen. (Der Zug fährt ab.) Du bist doch nicht böse! (Er versucht, sie in die Arme zu nehmen.)

Sie: Nicht! Wir sind noch nicht einmal aus dem Bahnhof.

Er (glühend): Großer Gott! Was kümmert's mich, wenn die ganze Welt uns sieht! (Er versucht, sie in die Arme zu nehmen.) Meine Wunderbare! Mein Glück!

Sie: Bitte nicht! Ich hasse es, in Zügen geküßt zu werden.

Er (tief gekränkt): Na schön. Du bist doch böse. Ernsthaft böse. Du kommst nicht darüber hinweg, daß ich zu spät gekommen bin. Aber wenn du wüßtest, welche Ängste ich ausgestanden habe …

Sie: Wie kannst du mich für so kleinlich halten! Ich bin gar nicht böse.

Er: Warum willst du dich dann nicht küssen lassen?

Sie (hysterisch lachend): Du siehst irgendwie so anders aus – fast wie ein Fremder.

Er (springt auf und sieht sich besorgt im Spiegel an und, wie sie findet, dümmlich): Aber es ist doch alles in Ordnung, nicht wahr?

Sie: O ja, ganz in Ordnung. Vollkommen in Ordnung. Oh, oh, oh! (Sie beginnt vor Wut zu lachen und zu weinen.)

(Sie kommen an)

Sie (während er eine Droschke anhält): Ich muß darüber hinwegkommen. Ich bin ja besessen. Aber es ist unglaublich, wie so etwas einen Mann derart verändern kann. Ich muß ihm sagen: «Meinst du nicht, jetzt, wo du in der Stadt bist, solltest du dir lieber einen Hut kaufen?» Aber dann würde er merken, wie scheußlich die Mütze war. Und das Sonderbare ist, daß er selbst nicht darauf kommt. Ich meine, wenn er sich im Spiegel gesehen hat und die Mütze nicht einmal lächerlich findet, müssen unsere Standpunkte doch sehr verschieden sein … Wie unsäglich verschieden! Ich glaube, wenn ich ihn auf der Straße gesehen hätte, so hätte ich gesagt, ich könnte unmöglich einen Mann lieben, der so eine Mütze trägt. Ich hätte ihn nicht einmal kennenlernen mögen. Er ist überhaupt nicht mein Typ. (Sie blickt um sich.) Jeder lächelt darüber. Na, mich wundert es nicht. Diese Form, die seine Ohren abstehend erscheinen und ihm gar keinen Hinterkopf läßt.

Er: Die Droschke steht bereit, Liebling. (Sie steigen ein.)

Er (versucht ihre Hand zu nehmen): Welch ein Wunder, daß wir beide nun einfach so zusammen fahren. (Sie richtet ihren Schleier.)

Er (versucht überaus feurig, ihre Hand zu ergreifen): Ich werde ein Doppelzimmer mieten, meine Geliebte.

Sie: Aber nein! Selbstverständlich mußt du zwei Einzelzimmer nehmen.

Er: Aber meinst du nicht, es wäre klüger, keinen Verdacht aufkommen zu lassen?

Sie: Ich brauche mein eigenes Zimmer. (Für sich:) Dann kannst du deine Mütze hinter deiner eigenen Tür aufhängen! (Sie bricht in hysterisches Lachen aus.)

Er: Ach, Gott sei Dank! Meine Königin hat ihr glückliches Selbst wiedergewonnen!

(Im Hotel)

Empfangschef: Ja, mein Herr, ich verstehe vollkommen. Ich denke, ich habe genau das Passende für Sie. Wollen Sie bitte mitkommen? (Er bringt sie zu einem kleinen Vorraum mit einem angrenzenden Schlafzimmer.) Das würde Ihnen doch wohl zusagen, nicht wahr? Und wenn Sie wollen, könnten wir Ihnen ein Bett auf dem Sofa richten.

Er: Oh, ausgezeichnet, ganz ausgezeichnet! (Der Empfangschef geht.)

Sie (wütend): Aber ich habe dir doch gesagt, daß ich ein Zimmer für mich allein brauche. Mir mit so einem Trick zu kommen! Ich habe dir gesagt, daß ich das Zimmer nicht teilen will. Wie unterstehst du dich, mich so zu behandeln? (Sie äfft ihn nach:) «Ausgezeichnet, ganz ausgezeichnet!» Das werde ich dir nie vergessen!

Er (überwältigt): Mein Gott, was ist denn geschehen! Ich verstehe es nicht – ich tappe völlig im dunkeln: Warum hast du plötzlich an diesem Tag aller Tage aufgehört, mich zu lieben? Was habe ich denn getan? Sag es mir!

Sie (sinkt aufs Sofa): Ich bin sehr müde. Wenn du mich wirklich liebst, so laß mich bitte allein. Ich – ich möchte nur ein wenig für mich sein.

Er (zärtlich): Jawohl. Ich will mir Mühe geben, zu verstehen. Ich begreife schon. Ich werde für eine halbe Stunde ausgehen, und dann, meine Liebe, bist du vielleicht ruhiger. (Er sieht sich zerstreut um.)

Sie: Was ist denn?

Er: Mein Herz – du sitzt auf meiner Mütze. (Sie stößt einen regelrechten Schrei aus und begibt sich ins Schlafzimmer. Er geht. Sie wartet einen Augenblick, zieht dann ihren Schleier herunter und nimmt ihren Koffer.)

(Im Taxi)

Sie: Ja, Waterloo Station. (Sie lehnt sich zurück.) Ah, ich bin entronnen – ich bin entronnen! Ich werde gerade rechtzeitig den Nachmittagszug erreichen. Nach Hause. Oh, es ist wie ein Traum – ich werde noch vor dem Abendessen zu Hause sein. Ich werde ihm sagen, in der Stadt sei es zu heiß gewesen oder der Zahnarzt sei verreist. Was macht das schon? Ich habe ein Recht auf mein eigenes Zuhause ... Wie herrlich, vom Bahnhof aus heimwärts hinzufahren; die Felder werden so herrlich duften. Für das Abendbrot ist noch kaltes Huhn von gestern übrig und Götterspeise mit Orangengeschmack ... Ich war verrückt, aber jetzt bin ich wieder vernünftig. Oh, mein Mann!

DER KANARIENVOGEL

... Sehen Sie den großen Nagel rechts von der Eingangstür? Ich kann jetzt noch kaum hinsehen, und trotzdem brächte ich es nicht über mich, ihn herauszureißen. Ich möchte mir vorstellen, er würde immer dort bleiben – auch noch nach mir. Manchmal höre ich die Leute, die nach mir hier wohnen werden, sagen: «Daran muß bestimmt einmal ein Käfig gehangen haben.» Und das tröstet mich; ich spüre, er ist nicht ganz vergessen.

...Sie können sich nicht vorstellen, wie reizend er sang. Es war nicht wie das Gezwitscher anderer Vögel. Und das bilde ich mir nicht etwa ein. Manchmal habe ich von meinem Fenster aus gesehen, wie jemand an der Gartentür stehen blieb, um zuzuhören, oder ein Weilchen am Zaun, am Zierorangenstrauch lehnte – völlig entzückt. Vermutlich klingt Ihnen das übertrieben, was es nicht täte, wenn Sie ihn gehört hätten – wirklich, es schien mir, als zwitschere er richtige Lieder mit einem Anfang und einem Ende.

Zum Beispiel, wenn ich nachmittags mit der Hausarbeit fertig gewesen bin und eine andere Bluse anzog und meine Näharbeit hier in die Veranda brachte, dann hüpfte er, hopp-hopp, von einer Stange auf die andere, klopfte gegen die Stäbe, als wollte er meine Aufmerksamkeit erregen, nippte ein wenig Wasser, wie es auch ein richtiger Berufssänger getan haben könnte, und schlug dann so vorzüglich ein Lied an, daß ich einfach meine Nadel sinken lassen und ihm zuhören mußte. Ich kann es nicht beschreiben; ich wünschte, ich könnte es. Aber es war immer dasselbe, jeden Nachmittag, und ich meinte, jeden einzelnen Ton begriffen zu haben.

...Ich hatte ihn lieb. Und wie ich ihn liebte! Vielleicht kommt es nicht so sehr darauf an, was man auf dieser Welt liebt. Aber etwas liebhaben muß man. Natürlich habe ich immer mein kleines Haus und den Garten gehabt, aber irgendwie war das nicht genug. Blumen erwidern Empfänglichkeit sehr, aber sie fühlen nicht mit. Dann habe ich den Abendstern geliebt. Klingt das albern? Nach dem Sonnenuntergang ging ich immer in den Hinterhof und wartete, bis er über dem dunklen Eukalyptusbaum aufging. Ich flüsterte dann: «Da bist du ja, Liebling!» Und in eben diesem ersten Augenblick schien er nur mir allein zu leuchten. Er schien dieses Etwas zu begreifen, das wie Sehnsucht und doch keine ist – oder Trauer? Nein, mehr als das. Denn Trauer worüber? Ich habe so vieles, wofür ich dankbar bin.

...Doch seit er in mein Leben gekommen war, vergaß ich den Abendstern; ich brauchte ihn nicht länger. Es war merkwürdig. Als der Chinese, der von Haus zu Haus ging und Vögel verkaufte, ihn in seinem winzigen Käfig hochhielt, und er, anstatt ängstlich zu flattern wie es sonst arme kleine Finken tun, leise zwitscherte, da hörte ich mich wie zu dem Stern über dem Eukalyptusbaum sagen: «Da bist du ja, Liebling.» Von diesem Augenblick an gehörte er mir.

...Noch jetzt nimmt es mich wunder, wie er und ich Anteil am Leben des anderen nahmen. Sobald ich in der Frühe herunterkam und das Tuch von seinem Käfig fortzog, begrüßte er mich mit einem verschlafenen schwachen Ton. Ich wußte, er meinte: «Frauchen, Frauchen!» Dann hängte ich ihn an den Nagel draußen, während ich meinen drei Söhnen das Frühstück richtete, und ich trug ihn erst wieder hinein, wenn wir das Haus für uns allein hatten. Wenn der Abwasch fertig war, machten wir uns immer einen kleinen Spaß. Ich breitete eine Zeitung über dem Tisch aus, und wenn ich den Käfig darauf stellte, schlug er immer verzweifelt mit den Flügeln, als wüßte er nicht, was jetzt käme. «Du bist vielleicht ein kleiner Schauspieler», schalt ich ihn dann. Ich säuberte den Einsatz, bestreute ihn mit frischem Sand, füllte Körner und Wasser nach, klemmte etwas Vogelmiere und eine halbe Chilischote zwischen die Stäbe. Und ganz bestimmt verstand und würdigte er jeden Handgriff dieser kleinen Prozedur.

Von Natur aus war er nämlich überaus reinlich. Nie war ein Sprenkel auf seiner Stange. Und Sie hätten nur seine Freude am Baden gesehen haben müssen, um zu begreifen, daß er eine große Vorliebe für Reinlichkeit hatte. Sein kleines Wasserbecken wurde zum Schluß hineingestellt, und sofort sprang er hinein. Erst flatterte der eine Flügel, dann der andere, dann tauchte er mit dem Kopf hinein und bespritzte die Brustfedern. Wassertropfen flogen durch die ganze Küche, doch er wollte nicht heraus. Dann sagte ich zu ihm: «Also, das ist jetzt aber genug, du willst ja nur angeben!» Und endlich hüpfte er heraus und begann sich, auf einem Bein stehend, trockenzuschnäbeln. Zum Schluß schüttelte er sich, flatterte und zwitscherte und erhob seine Stimme – ach, ich ertrage es kaum, daran zu denken. Das war immer die Zeit, in der ich die Messer putzte. Und fast war mir, als sängen die Messer auch, während ich sie auf dem Brett blankrieb.

... Verstehen Sie, er war mir Gesellschaft, einzigartige Gesellschaft. Wenn Sie mal allein gelebt haben, dann werden Sie wissen, wie kostbar dergleichen ist. Natürlich waren da meine drei Jungen, die jeden Abend zum Essen kamen, und manchmal blieben sie noch hinterher im Eßzimmer und lasen Zeitung. Aber ich konnte nicht erwarten, daß sie meine kleinen alltäglichen Dinge interessierten. Warum auch? Ich bedeutete ihnen nichts. Ganz bestimmt. Eines Abends hatte ich gehört, wie sie auf der Treppe von mir als der «Vogelscheuche» sprachen. Machte nichts. Es machte mir nichts. Ich verstehe es sogar. Sie sind jung. Warum sollte ich ihnen das übelnehmen? Aber ich weiß noch, an diesem Abend war ich besonders dankbar, daß ich nicht völlig allein war.

Ich erzählte es ihm, als sie fort waren. «Weißt du», sagte ich, «wie sie dein Frauchen nennen?» Und er legte den Kopf zur Seite und sah mich mit einem seiner glänzenden Äuglein so lange an, bis ich lachen mußte. Es schien ihn zu freuen.

... Haben Sie jemals einen Vogel gehalten?

Wenn nicht, wird das alles übertrieben für Sie klingen. Manche meinen, Vögel seien kalte, herzlose kleine Geschöpfe, nicht wie Hunde oder Katzen. Meine Waschfrau, die montags kam, sagte, wenn sie sich wieder einmal wunderte, daß ich keinen hübschen Foxterrier hielt: «Ein Kanarienvogel kann nicht trösten, Miss!»

Das ist nicht wahr. Völlig falsch. Ich erinnere mich da an eine Nacht. Ich hatte einen ganz schrecklichen Traum gehabt – Träume können entsetzlich grausig sein. Selbst nachdem ich aufgewacht war, konnte ich nicht darüber hinwegkommen. Da zog ich meinen Morgenrock über und ging in die Küche hinunter, um mir ein Glas Wasser zu holen. Es war eine Winternacht, und es regnete heftig. Wahrscheinlich war ich noch im Halbschlaf, aber mir war, als ob mich die Dunkelheit durch das fensterladenlose Küchenfenster beobachtete. Und plötzlich empfand ich es als vollkommen unerträglich, niemanden zu haben, zu dem ich «Ich hatte einen schrecklichen Traum» hätte sagen können oder «Beschütz mich doch vor der Dunkelheit!» Ich bedeckte für ein paar Augenblicke sogar mein Gesicht mit den Händen.

Und dann kam ein kleines «Piep! Piep!» Sein Käfig war auf dem Tisch, und das Tuch war verrutscht, so daß ein Lichtspalt hineingefallen war. «Piep, piep» sagte das liebe kleine Kerlchen wieder leise, wie um zu sagen: «Ich bin doch da, Frauchen, ich bin da!» Das war so tröstlich, daß ich hätte weinen können.

... Und nun ist er tot. Ich werde nie mehr einen anderen Vogel halten oder irgendein anderes Haustier. Wie könnte ich? Als ich ihn fand, auf dem Rücken liegend, sein Auge trüb und seine Krallen verkrampft – als ich begriff, daß ich meinen Liebling nie mehr wieder singen hören würde, da schien etwas in mir zu sterben. Mein Herz war leer, als wäre es sein Käfig. Ich werde darüber hinwegkommen. Natürlich. Ich muß. Man kann mit der Zeit über alles hinwegkommen. Und die Leute sagen, ich wäre von Natur aus fröhlich. Sie haben recht. Gott sei Dank bin ich das.

... Trotzdem, ohne krampfhaft zu grübeln und Erinnerungen und dergleichen nachzuhängen, muß ich zugeben, daß für mich etwas Trauriges im Leben liegt. Schwer zu sagen, was es ist. Ich meine nicht die Sorgen, die wir alle kennen, wie Krankheit, Armut und Tod. Nein, es ist etwas anderes. Es ist da, tief, tief drinnen, Teil von einem selbst wie der Atem. Wie schwer ich auch arbeite und mich verausgabe, ich brauche nur kurz innezuhalten und weiß, es ist da, wartet. Oft frage ich mich, ob alle so empfinden. Man weiß ja nie. Aber ist es nicht merkwürdig, daß in seinem süßen, kleinen, fröhlichen Gesang gerade dies – Traurigkeit? – durchklang? Ach, was ist es? – Was ich hörte.

ANMERKUNGEN

Rosabels Tagtraum

1 Die zahlreichen «Corner Houses» des brit. Unternehmens Joseph Lyons & Co. stellten zu Beginn des 19. Jhs. die preisgünstigste Möglichkeit dar, sich in London auf einen Tee zu treffen.

2 Roman der engl. Schriftstellerin Annie Sophie Cory (1868–1952), die unter dem Pseudonym Victoria Cross für ein Massenpublikum schrieb. Das Werk, das 1901 erschien, spielt in Indien und Burma zu Zeiten des British Empire und handelt von der Generalstochter Anna Lombard, die hin- und hergerissen ist zwischen der Liebe zu dem hochangesehenen Gerald Ethridge und der zu ihrem ind. Diener.

3 Eines der bestbeworbenen Produkte zwischen 1899 und 1905. Die Seife, ab 1869 in den USA produziert, wurde mit für diese Zeit ungewöhnlich aufwendigen Mitteln vertrieben. Dazu gehörten Vertreter, die bis nach Europa reisten und dort so ausgedehnte Werbemaßnahmen initiierten, daß man witzelte, die Kinder der Alten Welt würden eher den Namen «Sapolio» als den Napoleons kennen.

4 «Lamplough's Pyretic Saline», ein von Henry Lamplough (1813–1894) entwickeltes Allzweckmittel aus Großbritannien, das vor allem bei Leber-, Nieren- und Magenbeschwerden helfen sollte.

5 Erste Untergrundstation im Londoner Stadtteil Ken-

sington/Chelsea, die mit Rolltreppen ausgestattet wurde. Ein Angestellter der «London Underground» mit einem Holzbein, genannt «Bumper Harris», fuhr diese nach der Eröffnung im Jahr 1911 mehrere Tage lang hinauf und hinunter, um die skeptischen Fahrgäste von ihrer Gefahrlosigkeit zu überzeugen.

6 In Anlehnung an eine leichte, vierrädrige Kutsche benannt, handelt es sich bei dem «Electric Brougham» um einen elektrisch betriebenen Zweitürer.

7 Gegründet im Jahr 1832, ist der «Carlton Club» einer der renommiertesten Londoner Clubs, der zahlreiche Abgeordnete der Tories, später der «Conservative Party» zu seinen Mitgliedern zählte. Bis heute können nur männliche Bewerber der Vollmitgliedschaft teilhaftig werden, Frauen erhalten gegebenenfalls einen eingeschränkten assoziierten Status.

8 Offizieller Hofbericht des Buckingham Palace über die Aktivitäten der Königlichen Familie, der bis heute täglich in der *Times*, dem *Daily Telegraph* und dem *Scotsman* veröffentlicht wird. Mitunter finden dort auch Ereignisse Erwähnung, die nichtadelige Protagonisten betreffen.

Die Frau von der Theke

1 Das zu den Polynesiern gehörende Volk der Maori bildet seit dem 14. Jh. die einheimische Bevölkerung Neuseelands.

2 Königin Victoria (1819–1901) regierte das Vereinigte Königreich von Großbritannien und Irland von 1837 bis zu ihrem Tod; ab 1876 war sie außerdem Kaiserin von Indien. Mit großen Feierlichkeiten wurde in den

Jahren 1887 und 1897 ihr goldenes bzw. diamantenes Thronjubiläum von fünfzig respektive sechzig Jahren Regentschaft zelebriert.

3 Richard John Seddon (1845–1906) war von 1893 bis 1906 Ministerpräsident von Neuseeland.

4 Kaffee-Ersatz, der aus Zucker, Kaffee- und dem Extrakt der Zichoriewurzel besteht und in warmer Milch aufgelöst wird; ursprünglich hergestellt von der schott. Firma Paterson.

NACHWORT

Wie hat sie wohl wirklich ausgesehen? Es gibt Familienbilder von einer kleinen Dicken mit runden Brillengläsern im Schulmädchenalter in Neuseeland und die Fotografie der fünfzehnjährigen Studentin in London, leicht zurückgelehnt, in weißer Bluse, die Hände vor den Knien verschränkt, apart; Virginia Woolf, nicht frei von Neid, rügte ihre groben Züge. Spätere Aufnahmen zeigen sie mit Ponyfransen und lebenshungrigen Augen, dem leichten Silberblick, den «*gu gu eyes*», wie die Lawrences sagen, dann erscheint sie an einem Tisch mit einem kleinen Buddha im Hintergrund, und dann, schon krank, schmal, mit nach Luft schnappendem Mund; und in ihrem letzten Jahr in Sierre in der Schweiz, in der Julihitze warm angezogen, mit einem Hut aus strengen, runden Rüschen, in einem Korbstuhl sitzend, hat sie den Blick auf John Middleton Murry gerichtet.

Katherine Mansfield, geboren am 14. Oktober 1888, die eigentlich Kathleen Beauchamp hieß und ihren Nachnamen Mansfield der großmütterlichen Linie entnahm, hat sich vielfach gewandelt, im Aussehen, in der Lebenseinstellung. Erlebnisbesessen wollte sie mehrere Leben kosten, durchmachen, erfahren. «*Experience*» ist das Wort, mit dem D.H. Lawrence die Freundin in *Liebende Frauen* kenntlich macht.

In England hat sie zuerst kleine Geschichten für das *College Magazine* geschrieben (*Über Pat*) und alle äußeren und inneren Möglichkeiten – auch die lesbischer Art – entdeckt; sie beginnt die lebenslange Freundschaft mit Ida Constance Baker, der L.M. ihres Tagebuchs; vielleicht ist sie auch der sie so beeindruckenden Verwandten, der Gräfin Elizabeth von Arnim, Verfasserin von *Elizabeth und ihr Garten*, begegnet.

Nach einem Jahr der Ausbildung kehrt sie nach Wellington zurück zu ihrem Vater, dem Präsidenten der Neuseeländischen Bank, einem der reichsten und ihr gegenüber schäbigsten Männer – zurück zu der kränkelnden Mutter und zu den Geschwistern, von denen ihr der kleine Bruder «Chummie» am nächsten steht.

Abgeschnitten vom englischen Kulturboden ist sie todunglücklich. Das Herz, von dem sie schrieb, es habe ein abgeschlossenes Abteil, beschriftet «Träume», tobt sich in empörten Ausbrüchen und Sehnsüchten in ihrem Tagebuch aus. Sie erzwingt ihre Rückkehr nach England, erhält zwei britische Pfund zum Leben, wohnt in London in einem Heim für Musikstudentinnen, denn sie spielt Cello und singt, und eines Tages erscheint sie in rot-weiß gestreifter Bluse und braunem Tweedrock im Aufenthaltsraum und sagt, kalt bis in die letzte Faser und völlig unbeteiligt: «Ich habe mich soeben verheiratet.»

Um der Erfahrung willen ... fast zufällig. Mr. Bowden ist Musiklehrer in Cambridge. Nach der Hochzeitsnacht läuft sie ihm davon. Bald darauf erwartet sie (vermutlich von dem Bruder des Jugendfreundes Caesar) ein Kind, die Familie weiß nicht, von wem; man kennt ihre Bemerkung: «Ich wüßte gern, von wem Mrs. *** ihr Kind erwartet, von Mr. *** oder von seinem Regenschirm. Ich glaube, von seinem Regenschirm.» Ihre Mutter, Annie Beauchamp, kommt nach England gereist. Katherine erwartet sie am Bahnhof zusammen mit Verwandten, ihrem Vormund und ihrer Freundin Ida Baker, die sie noch mit einem neuen Hut ausstaffiert hat. Katherine steht ein wenig abseits, als der «*boat train*» einläuft. Die Mutter begrüßt ihre Verwandten und sagt zu ihrer Tochter, um deretwillen sie zwölftausend Meilen weit gereist ist, als erstes: «Um Gottes willen, was für einen Hut hast du auf, als wolltest du auf eine Beerdigung gehen!»

Daß ein Stückchen wildes Leben mit einer so bürgerlichen Pointe endet, geht ihr nach. Der Hut – allerdings der extravagante Hut –, dessen man sich in besonderen Situationen schämt, steht am Ende der *Gartenparty* – Symbol geworden – zwölf Jahre später.

Einstweilen schreibt sie auf: «*Je pense* all die schrecklichen möglichen Dinge, den ganzen Schmutz. Herzweh bis zur physischen Krankheit – ohne Heim, nirgends, wo ich meinen Hut aufhängen könnte und sagen: Hier gehöre ich her; aber solch einen Platz gibt es auf der ganzen Welt für mich nicht. Doch *attendez*: Du darfst nicht essen und besser nicht schlafen! Aber es ist nicht gut, fit zu wirken und sich tot zu fühlen.»

Ihre Familie verfrachtet sie nach Bayern. Dort, in Bad Wörishofen, *In einer deutschen Pension*, schreibt sie sarkastische Skizzen, macht durch polnische Emigranten auch Bekanntschaft mit der russischen Literatur. Beim Hochhieven ihres Koffers auf einen Schrank erleidet sie eine Fehlgeburt, die sie unendlich bedauert.

Nach der vorübergehenden Rückkehr zu Mr. Bowden überläßt sie sich erneut der Londoner Boheme, «*Drifting, drifting...*». Das Sichtreibenlassen hat sie ersehnt von der ersten Schiffsreise an, nach dem Woher, Wohin hat sie nicht gefragt, hat nur ihrem Instinkt vertraut – und geht nachtwandlerisch sicher den Weg dahin, wo ihr Leben sich mit der Kunst trifft, nicht stecken bleibt, sondern Ausblick bietet.

Wir finden sie in der ersten Londoner Ausstellung 1911 vor den Bildern van Goghs wieder. Die Fabier-Zeitschrift *The New Age*, deren erste Spalten für George Bernard Shaw reserviert sind, bringt ihre zynischen Geschichten aus Deutschland, gewandt im Erfassen leiser Schwingungen, modern durch aufblitzenden Hohn. Später, als sie während des Krieges mit einer Wiederveröffentlichung von *In einer deutschen Pension* hätte Geld verdienen können, hat sie diese Skizzen als unreif abgelehnt.

Dann sendet sie das Manuskript von *Die Frau an der Theke* an die Zeitschrift *Cosmic Rhythm*, die jung und voller Elan in der ersten Nummer 1911 den ersten Picasso-Druck und dann die erste Derain-Zeichnung in England bringt. John Middleton Murry, noch Student in Oxford, redigiert sie.

Der Romancier W.L. George lädt beide ein. Katherine fährt im taubengrauen Abendkleid mit einer roten Blume am Gürtel im Taxi vor.

Sie begegnen sich wieder. Murry ist überrascht, wie bescheiden sie haust. Er wird in einen Schaukelstuhl plaziert, während sie Tee auf dem Boden serviert und man über Literatur spricht, wie es die Erzählung *Psychologie* wiedergibt. Der Oxford-Student bricht sein Studium ab, um nur noch als Kritiker zu arbeiten. An einem warmen Aprilabend 1912, während sie noch um den Brunnen von Piccadilly Circus gehen, sagt Katherine, da sie immer die Führende in menschlichen Beziehungen ist: «*I have a suggestion to make…*», den Vorschlag, daß er zu ihr zieht. Murry nimmt an – ein Schicksal hat sich damit entschieden. Trotz Not und zahlloser Umzüge gedeiht ihrer beider Arbeit, wird Katherine weniger zynisch, nachdenklicher, sagt indes zu einer ihrer Freundinnen, Murry könne kein Würstchen braten, ohne religiöse Probleme zu wälzen.

Durch eine Veruntreuung seitens des Mitherausgebers von *Rhythm* in Schulden gestürzt, mußten sie um die nackte Existenz kämpfen. Täglich erscheinen sie, Katherine in viel zu knapper Samtjacke mit schreiend orangefarbenem Schal, und Murry, der «*Bogey*» (Kobold), ein schöner, dunkelhaariger Mann, in einer Kneipe, wo sie Sandwiches essen und von der Wirtin, die die beiden für ein Music-Hall-Paar hält, einen Extradrink bekommen. Sie steppen aber keineswegs trällernd über die rühmlich-unrühmlichen Bretter; Katherine schreibt unbeirrt unter fünf verschiedenen Namen Geschichten und Buchkritiken weiter für Murrys Zeitschrift, die sich zwar namhafter Mitarbeiter erfreut (H.G. Wells, Frank Harris, Walter de la Mare, Rupert Brooke), aber nicht reüssiert. Ganz falsch war der Verdacht des Music-Hall-Hintergrunds besonders in Hinblick auf Katherines schmale Gestalt nicht, hatte sie doch nicht nur Bach auf dem Cello gespielt, sondern auch in einem Chor in Liverpool gesungen, kannte alle Music-Hall-Schlager und nannte auch ihre Katze nach einem solchen «Wingley».

Aber zu diesem Zeitpunkt der Gemeinschaft von Murry und Katherine gab es noch keine Häuslichkeit, in der man Katzen hält. Katherine hatte allein in fünf Jahren einundzwanzig Adressen. Mit Murry zog sie von winziger Wohnung zu möbliertem Zimmer, von Cottage zu Villino, in England, in Südfrankreich, in der Schweiz. Nachdem sie ihren Steinbuddha in einem Garten hatte hocken lassen und ihr Flügel zur Konkursmasse gehörte, bestand ihrer beider Habe aus Büchern, Kleidern und einigen Kissen, mit denen sie die dürftigen Zimmer ausstattete und die sie umherwarf wie Bertha in *Glück*.

Ihre Geschichten sind erstaunlich autobiographisch, nicht nur in der oszillographenhaften Feinnervigkeit, sondern auch im Dekor: die Lampe (in *Das Puppenhaus*), der herrenlose Hund (in *Die Gartenparty*), Murrys Pfeife, seine Bücher und die Kopfbedeckung (in *Die schwarze Mütze*), der Birnbaum vor ihrem Fenster. Dieser Baum, in den jadegrünen Himmel von *Glück* ragend, wird zum Symbol. Ihre Lieblingsfarbe Grün kehrt nicht nur im jadegrünen Schmuck wieder, den sie selbst trägt und ihrer Heldin Bertha umhängt; grün schimmert die Neuseeland-Muschel, die sie in ihrem Zimmer aufstellt – und besonders des grünen Aquariums erinnert sich Frieda von Richthofen bei ihrem Besuch.

Ihrer beider Arbeit und Leben verleiht die Freundschaft mit D.H. Lawrence und Frieda von Richthofen nicht immer ungetrübten Glanz. Als Katherine 1914 Trauzeugin bei Friedas zweiter Hochzeit ist – sie hatte ihren Mann, Professor Weekley, und ihre drei Kinder verlassen, um dem jungen Bergarbeitersohn D.H. Lawrence zu folgen –, da gab Frieda in plötzlicher Aufwallung Katherine ihren ersten Ehering – und Katherine hat ihn bis ans Ende getragen und auch versucht, zwischen Frieda und den Kindern zu vermitteln.

Eine andere, seltsam zwischen Neid und Anerkennung schwankende Bekanntschaft kam zwischen der bohemesüchtigen Katherine und Virginia Woolf zustande. Dem Stern von Bloomsbury aber war Katherine Mansfield in solchem Grade suspekt, daß Virginia Woolf all ihre intellektuelle Wohltemperiertheit vergaß und Katherine mit einer parfümierten Zibetkatze verglich, die nur herumstreune; auch reagierte sie empfindlich auf Katherines Kritik an *Die Fahrt hinaus*. Sprachen sie jedoch über Henry James, so äußerte sich Katherine so erhellend, daß das als Rivalin empfundene «Strichmädchen» als klug und unergründlich eingestuft wurde.

Ob sie bei allem Wirbel innerer und äußerer Art in England heimisch werden konnte? Eine Tagebuchstelle über rote Geranien gibt die Antwort: «Aber warum wollen sie mich fühlen lassen, daß ich eine Fremde bin? Warum wollen sie jedesmal, wenn ich ihnen nahekomme, fragen: ‹Was tust du hier in einem Londoner Garten?› Sie brennen vor Stolz und Arroganz. Und ich bin die Kleine aus den Kolonien, die in einem Londoner Garten umherläuft – Erlaubnis vielleicht zum Schauen hat, nicht aber zum Verweilen.

Wenn ich auf der Wiese liege, dann schreien sie mich förmlich an: ‹Sieh da, wie sie auf *unserem* Rasen liegt, vorgibt, sie wohne hier, meint, dies sei ihr Garten und diese breite Rückwand des Hauses mit den offenen Fenstern und den aufgezogenen bunten Vorhängen sei ihr Haus.› Sie ist eine Fremde. Lästig. Sie ist nichts als ein kleines Mädchen, das auf den Tinakori-Hügeln sitzt und träumt.»

Manchmal wurde die geträumte Einbildung auch gefährlich für den Alltag, und J.M. Murry hat es nicht immer leicht gehabt mit Katherine, die von Augenblick zu Augenblick spontan ihren Regungen folgte. Hierher gehört die nun plötzlich entwickelte Leidenschaft für seinen schriftstellernden französischen Freund Francis Carco, der Murry und sie am Gare St. Lazare in Paris in Empfang genommen und bei dessen Begrüßung die Ausländerin gesagt hatte: «*Je ne parle pas français.*» Während Murry als Korrespondent der *Times Literary Supplement* in Paris arbeitete und Paul Valéry für England entdeckte, begleitete Carco Katherine. Nach Beendigung von Murrys Beschäftigung in Paris kehrten sie beide im Februar 1914 wieder mittellos nach London zurück.

Noch nach Ausbruch des Krieges – Murry meldet sich freiwillig, während Lawrence von einer fernen Insel des Friedens phantasiert – empfängt Katherine die Briefe des französischen Offiziers Francis Carco, auf die sie sich auszurichten beginnt. Ihr Tagebuch ist voll davon. Murry, wegen einer angegriffenen Lunge zurückgestellt, arbeitet gleichmütig zu Hause, preßt Orangen aus, ißt wieder harte Eier aus der Hand ... Katherines seelische Umschwünge vermag er nicht mehr aufzufangen; sie fiebert den französischen Liebeserklärungen entgegen, gibt ihrer als «*grande passion*» deklarierten Erfahrungsneugier nach und reist 1915 – mitten im Krieg – auf den Kontinent, ins Abenteuer hinein. Ihre Kutschenfahrt mit Carco an dem uniformierten Heerzug vorbei, von Paris aufs Land, und dann in ihrer Bleibe das Reden, Reden, Reden – das Darüberhinaus, die gerade fünf schlagende Uhr, während sie sich umarmen, wird zum Stoff für *Eine unbesonnene Reise*.

Nach fünf Tagen kehrt Katherine nach London zurück zu Murry. Mit ihm verbindet sie der kärgliche Alltag, aber auch der Lebenseinsatz für die schriftstellerische Existenz. Dann tritt das Ereignis ein, das alle früheren Gefühlsabenteuer und Ambitionen hysterisch und klein erscheinen läßt. Leslie Heron Beauchamp, ihr Bruder Chummie, einundzwanzigjährig, gerade Offizier geworden, kommt 1915, um auf dem Kontinent zu seiner Einheit zu stoßen. Im September verbringt er noch ein paar Tage in der Acacia Road 5, St. John's Wood, Katherines erster Unterkunft, die als Heim zu bezeichnen ist, und im Gespräch mit ihm wird ihre ganze Kindheit wieder lebendig, die Menschen in Neuseeland, die Blumen dort, die Gartenbank, die wackelte. Ihr Bruder ist beim Abschied sicher, daß er wiederkommen wird. Im Oktober explodiert eine Granate in seiner Hand und zerreißt ihn. Seine letzten Worte sind: «Halt mir den Kopf hoch, Katie, mir fällt das Atmen so schwer.»

Katherine ist zutiefst getroffen, alle Erlebnissucht ist vorbei. Vor diesem Ereignis schämt man sich aller Einbildungen und phantastischer Rasereien. Der Wille zu schreiben kommt einem Vermächtnis gleich: «*First, my darling, I've got things to do for both of us, and then I will come as quickly as I can.*»

«*Things to do*» – ihre und Chummies Jugend in dem unentdeckten Land heraufbeschwören. «Ich will alles aufschreiben, alles, sogar wie der Wäschekorb quietschte.» Aus dem Verlangen heraus, liebend zu bewahren, anderen etwas Einmaliges aufzuschließen, schreibt sie von nun an.

In Südfrankreich entsteht die lange Skizze

Die Aloe, nach dem Baum benannt, der vor dem Elternhaus Chesney Wold, Karori, stand. Umgearbeitet wurde daraus *Prélude* (1918 von Leonard und Virginia Woolf in der *Hogarth Press* in einer Auflage von dreihundert Exemplaren gedruckt). Der Leser wird konfrontiert mit Gesprächen, Empfindungen, Gedanken von Menschen, die in locker komponierten Szenen an flach umrissenen Orten auftauchen und verblassen. Zwar bleibt noch immer die Desillusion der Liebe ein Thema, aber weniger vordergründig. Ihre Pointen sind ferner nicht auf Witz ausgerichtet, sondern weisen ins Symbolhafte; am auffälligsten im Licht- und Hoffnungszeichen, der Lampe, die in *Eine unbesonnene Reise* flackert, in der *Gartenparty* trüben Schein verbreitet und in *Das Puppenhaus*, einer ihrer letzten Geschichten, tröstet.

Denn Katherine ist mittlerweile krank geworden. Nach zwei Lungenentzündungen erleidet sie mit dreißig Jahren einen Blutsturz. Am 19. Februar 1918: «*bright red blood*». Vier Wochen später entsteht die Titelstory der Sammlung *Glück*; Beseligung, Jubel, Gnade, Glück – mit bitterem Ende. «Aber tief innen war noch immer der hell glühende Fleck, der kleine Funkenschauer, der von dort herrührte. Kaum zu ertragen. Aus Furcht, ihn höher anzufachen, wagte sie beinahe nicht, Atem zu holen, und doch atmete sie tief, tief. Kaum wagte sie, in den kalten Spiegel zu blicken, und sah trotzdem hinein. Er warf eine strahlende Frau zurück mit lächelnden zitternden Lippen, mit großen dunklen Augen und einem Ausdruck des Lauschens, des Wartens auf etwas... Göttliches, das eintrifft... wovon sie wußte, daß es kommen würde... unweigerlich.»

Im Oktober beschreibt sie in ihrem Tagebuch eine Schnecke, die, von einem Unkrautsamen irritiert, die Fühlhörner einzieht. Der Ausbruch in die Erfahrung ist ein Aufbruch in die Verschwendung ihrer Selbst geworden: «*Self effacement*», damit sich dem anonymen Ich die reine Wahrheit, die Kunst entwinden kann. «Ich verliere mich an das Studium des Lebens und gebe mein Selbst auf. Dann finde ich Ruhe.»

In vielen Nächten träumt sie wieder von Neuseeland, von Chummie, träumt, daß ihre tote Mutter sie in den Garten ruft und daß sie in Wellington einkauft. Schreibt zärtliche Briefe nach Hause.

Es beginnt der Kampf mit der Kraftlosigkeit, mit dem Unvermögen, die über sie hereinbrechenden Einfälle festzuhalten. Impressionen von Blumen in Sanatoriumsgärten, von Warteräumen, Arztgesichtern, Menschen, Erinnerungen umflackern sie beständig. «Wir ersetzen uns, wir haben schreckliche Angst», schreibt sie, zweiunddreißigjährig, an Murry. «Das kleine Boot treibt hinaus in den dunklen, fürchterlichen Schlund, und unser einziger Schrei ist der nach Flucht. ‹Wirf mich an Land!› Aber es ist sinnlos. Keiner hört es. Die schattenhafte Gestalt rudert weiter. Man sollte still sitzen und seine Augen aufmachen. – Ich glaube, das Schlimmste allen Versagens ist Angsthaben. Vollkommene Liebe schließt die Furcht aus. Wenn ich auf mein Leben zurückblicke, so habe ich alle meine Fehler gemacht, weil ich Angst hatte ... Geschah das, weil ich dem Tod ins Gesicht sehen mußte?»

Und im Mai 1919: «Ich bitte wirklich nur um Zeit, alles zu schreiben. – Ich lebe, um zu schreiben. Da ist die schöne Welt (Gott, wie schön die Welt da draußen ist!), und ich tauche darin ein und bin frischer. Doch ist mir, als hätte mir jemand eine Aufgabe gestellt, die ich unbedingt erfüllen muß. Laß sie mich beenden – laß sie mich ohne Hast beenden –, daß ich alles so schön zurücklasse, wie ich nur kann ...» Der Neuseeland-Roman bleibt Chimäre.

Zu ihren Aufenthalten in Cornwall, an der Riviera, in der Schweiz begleitet sie Ida Baker, selten Murry, ihr Mann (seit 1918 auch vor dem Gesetz). J.M. Murry hat seit April 1919 die Redaktion des *Athenaeum* inne; zu seinem Stab gehören Aldous Huxley, zu seinen Mitarbeitern George Santayana, E.M. Forster, Bertrand Russell, Virginia Woolf. T.S. Eliot sagt: «*‹The Times Literary Supplement› under Richmond and the ‹Athenaeum› under Murry was the high summer of literary journalism in my lifetime.*»

Die Briefe der fernen Katherine quälen Murry. Sie hat nicht vergessen, wie er sich abwendete, als sie hustete. Und ihr bleiben das Alleinsein, die Schmerzen, das Blut im Taschentuch. Ihr bleibt die geschärfte Selbstbeobachtung, das Horchen auf Geräusche in fremden Zimmern. «Meine Stimmungsumschwünge sind wirklich furchtbar.» Sie kann unausstehlich sein. Sie schreibt die traurige Erzählung *Die Vergangenheit eines verheirateten Mannes* in Cornwall, dann übersetzt sie mit der Hilfe des Freundes S.S. Koteliansky Tschechows Briefe fürs *Athenaeum* ins Englische.

Sie habe wirklich keine Illusionen mehr, notiert sie. «Aber ich liebe. Und Liebe erträgt keine Trostlosigkeit, die Einöde beharrt darauf, zu blühen, und die Blüte beharrt darauf, sich nach dem Licht zu drehen.»

Sie reist an die Riviera. Bei San Remo in einer

Casetta in Ospedaletti empfängt sie ihren Vater und reiche Verwandte.

Es entsteht die Geschichte der einsamen *Miss Brill*, ferner *Der Fremde* mit zwei weiteren Porträts ihrer Eltern und vor allem: *In der Bucht*, Teil des geplanten Neuseeland-Romans.

Im Juli 1921 begleitet Murry sie ins Wallis, nach Montana. Im «Chalet des Sapins» umgibt sie Friede. An ihrem dreiunddeißigsten Geburtstag stellt sie *Die Gartenparty* fertig. Zwei Wochen später vollendet sie *Das Puppenhaus*, dann arbeitet sie an *Das Taubennest*. In jenen Monaten im Wallis liegt sie viel, hustet, schreibt, wartet auf Post, führt Tagebuch über ihre Lektüre, immer wieder Tschechow, hie und da Keats, ihre Gefährten in Krankheit und Hoffnung, im dauernden Kampf gegen das Versagen der Kräfte bei gleichzeitig überwacher Sensibilität.

An Weihnachten 1921 und in den ersten Januartagen 1922 ist Murry bei ihr, geht skilaufen und kommt leuchtend vor Winterfreude in ihre Krankenstube zurück. Sie trägt ihren Ehering jetzt am Mittelfinger, und wenn sie Tee eingießt, gleiten die Ringe ihre Finger auf und ab.

Abends spielen sie Cribbage, ein englisches Kartenspiel, und ihre Gedanken wandern zurück zu anderen Kartenspielen in ihrer Kindheit in Neuseeland, wo im Nebenzimmer Klavier geübt wurde. Sie träumt von ihrer Großmutter, der unvergessenen Frau mit dem sanften Mittelscheitel. In *Die Seereise* ist Fenella ihr eigenes, immer jung bleibendes Ebenbild geworden. Einbezogene Details erhöhen die Wahrhaftigkeit des Geschehens: der von Fenellas Handschuh abspringende Knopf, Großmutters Schirm mit dem Schwanengriff, dessen Schnabel bei jedem Schritt in der Dunkelheit gegen Fenellas Schulter pickt. Die Silhouette der Burnell-Kinder gegen den Himmel, das marmeladenbeschmierte Zeitungspapier, der Farbgeruch des Puppenhauses, der pilzförmige Holzstapel am Hafen, Tautropfen auf den Blumen, der Sonnenschein in der Bucht – all das hilft, hingetupft, eine Welt zu schaffen, die gleichzeitig die ihr vertraute Erde von Neuseeland und Europa und ihre eigene innere Welt ist.

Dabei schneit es draußen, die Tage sind kalt, und sie sieht die Eiszapfen, wie sie im letzten Abendlicht opalfarben glitzern. Sie beobachtet die Vögel an der hingehängten Kokosnuß vor Murrys Balkon, sie beschreibt ausführlich das Piepsen eines seltenen Vögelchens und erwähnt es, wenn Wingley, die Katze, einen Satz macht. Dazwischen Notizen über Vollbrachtes und

Nichtvollbrachtes. Der Weg von der ausgedachten Geschichte zur Niederschrift geht über die Schranke der Kraftlosigkeit und Furcht, sie verflüchtigt sich, noch ehe sie Wort geworden ist. Dann wieder: Fiebermessen, Husten, Schonkost, Bauchschmerzen. Im Februar 1922 vollendet sie *Die Fliege*. Die Fliege, die zu Tode gequält wird – ihre vielleicht beste Erzählung.

Nach kurzer Rückkehr nach England mit der wie immer vergeblichen Sehnsucht nach einem Zuhause klammert sie sich an eine letzte Rettungschance auf psychotherapeutischem Weg, verfällt den Ideen des Kaukasiers Gurdjieff, der ein «Institut zur harmonischen Entwicklung des Menschen» außer in Moskau, Berlin, Dresden nun auch in Fontainebleau unterhält.

Katherine überquert, gegen Murrys Willen, im Oktober 1922 zum letzten Mal den Kanal, reist nach Fontainebleau zu Gurdjieff, der sie erdnah, stallverbunden, Kuhmilch trinkend existieren läßt. Sie friert. Ihre russischen Vokabeln betreffen Feuer, Wärme, Streichholz, Kamin. Ihres Krankheitsgrades völlig gewärtig, schreibt sie: «Mit Gesundheit meine ich die Lebenskraft, ein volles, reifes, atmendes Leben zu leben in engem Zusammenhang mit allem, was ich liebe – der Erde und ihrer Wunder, dem Meer, der

Sonne –, mit allem, woran wir denken, wenn wir von Außenwelt reden. Ich möchte hineingelangen, Teil sein, darin leben, davon lernen, alles Oberflächliche und Angeeignete ablegen und ein bewußtes, unmittelbares Menschenwesen werden. Ich möchte, indem ich mich selbst begreife, andere Geschöpfe verstehen. Ich möchte alles tun, um eines sein zu dürfen (und hier habe ich angehalten und gewartet und gewartet, aber es hat keinen Sinn, und es gibt nur eine Wendung, die brauchbar ist): ein Kind der Sonne. Anderen helfen, ein Licht zu tragen, und so weiter – darüber ein Wort zu sagen, wirkt falsch. Lassen wir es dabei bewenden: ein Kind der Sonne. Und dann möchte ich arbeiten. Woran? Ich möchte so gerne leben, um mit meinen Händen, meinem Gespür, meinem Kopf zu arbeiten. Ich möchte einen Garten, ein kleines Haus, eine Wiese, Tiere, Bücher, Musik. Und aus dem heraus, aus der Umgebung heraus möchte ich schreiben ...»

Katherines Betrachtungen ihrer selbst und der Natur sind auf anderer Ebene wie Gebete. Ein Mensch, der nicht jammert, nicht resigniert, immer noch Freude sucht, in die Sonne möchte wie eine Pflanze. Sie selbst gewinnt etwas Pflanzenhaftes; das Auslugen nach Stern und Schneeflocke, nach dem Wassertropfen, der Blume hat ein Maß an Allverbundenheit, das an Keats erinnert, der von sich sagte, und beschriebe er einen Apfel, so verwandele er sich in einen Apfel, spüre Frucht und Schale und Kern. So sagt Katherine, während sie *Der Kanarienvogel* schrieb, sei sie selbst die ganze Zeit über ein kleiner Vogel im Käfig gewesen; aber tief in ihr sang es. Und das ist das Wunderbare: Sie verweilt nicht beim Schatten, beim Tod, der mit schweren Atemzügen, den Blutspritzern, der Schwäche dauernd gegenwärtig ist – bei aller Not überwiegt das Klingen; so wie in dem einsamen Leben der alten Frau in *Der Kanarienvogel*, ihrer letzten Geschichte.

In Fontainebleau, wo man mit sechzig Personen an Weihnachten tafelte, bereitete man eine Theateraufführung zum russischen Neujahrstag am 13. Januar vor. An Silvester 1922 hatte Katherine eilends an Murry, ihren «*Bogey*», geschrieben, er möge am 8., spätestens 9. Januar kommen; und er reiste zu ihr, wie schon so oft, und kam pünktlich an.

Während am Abend unten der Tanz beginnen sollte und er sie die Treppe hinaufbrachte, erlitt sie einen Blutsturz. Am 9. Januar 1923 spätabends war ihr Leben zu Ende. Aber der

Glanz, den sie über ihre Geschichten getupft hat, bleibt. Die kleine Lampe, die schon die Großmutter in der Bucht angezündet hat und die im Puppenhaus auf dem Eßzimmertisch steht, sie brennt.

Ruth Schirmer

INHALT

Diese Buchausgabe der *Manesse Bibliothek der Weltliteratur*
wurde aus der Berthold Bembo gesetzt
und in Fadenheftung gebunden.
Das FSC-zertifizierte Dünndruckpapier *Pro-Manesse*
liefert Drewsen, Lachendorf.
Alle verwendeten Materialien entsprechen alterungsbeständiger Qualität, die Papiere sind
chlor- und säurefrei.
Printed in Germany 2012
ISBN 978-3-7175-2166-2

www.manesse.ch

